누구세요, 당신? vol.2

누구세요, 당신?
vol. 2
이종호

황금가지

차례

vol. 2

손각씨 7 ● 눈을 뜨다 23
양희진과 한지영 29 ● 빙의 35
외출 45 ● 우린 운명이야 63
산다는 것의 의미 77 ● 운명이 만나는 곳 87
내 몸이 내 몸이 아니다! 101 ● 돌아온 양희진 1 115
돌아온 양희진 2 133 ● 기자 회견 139
가깝고도 먼 당신 149 ● 귀신이 무서워 159
미행 173 ● 당신, 누구세요? 183
멋진 계획 195 ● 엉킨 매듭을 풀다 219
때론 신경 안정제가 필요해 243 ● 뒤늦은 깨달음 251
희진의 꿈 257 ● 영수, 마법사가 되다! 265

손각씨

 희끄무레한 달빛이 괴괴하게 방 안으로 스며들었다. 선일과 진만은 꽹과리와 청동 거울을 움켜쥔 채 방 가운데 마주앉아 어디서 나올지 모를 손각씨 때문에 바쁘게 눈동자를 굴리고 있었다. 그렇잖아도 겁이 나는데 불까지 꺼 놓으니 더욱 오금이 저렸다.
 조폭 두목이 뒤쪽 어둠 속에 누워 있었는데 힘겹게 몰아쉬는 숨소리가 여간 신경이 쓰이는 게 아니었다. 숨소리만 없다면 죽었다고 해도 과언이 아닐 그 인간이 신기하게도 불만 켜면 자리에서 벌떡 일어나 앉아 알아듣지도 못할 소리로 괴성을 질러 댔다. 두목이 소리를 질러 대면 밖에서 집을 에워싸고 있는 조폭들이 바로 전화를 해서 당장 불을 끄라고 온갖 위협과 협박을 해 댔다. 어떤 논리적인 설명이나 하소연도 통하지 않았다. 무조건 불을 끄라는데 불을 끄는 것 외에는 다른 도리가 없었다.

선일이 땅이 꺼져라 한숨을 내쉬며 하소연을 했다.

"불도 없는 컴컴한 방에서 귀신을 어떻게 잡으라는 말이야? 젠장맞을! 인생이 꼬여도 어떻게 이렇게 꼬일 수가 있냐. 이제야 비로소 떳떳한 직업 생겨서 사람 행세 좀 하고 살아 보나 했더니 조폭 두목한테 달라붙은 원귀를 쫓아야 할 팔자라니."

선일이 뒤를 돌아보자 어둠 속에서 두목의 형체가 희끄무레하게 보였다.

"차라리 송장이면 잊어버리겠는데 잊어버릴 만하면 한 번씩 튜브 바람 빠지는 소리를 내니 신경 쓰여 미치겠네, 젠장! 꼭 살아 있는 송장하고 한 방에 있는 거 같기도 하고!"

진만이 물었다.

"정말 자정에 귀신이 나타날까요? 그냥 오늘은 조용히 넘어갔으면 좋겠는데."

"인마, 무슨 소리를 하는 거야? 나타날 거면 차라리 얼른 나타나서 결판을 짓는 게 낫지. 생각해 봐. 오늘 안 나타나면 내일하고 모레도 또 이 짓을 해야 할 거 아냐?"

"차라리 경찰에 신고하는 게 낫지 않을까요? 이거 엄연히 불법으로 협박하고 구금해 놓은 거잖아요. 도망 못 가게 밖에서 지키고 있는 것도 불법이고."

"야, 조폭이 경찰 무서워하는 거 봤냐? 그리고 나중에 보복이라도 하면 어떡할래? 조폭보단 차라리 손각씨하고 상대하는 게 백배는 낫겠다. 아무튼 넌 원귀가 나타나면 나한테 바로 알리고 꽹과리 두드릴 준비나 해!"

선일의 말이 끝나기가 무섭게 아래층 거실에서 괘종시계가 자정을 알리는 열두 번의 종을 쳤다. 종소리가 멎은 후 이전보다 더 무거운 적막이 어둠을 답답하게 짓눌렀다. 둘은 약속이나 한 것처럼 침을 꼴깍 삼켰다. 어둠 속에서 숨을 죽이고 있던 진만이 긴장된 목소리로 말했다.

"방금 무슨 소리 들리지 않았어요?"

"무슨 소리?"

진만이 다시 숨을 죽이고 있다가 낮게 소리쳤다.

"저거 봐요. 무슨 소리가 들리잖아요! 혹시 집 안에 우리 말고 다른 사람 있는 거 아니에요?"

"있긴 누가 있어. 조폭 놈들 우리 앞에선 온갖 허세를 다 부리더니 귀신 나타날 때 되니까 전부 겁먹고 집 밖으로 나가서 정원에 모여 있잖아. 가만, 그러고 보니 무슨 소리가 들리긴 들리는 것 같기도 한데?"

"그렇죠? 확실해요. 저거 누가 계단 올라오는 소리예요!"

"계, 계단?"

"예. 들어보세요. 삐거덕삐거덕 하는 게 분명히 계단 올라오는 소리잖아요! 근데 귀신이 어떻게 저런 소리를 내면서 올라오죠?"

"모르는 소리! 정말 귀기가 강한 귀신은 저렇게 일부러 물리력을 보여 주면서 사람들한테 겁을 주기도 한단 말야! 그러니까 사람으로 치면 한마디로 내가 이런 사람이니까 알아서 기어라 하고 선수를 치는 셈이지."

"그 말은 곧 귀기가 엄청 강한 원귀라는 말이네요."

"가만, 조용히!"

선일이 소리치자 진만은 얼른 숨을 죽였다. 계단을 다 올라온 발소리가 방문 앞에서 딱 멎었던 것이다. 선일이 진만을 돌아보고 말했다.

"야, 꽹과리, 꽹과리!"

진만이 얼른 꽹과리를 꺼내 손에 들었고 선일은 주머니에서 부적을 꺼내 들었다. 둘이 숨을 죽이고 기다렸지만 방문 앞에선 더 이상 그 어떤 소리도 들려오지 않았다. 진만이 초조하게 물었다.

"어떻게 된 거죠? 방문에 붙여 놓은 부적 때문에 못 들어오는 건가요?"

"아냐. 조폭들이 그랬잖아. 부적이 거의 소용없었다고. 부적을 붙여 놨는데도 태연히 방 안으로 들어왔다고 하던 소리 못 들었어?"

숨을 죽이고 있던 진만이 기어들어가는 소리로 말했다.

"스승님, 아무래도 손각씨가 벌써 이 방 안에 들어와 있는 거 같아요."

선일이 겁에 질려 속삭였다.

"뭐? 손각씨가 보여? 어디? 어디야?"

"그냥 뒤쪽에서 서늘하게 한기가 이는 게 귀기가 느껴져요."

"안 보인다며? 아니, 아니다. 귀기가 강한 손각씨 정도면 영안(靈眼, 영을 볼 수 있는 제3의 눈으로 알려져 있다.)을 가진 사람한테서도 일정 시간 스스로 몸을 숨길 수 있다고 하더라. 젠장맞을! 만약 방 안에 들어와 있는데도 모습이 안 보이면 무슨 수로 잡냐?"

선일이 청동 거울을 이리저리 비추다가 투덜거렸다.

"젠장! 불까지 꺼 놓으니까 뭐가 뭔지 도대체 알 수가 있어야지!"

그때 두 사람의 뒤쪽에서 검은 형체가 스윽 하고 움직였다. 마치 어둠 그 자체가 움직이는 것처럼 그렁거리는 숨소리를 내며 커다란 덩치가 움직였다. 선일이 곁눈질로 진만에게 물었다.

"너도 느꼈냐?"

진만이 고개를 끄덕이며 대답했다.

"예. 바로 우리 등 뒤에서 움직인 것 같은데요?"

"그럼, 꽹과리 두드릴 준비하고. 준비! 하나, 둘, 셋!"

하지만 둘이 몸을 돌리기도 전에 뒤쪽에서 시커먼 형체가 먼저 달려들었다.

"으어어어억!"

선일이 몸을 굴리며 소리쳤다.

"이거 뭐야? 귀신이 아니잖아!"

진만이 그들에게 달려든 시커먼 형체를 가리키며 소리쳤다.

"귀신이 아니라 조폭 두목이에요!"

"조폭 두목이라고?"

선일이 고개를 돌려보자 과연 조폭 두목이 누워 있던 이불이 비어있었고 그는 어느새 반대편 벽에 붙어 괴성과 함께 머리를 박아 댔다. 진만이 걱정스럽게 말했다.

"왜, 왜 저러는 거죠? 저러다가 무슨 일 생기면 조폭들이 우릴 가만 두지 않을 텐데."

선일이 다급하게 소리쳤다.

"막아! 머리 못 박게 막으라고!"

진만이 두목을 말리기 위해 달려들었고 둘은 서로 뒤엉켜 바닥을 뒹굴었다. 조폭 두목은 손을 잡혀 쓸 수가 없게 되자 물기라도 하려는 듯 좀비처럼 이빨을 딱딱거렸다. 진만이 다급하게 소리쳤다.
"계속 그렇게 보고만 계실 거예요?"
"가만있자, 침착해야 해. 침착! 젠장, 하두 정신이 없으니 뭘 어떻게 해야 하는지 알 수가 없네."
진만이 소리쳤다.
"일단 불부터 좀 켜세요!"
선일이 얼른 형광등 스위치를 올리자 비로소 선명하게 조폭 두목의 모습이 드러났다. 방금 전까지만 해도 죽은 것처럼 누워 있던 그가 어디서 그런 힘이 나왔는지 거구의 진만을 위에서 짓누르고 있었다. 그는 연신 짐승처럼 그르렁거리는 소리를 내며 이빨로 뭐든 물려고 발버둥을 쳤다. 선일이 두목을 노려보더니 소리쳤다.
"그거야, 빙의! 조폭 두목에게 손각씨의 원혼이 들어가서 빙의가 된 거야!"
"빙의든 뭐든 좋으니까 어서 어떻게 좀!"
진만이 양발로 조폭 두목의 배를 확 밀어젖히자 두목이 쾅 하고 벽에 가서 몸을 부딪쳤다. 웬만한 사람 같으면 그 충격만으로도 쓰러졌을 텐데 두목은 음산하게 웃으며 말까지 했다. 놀랍게도 두목의 입에서 나온 소리는 여자의 목소리였다.
여기서 또 만나다니!
선일과 진만이 서로 마주보더니 고개를 갸웃했다. 선일이 두목을 보고 반문했다.

"만나긴 우리가 언제 만났다고 그래요? 난 그쪽 만난 적 없거든요? 혹시 사람 잘못 본 거 아니요?"

두목의 몸에 들어 있는 손각씨가 말했다.

우린 분명히 마주친 적이 있어. 며칠 전 지하철에서!

진만이 놀란 얼굴로 선일을 돌아보고 말했다.

"스승님, 며칠 전 지하철에서 만났던 그 악귀가 봐요."

선일이 쓰러져 있는 조폭 두목을 보고 말했다.

"거참, 서로에게 바람직하지 못한 인연이네. 이런 식으로 또 마주치다니! 듣기로는 조폭 두목을 짝사랑하다가 퇴짜를 맞고 자살했다고 하던데 아무리 귀신이라도 그렇지 저 흉측한 얼굴이 뭐가 좋다고 죽어서까지 따라다니며 괴롭혀? 웬만하면 그냥 내버려두고 저승에 드는 게 낫지 않을까?"

닥쳐라, 이놈아! 사정도 모르면서 함부로 나불대지 말어! 그리고 사정이야 어떻게 됐든 이놈을 돕는 놈들은 다 똑같은 놈들이야! 니놈도 지하철에서 처음 딱 봤을 때 인상이 마음에 안 든다 했더니 역시 이런 곳에서 만나게 되는구나! 으어어억!

쓰러져 있던 두목이 다시 벌떡 일어나더니 괴성과 함께 달려들었다. 이번엔 진만이 아닌 선일을 향해 달려들었다. 선일이 기겁을 하며 방 안을 도망 다녔다. 도망에 관한 한 학교 때부터 일가견이 있는 선일이라 빙의되어 행동이 느려터진 조폭 두목이 잡기에는 결코 쉬운 일이 아니었다. 선일이 다람쥐처럼 요리조리 사사삭 피해 다니며 소리쳤다.

"야, 인마! 뭐해? 밖에 있는 조폭들한테 어서 문 좀 열라고 그래!

빙의된 인간은 초인적인 힘을 발휘하기 때문에 여기 있다간 너나 나나 뼈도 못 추려. 어서 문 열라고 해!"

선일이 두목의 주의를 끌면서 도망 다니는 사이 진만이 창문을 열고 아래를 향해 소리쳤다.

"여기 방문 좀 열어 주세요! 두목님이 아무래도 제정신이 아닌 것 같아요! 우릴 죽이려고 한다구요!"

그러자 밑에 있던 칼자국이 위를 올려다보고 소리쳤다.

"야이 새꺄! 그러니까 그걸 고치란 말이야! 밤마다 우리도 형님의 그 이상한 행동 때문에 아주 죽을 맛이라고!"

얘기인즉슨 조폭들은 이미 이런 일이 벌어질 줄 알고 있었다는 얘기였고 밖으로 나오지 못하게 방문을 닫아건 것도 안에서 끝장을 보라는 소리인 셈이었다. 정리하면 순장이라도 하라는 얘기였다. 진만은 눈앞이 캄캄했다. 그렇다고 조폭 두목을 때려눕힐 수도 없는 일이고 그렇게 하기도 불가능해 보였다.

"아아악!"

뒤에서 선일의 처절한 비명이 들려왔다. 돌아보니 아슬아슬하게 도망 다니던 선일이 두목에게 붙잡혀 발버둥을 치고 있었다. 선일이 바닥에 누워 있고 두목이 그 위에 올라탄 채 양팔을 꼼짝 못하게 눌렀다. 조폭 두목의 얼굴이 선일의 얼굴을 물기 위해 입을 딱딱거리며 다가갔다. 언뜻 보면 남녀의 야릇한 관계를 연상시키는 자세였다. 마치 키스를 거부하는 여자처럼 얼굴을 도리질하며 저항하던 선일이 필사적으로 악을 썼다.

"이런 젠장맞을! 오지 마! 오지 말라구! 어우, 이런 입 냄새!"

두목이 선일의 코를 물려는 순간 진만이 온몸을 던져서 두목을 밀쳐냈다. 가까스로 빠져나온 선일이 우왜액 하고 헛구역질을 하면서 말했다.

"사람 입에서 어떻게 썩은 송장 냄새가 나냐?"

"스승님 그러고 있을 때가 아닌 것 같은데요?"

진만의 말에 뒤를 돌아보던 선일의 입이 딱 벌어졌다. 조폭 두목이 벽에 걸려 있던 진검을 빼들었던 것이다.

"야, 이, 이거 장난 아니다! 꽹과리, 꽹과리 어딨어?"

두목이 칼을 치켜들고 "으아아아!" 괴성을 지르며 달려드는 순간 선일이 몸을 굴렸다. 그가 구석에 처박혀 있던 꽹과리를 재빨리 집어 들고 두들기기 시작했다. 선일이 꽹과리를 목탁처럼 두들기며 입으로는 항마진언을 외웠다.

"아이금강삼등방편…… 신승금강반월풍륜…… 단상구방남자광명…… 소여무명소적지신……."

진만도 양손으로 귀를 틀어막을 정도로 시끄러운 소리였다. 조폭 두목도 꽹과리 소리에 동요를 보이기 시작했다. 검을 들고 달려들던 두목이 주춤하더니 오만상을 찡그리며 뒤로 슬금슬금 물러나기 시작한 것이다.

선일은 더욱 흥이 나서 더 세고 요란하게 꽹과리를 두들겨 댔고 동네가 들썩거릴 만큼 커다란 꽹과리 소리가 적막한 밤공기를 마구 뒤흔들어 댔다. 마침내 두목이 머리를 부여잡고 바닥에 무릎을 꿇더니 신음을 흘렸다. 그럴수록 선일은 더욱 신이 나서 두목에게 더 가까이 다가가 꽹과리를 두들겨 댔다. 선일이 약을 올리는 것처럼 두목을 향해 소리쳤다.

"아프지? 아플 것이다! 그러게 왜 얼른 저승길에 들지 않고 사람한테 해코지를 해? 내가 앞으로 다시는 해코지 못하도록 확실하게 버릇을 고쳐주지!"

선일의 꽹과리 소리와 주문 소리가 다시 높아졌다.

"아이금강삼등방편…… 신승금강반월풍륜…… 단상구방남자광명…… 소여무명소적지신……."

그때 방문 밖에서 요란한 소리가 들려왔고 문이 벌컥 열리더니 조폭들이 우르르 안으로 뛰어 들어왔다. 선일이 보라는 듯이 더욱 신나게 꽹과리를 두들기며 소리쳤다.

"마침 잘 오셨습니다! 지금 귀신을 거의 내쫓아 가고 있습니다! 가만히 지켜보기만 하십시오! 아이금강삼등방편…… 신승금강반월풍륜…… 단상구방남자광명…… 소여무명소적지신……."

선일의 말에 칼자국이 귀를 틀어막고 소리쳤다.

"새꺄! 그거 당장 멈추지 못해? 그만!"

하지만 꽹과리 치는 일에 완전히 심취한 선일의 귀에는 그 어떤 소리도 들리지 않았다. 칼자국이 비명처럼 소리쳤다.

"그만! 그만하라고!"

조폭 부하들이 귀를 틀어막고 험악한 표정으로 다가오자 비로소 선일이 얼른 꽹과리 치던 걸 멈췄다. 꽹과리가 멈춘 후에도 진만을 비롯한 조폭들은 다들 머리를 움켜쥐며 신음을 토해 냈다. 선일이 혼자 싱글벙글 웃으며 말했다.

"헤헤. 이게 좀 시끄럽긴 해도 아주 확실한 퇴마술입니다! 보십시오, 두목님한테 빙의되어 있던 귀신이 도망갔잖아요!"

칼자국이 다가와 선일의 멱살을 움켜쥐고 창문으로 끌고 가더니 말했다.

"너 이 새끼, 이리 와서 저기 밖에 좀 내다 봐!"

선일이 밖을 내다보자 집 앞에 경광등이 번쩍거리고 있었는데 가만 보니 경찰차였다. 무슨 강력 사건이라도 터진 듯 경찰차가 한 대도 아니고 세 대씩이나 와서 집 앞에 진을 치고 있었다. 뿐만이 아니었다. 동네 주민들까지 모두 몰려나와서는 분노를 쏟아내며 새벽잠을 깨운 몰지각한 소리의 진원지를 찾고 있었다. 몇몇은 조폭들의 집을 가리키며 손가락질을 해 댔다. 칼자국이 으르렁거리며 말했다.

"저거 보여? 너 이 새끼! 우리 몽땅 잡아넣으려고 일부러 그런 거지? 너 혹시 경찰 끄나풀 아냐?"

선일은 일전에 자신의 집에서도 비슷한 소동을 한 번 겪었기에 금방 분위기 파악을 했다. 그가 손을 내저으며 차분하게 설명했다.

"이 꽹과리 퇴마술이 효과는 아주 그만인데 딱 한 가지 부작용이 있습니다. 보시다시피 소리가 워낙 시끄럽기 때문에 밤에 작업을 하다보면 늘 이런 소동을 겪곤 하거든요. 미처 말씀을 드리지 못한 건 제 불찰이었네요. 죄송요, 헤헤."

"뭐 약간의 부작용? 이 새끼 이거 진짜 개념 없는 놈이네. 너 시계 봐 봐. 지금이 몇 신줄 알아? 새벽 1시가 다 되어 가는 시간에 꽹과리를 그렇게 쳐대면 무슨 일이 일어날지 몰라서 그래? 경찰차가 한 대도 아니고 세 대씩이나 몰려오는 거 보고 내 심장이 얼마나 놀랐는지 알아, 이 새끼야! 그리고 무슨 놈의 귀신을 꽹과리로 쫓냐? 이 사이비 새꺄!"

칼자국이 선일의 머리통을 쥐어박는데 뒤에서 그르렁거리는 힘겨운 목소리가 들려왔다.

"으아아! 머리 아퍼!"

돌아보니 조폭 두목이 비틀거리며 자리에서 일어나고 있었다. 그는 두통이 극심한 듯 머리카락을 움켜쥐고 제자리에서 몸을 부르르 떨었다. 칼자국이 반가운 표정으로 다가가 두목을 부축하며 말했다.

"형님, 이제 정신이 드십니까? 저 알아보시겠어요?"

두목이 칼자국의 손을 뿌리치며 소리를 질렀다.

"비켜! 이 등신 같은 새꺄! 정신이고 뭐고. 아이고, 골이야! 아직도 머릿속에서 그놈의 꽹과리 소리가 깽깽대는 것 같네! 너 이 새끼, 쌍칼! 너, 내가 칼 맞는 건 참아도 두통은 못 참는 거 알아, 몰라? 너, 나 죽이려고 작정했냐?"

"그게 저, 저는 어떻게든 형님 병 좀 고쳐 보려고……."

"병을 고치긴 뭘 고쳐? 저 육시랄 놈이 내 머리통을 깨트리려고 작정을 하고 덤벼드는데. 무슨 꽹과리를 머리가 터지도록 쳐대! 조금만 더 있었으면 그놈의 꽹과리 소리 때문에 진짜 미쳐버릴 뻔했잖아! 저거 완전 미친 새끼야! 저 새끼들 당장 끌고 나가서 아주 아작을 내 버려!"

눈치를 보던 선일이 바닥에 무릎을 꿇고는 울먹이는 목소리로 애원했다.

"아이고, 두목님! 무슨 오해가 있으신가 본데 전 그저 두목님 몸에 빙의되어 있던 손각씨를 쫓아내기 위해 꽹과리를……."

두목이 소리쳤다.

"새꺄! 넌 앞으로 꽹과리의 '꽤'자도 꺼내지 마!"

선일이 변명처럼 소리쳤다.

"두목님, 이 꽹과리가 그냥 꽹과리가 아니고 퇴마의 효력이 있는 꽹과립니다. 요기 꽹과리 안쪽에 부적 보이시죠? 꽹과리를 치면 요기 꽹과리 안쪽에 부적에 꽹과리 소리가 전달돼서 꽹과리 소리와 부적이 함께……."

조폭 두목이 흰자를 뒤집으며 악을 썼다.

"누가 저 새끼 입 좀 막아! 꽹과리 소리 좀 못하게 하라고! 저 새끼 목소리 들으니까 머리에서 다시 꽹과리 소리가 울리잖아! 어우, 머리야!"

칼자국이 부하들에게 눈짓을 했다. 부하들이 우르르 달려들자 선일이 소리쳤다.

"왜, 왜 이러십니까? 전 꽹과리 쳐서 두목님 몸에 있는 손각씨를 쫓아낸 죄밖에 없습니다요! 왜 이러세요! 두목님! 두목님!"

선일이 끌려 나가며 살려 달라고 조폭 두목에게 악을 쓰자 칼자국이 소리쳤다.

"얼른 조용히 안 시켜? 밖에 경찰들 쫙 깔린 거 몰라?"

칼자국의 명령이 떨어지자마자 즉시 부하들의 발길질이 이어졌다. 찍소리도 못 낼 정도로 진창 두들겨 맞은 선일과 진만은 부하들에 의해 주택 지하실로 질질 끌려 내려갔다. 부하들은 둘을 밧줄로 묶어 지하실 바닥에 던져놓고는 문을 잠갔다.

컴컴한 어둠 속에서 진만이 훌쩍거리며 물었다.

"스승님, 괜찮으세요?"

곧바로 선일의 대답이 없자 진만이 다시 큰소리로 불렀다.

"스승님! 스승님, 괜찮으시냐고요!"

잠시 후 선일의 힘없는 목소리가 들려왔다.

"맞아도 너보다 내가 몇 십 대를 더 맞았는데 괜찮을 리가 있겠냐? 아이고, 삭신이야."

"진짜 나쁜 놈들이에요. 기껏 빙의된 원귀 쫓아내 주니까 고맙다는 인사는 하지 못할망정 정말 해도 너무 하네요."

"조폭이 달리 조폭이냐? 이게 다 니 놈이 첫 장사부터 돈도 안 받고 파토를 놓는 바람에 재수가 없어서 그런 거야!"

"참나, 스승님도 이게 왜 또 그것 때문이에요?"

"그나저나 어디 한 곳 부러진 것 같은데 병원도 못 가. 아이고, 아파 죽겠네. 우리 애숙 씨, 나 죽으면 불쌍해서 어쩌나? 맨날 구박은 해도 속으로는 날 얼마나 사랑하는데."

"스승님이 죽긴 왜 죽어요? 그리고 사람 목숨 그렇게 쉽게 끊어지는 거 아니에요."

"이놈아. 니가 조폭을 몰라서 그래. 그놈들이 얼마나 잔인무도한 놈들인데."

어둠 속에서 한숨을 깊이 내쉬던 선일이 신세한탄처럼 중얼거렸다.

"이럴 줄 알았으면 우리 애숙 씨 말대로 자식이라도 한둘 낳았으면 좋았을 것을. 에휴…… 이 풍진세상을 티끌만 한 흔적도 남기지 못하고 가려니 가슴 한구석이 말할 수 없이 쓸쓸하네."

"그러게 말예요. 자식을 왜 안 가지셨어요?"

"나 같은 자식 나올까 봐 겁나서 그랬다. 왜?"

"스승님이 뭐가 어때서요? 제가 보기엔 괜찮은 분 같은데."

"지금이니까 그나마 사람 꼴 비슷하게 하고 살지. 니가 예전의 날 못 봐서 그래. 얼마나 사람 속을 썩였는지 우리 부모님이나 애숙 씨한테 내가 괜찮은 사람이라고 해 봐라! 입에 거품 물고 잡아 죽이려고 할 거다. 하긴 내가 생각해도 참 철딱서니가 없었지!"

둘은 한동안 말이 없었다. 선일이 몸을 덜덜 떨면서 말했다.

"몸이 자꾸 오싹오싹하는 게 왜 이렇게 춥냐?"

"별로 추운 날씨는 아닌데요? 아무래도 스승님 몸이 안 좋아서 몸살이라도 나려는 모양이네요."

어둠 속에서 선일이 와들와들 몸을 떨며 끙끙 앓는 소리를 냈다.

"스승님, 괜찮으세요?"

대답이 없자 진만이 바닥에서 몸을 꿈틀거리며 다가가 불렀다.

"스승님? 스승님!"

그때 지하실 문이 열리더니 눈부신 손전등 불빛이 쏟아져 들어왔다. 조폭 부하들이 우르르 지하실로 내려오더니 둘을 부축해 일으켜 세워서는 밖으로 데리고 나갔다. 그들이 선일과 진만을 정원에 무릎 꿇렸다. 칼자국이 말했다.

"형님은 니들 곱게 돌려보내지 말라고 하셨지만 꽹과리 때문인지 뭣 때문인지 아무튼 형님이 정신을 차리셨으니 약속대로 풀어 준다. 대신 혹시라도 밖에 나가서 여기서 있었던 일이나 보고 들은 걸 함부로 나불대며 입방정 떨었다가는 알지?"

진만이 고개를 끄덕이며 말했다.

"예. 그럼요. 걱정 마십시오."

칼자국이 고개를 숙이고 대답이 없는 선일을 발로 툭툭 건드리며 물었다.

"인마, 넌 왜 대답이 없어? 곱게 나가기 싫어?"

진만이 얼른 대답했다.

"지금 몸이 무척 안 좋은 거 같아요. 몸살 기운이 있는 것 같은데 얼른 병원에 데려가는 게 좋을 것 같거든요."

"몸살? 놀고 있네. 이렇게 비실비실해서 퇴마는 무슨 퇴마냐? 야! 내보내!"

칼자국의 명령에 부하들이 진만과 선일을 일으켜 세우더니 대문 밖으로 내쳤다. 진만이 선일을 일으켜 세우고는 말했다.

"스승님, 괜찮으세요? 정신 좀 차려보세요!"

하지만 선일의 동공엔 이미 초점이 흐릿했고 고열에 시달리는 환자처럼 신음 소리를 내며 와들와들 몸을 떨었다. 진만이 선일을 들쳐 업고는 마침 오는 택시를 향해 마구 손을 흔들었다.

눈을 뜨다

평소와 다를 바 없는 아침이었다. 영수는 아침 식사 준비에 한창이었고 지호는 막 눈을 부비며 일어났다. 영수는 아침 메뉴를 호박국으로 정하고 도마 위에서 호박을 썰고 있었다. 영수는 여느 주부 못지않은 능숙한 솜씨로 가지런하게 호박을 썰어나갔다. 다 썬 호박을 끓고 있는 국 냄비에 넣는데 뒤쪽에서 지호가 말했다.

"아빠, 엄마가 날 쳐다봤어!"

지호는 아침에 일어나면 지영에게 아침 인사를 건네며 하루를 시작했다. 지호는 하루 동안 해야 할 일과 해서는 안 되는 일들을 지영에게 속삭인 후 스스로 그 약속을 지켰다.

"엄마가 날 쳐다봤다니깐!"

영수는 뒤도 돌아보지 않고 평소와 다름없이 맞장구를 쳤다.

"그래? 그럼, 네가 엄마한테 아빠 아침 인사까지 대신 해 줘."

잠시 조용히 있던 지호가 다시 말했다. 지호의 목소리가 평소와 달리 약간 들떠 있었다.

"그게 아니고 아빠, 엄마가 정말로 날 쳐다보고 있다니깐."

영수는 지호가 또 장난을 친다고 생각했다. 장난을 칠 때 지호가 단골로 사용하는 레퍼토리는 엄마가 자신에게 비밀 이야기를 했다며 영수에게 무슨 얘기일지 맞춰 보라고 조르는 것이었다. 영수가 물 묻은 손을 닦은 후 돌아서서 침대로 다가갔다.

"그래. 조금 있으면 엄마가 또 너한테 비밀 얘기를 했다고 말할 참이지?"

지호는 대답이 없었다. 영수가 지호의 머리를 쓰다듬으며 침대 옆에 앉아 지영을 쳐다보며 말했다.

"우리 지영 씨도 오늘 하루 행복하……?"

지영에게 인사를 건네던 영수는 문득 평소와 다른 낯선 느낌을 받았고 다음 순간 심장이 멎는 것 같은 전율에 휩싸였다. 지호 말대로 지영이 영수를 똑바로 쳐다보고 있었던 것이다. 눈을 비비고 다시 봐도 마찬가지였다. 지영의 동공은 이전의 초점 없던 흐릿한 눈이 아니었다. 또 그녀는 더 이상 천정을 보고 있지도 않았다. 똑바로 영수의 눈을 쳐다보고 있었다.

지호가 흥분해서 소리쳤다.

"그렇지? 내 말이 맞지? 우리 엄마 깨어난 거 맞지?"

흥분된 지호의 외침에도 영수는 도무지 믿어지지가 않았다. 꿈이 아니었다. 지영은 눈을 뜨고 분명한 의지로 영수와 지호를 번갈아 쳐다봤다.

영수가 떨리는 목소리로 말했다.

"자, 자기…… 아, 아니 지호 엄마!"

지영이 눈을 깜빡여 보였다. 다소 힘겨워 보이긴 했지만 그녀는 근 1년여 만에 자신의 의사를 영수에게 전한 것이다. 뿐만이 아니었다. 지영이 힘겹게 입술을 달싹거렸다. 비록 소리는 새나오지 않았지만 말을 하려고 애를 쓰고 있다는 걸 알 수가 있었다.

지호가 울면서 지영의 손을 잡고 소리쳤다.

"엄마! 엄마, 나 보여? 내 소리도 들리고?"

놀랍게도 지영이 힘겹게 고개를 끄덕였다. 지호가 환호성을 올렸고 어느새 영수의 볼엔 뜨거운 눈물이 흘러내리고 있었다. 영수가 흐르는 눈물을 닦을 생각도 하지 못한 채 울먹이는 목소리로 말했다.

"나 지금 꿈꾸는 거 아니지?"

영수는 정말로 자기 볼을 양손으로 꼬집었다.

그때 지영의 손가락이 꿈틀거렸고 팔이 조금씩 움직였다. 영수가 그런 지영의 팔을 잡았다. 떨리는 손을 뻗어 지호는 엄마가 깨어났다고 소리를 지르며 방 안을 팔짝팔짝 뛰어다녔다. 영수가 꺽꺽 울음을 삼키며 물었다.

"지영아, 너 정말 깨어난 거야? 우리한테 다시 돌아온 거야?"

입술만 달싹거리던 지영이 힘겹게 말을 했지만 숨소리처럼 소리가 너무 작아서 잘 들리지가 않았다. 영수가 울면서 지영의 입에 귀를 갖다 대고 속삭였다.

"지영아, 말해. 하고 싶은 말이 뭔지 말만 해. 너 목소리는 아무리 작은 소리라도 들을 수 있어!"

지영이 말하는 대신 힘겹게 손을 들어 올려 비위관을 건드렸다. 비위관은 식사를 하지 못하는 지영에게 물과 영양을 공급하기 위해 코에서 위까지 연결한 튜브였다. 지영이 계속 비위관을 건드리자 영수가 놀라서 손을 잡았다. 지영이 다소 잠기긴 했지만 분명한 목소리로 말했다.

"이것 좀…… 떼어 줘……."

그제야 영수는 지영이 하고자 하는 말을 알아들을 수가 있었다. 영수가 고개를 끄덕이곤 말했다.

"알았어. 당장 병원에 가서 떼어 달라고 하자! 그리고 또? 또 다른 할 말은 없어?"

지영이 깨어날 것이란 믿음을 한 번도 버린 적은 없지만 그건 어디까지나 현실의 영역에 속하는 기대가 아닌 기적을 바라는 비현실적인 소망이었을 뿐이다. 오늘 같은 평범한 아침에 이런 놀라운 기적이 일어나리라고는 단 한 번도 상상해보지 못했다.

영수는 가슴이 너무 벅차 무슨 행동을 어떻게 해야 할지 아무런 생각도 들지 않았다. 우왕좌왕하던 영수는 장모인 경옥에게 지영이 깨어났다는 소식을 휴대폰으로 알리고 병원에도 연락을 해 구급차를 불렀다.

희진은 감격해서 눈물 콧물을 쏟아내는 두 부자를 경이로운 눈빛으로 지켜보다가 가만히 창밖으로 시선을 돌렸다. 그들과는 조금 다르지만 희진 역시 그들에 못지않은 감동과 희열에 눈가가 젖어들고 있었던 것이다.

어젯밤 오피스텔에 있을 때 애타게 자신을 부르는 소리가 들렸고 허공에 나타난 이상한 구멍으로 빨리듯 들어간 후엔 의식이 사라졌다. 그 후 칠흑 같은 어둠 속을 끝도 없이 헤엄친 것 같은 이상한 여운이 몸에 남았다.

그렇게 얼마나 어둠 속을 헤맸는지 모른다. 햇빛에 눈이 부셔 눈꺼풀을 밀어 올렸더니 천정이 먼저 보였고 서서히 낯익은 공간이 시야에 들어왔다. 놀랍게도 그녀는 옥탑방, 그것도 지영이란 여자가 누워 있던 바로 그 병원 침대에 누워 있었다.

처음엔 자신에게 무슨 일이 일어났는지 알지 못했고 그대로 한참을 꼼짝도 하지 못한 채 침대에 붙박여 있어야만 했다. 말을 하려고 해도 소리가 새나오지 않았고 몸을 움직이려 해도 사지가 마비가 된 것처럼 꼼짝도 할 수가 없었다. 자신의 얼굴을 볼 수는 없었지만 지금의 모습은 침대에 누워 천정만 쳐다보던 지영이란 여자의 자세 그대로였다.

불현 듯 지영이란 여자와 자신의 운명이 뒤바뀐 건 아닌가 하는 불길한 예감에 덜컥 겁이 나기도했다. 희진은 아무런 의식도 없이 식물인간으로 평생 침대에 누워 지내는 것보단 차라리 영으로 지내는 게 훨씬 낫다고 생각했다.

그런데 영수가 일어나 아침 식사 준비하는 소릴 듣고 있을 때 놀랍게도 의식과 감각이 하나둘 깨어나고 있다는 느낌이 왔다. 죽어 있던 신경이 꿈틀거리며 움직이는 소리가 들려왔으며 무감각하던 몸의 이곳저곳에서 서서히 자극이 돌아오고 있었다. 그건 마치 죽은 사람이 되살아나 부활하는 과정처럼 경이로운 순간의 연속이었다.

그녀는 말을 할 수 있게 됐고 손과 팔을 움직여 의사를 전달할 수 있을 정도로 감각이 빠르게 되살아났다. 감각이 돌아오자 코에서 위까지 연결된 이상한 튜브가 견딜 수 없이 불편하고 답답하게 느껴졌다. 예전에도 그녀는 답답하고 불편한 걸 참아내는 인내심은 가지고 있지 않았다. 조금만 불편해도 어떻게든 그걸 해소했고 해소가 되지 않으면 짜증과 신경질을 냈다.

왜 이런 일이 일어나는지 알 수는 없었지만 희진이 영에서 인간으로 돌아오고 있다는 건 온몸으로 느낄 수가 있었다. 또 영수와 지호의 행동으로 미루어 그녀의 몸이 양희진이 아닌 한지영으로 돌아왔다는 것 역시 분명하게 깨달을 수 있었다.

얼마 후 구급대원들이 옥탑방에 들어왔고 희진을 들것에 옮겨 옥상 계단을 바삐 내려갔다. 영수와 지호가 옆에 딱 달라붙어 있었다는 건 두말할 필요도 없었다. 하고 싶은 말이 많았지만 몸이 너무 피곤하고 정신이 아득해져서 자꾸만 눈이 감겼다.

구급차의 양편에 영수와 지호가 앉아 희진의 손을 꼭 쥐고 무슨 말인가를 했지만 소리를 들을 집중력도, 대답을 해 줄 기운도 없었다. 희진은 다시 꿈의 심연으로 끝없이 추락했고 의식이 아득하게 멀어졌다.

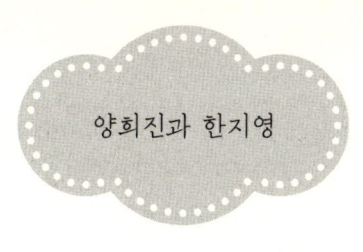

양희진과 한지영

비위관이 제거된 것만으로도 살 것 같았다. 불과 사흘이 지났을 뿐인데 몸의 모든 감각이 빠르게 정상으로 돌아왔다. 의료진들은 믿기지 않는 표정으로 그녀를 바라봤다. 여러 가지 검사를 하고 물리치료를 병행할 정도로 몸의 상태가 호전되고 있었다.

새살이 돋아나고 굳었던 뼈가 풀어지는 걸 스스로도 느낄 수 있을 정도로 몸속에선 매 순간 기적이 일어나고 있었다. 소화 기관도 믿을 수 없는 속도로 회복되어 이튿째 되는 날부터 희진은 벌써 죽을 먹기 시작했다.

가장 두려웠던 순간은 거울을 봤을 때였다. 거울 속 얼굴은 양희진이 아닌 한지영이었다. 몇 년 전 신문에서 사고로 얼굴을 잃은 여자가 세계 최초로 남의 얼굴을 이식받는 수술에 성공했다는 기사를 읽은 적이 있었다.

그 기사가 나던 때와 비슷한 시기에 희진도 코 성형 수술을 받았었다. 수술 후 처음으로 붕대를 풀 때 얼마나 두려웠던가. 붕대를 푼 후에는 한동안 콧속이 건조해져 24시간 가습기를 옆에 끼고 살아야 했고 행여 자다가 콧구멍을 건드릴까 봐 손목을 침대에 묶고 자기까지 했다. 코 하나 성형했을 뿐인데도 그토록 두렵고 불편한 시간을 보냈는데 얼굴 전체를 이식한 사람의 마음은 상상조차 힘들었다.

희진은 거울 속 낯선 얼굴을 손으로, 물론 그 손도 그녀의 것이 아니었지만, 천천히 더듬었다. 내 얼굴이 있어야 할 자리에 남의 얼굴이 있다는 건 상상 이상으로 충격적인 경험이었다. 무심코 거울을 볼 때마다 깜짝 깜짝 놀랄 것이고 그 꺼림칙한 기분을 안고 평생을 살아야 한다는 건 또 얼마나 끔찍한 일인가. 만약 예전의 희진이었다면 분명 정신적 충격을 극복하지 못하고 우울증에 걸렸거나 삶이 지옥으로 변해 버렸을 것이다.

하지만 지금의 희진은 죽었다 살아난 사람이다. 비록 자신의 얼굴은 아니지만 그녀는 다시 인간이 된 것이다. 평생 남의 얼굴로 살아간다 한들 귀신으로 사는 것보다야 비교도 할 수 없을 만큼 행복한 삶인 것이다.

더 솔직하게 말하면 희진은 흥분과 설렘으로 가슴이 터질 것만 같았다. 비록 자신의 얼굴은 아니지만 부모님을 비롯한 친구들과 곧 재회할 수 있을 것이고, 포근한 오피스텔로도 돌아갈 수 있을 것이며, 맛있는 음식은 물론 부드러운 거품이 가득한 욕조에 몸을 담글 수 있는 행복한 삶을 되찾을 수 있을 터였다.

무엇보다 다행스러운 일은 한지영의 얼굴이 생각보다 괜찮다는 점이었다. 비록 오랜 투병 생활로 가꾸지 못한 탓에 꺼칠하고 생기가 없긴 하지만 제대로 관리하면 양희진만큼은 아닐지라도 그에 못지않은 꽤 근사한 모습이 될지도 모르겠단 기대가 일었다.

희진의 앞에 놓인 미래는 황홀한 장밋빛이었다. 그녀는 롤러코스를 타는 것처럼 지옥에서 단숨에 달콤한 현실로 돌아왔다. 물론 좋은 일만 있지는 않을 것이었다. 그녀에겐 커다란 응어리가 남아 있다.

성우에 대한 원망. 귀신의 몸이었기에 배신감은 인간이었을 때와는 비교도 할 수 없을 만큼 크고 아팠다. 박성우에게 복수를 해야 할지 말아야 할지 결정을 해야만 했다.

물론 모든 걸 없던 일로 덮고 양희진의 몸으로 새 출발 할 수도 있다. 하지만 그렇게 모든 걸 잊고 살아갈 수 있을까. 성우는 그의 아이까지 가진 희진을 이용했고 더 나아가 배신까지 했다. 몰랐다면 그냥 넘어갈 수도 있었겠지만 모든 걸 알게 된 지금 그를 용서할 수는 없다. 게다가 그가 텔레비전에 등장할 때마다 배신감에 몸서리칠 생각을 하면 더더욱 그렇다.

희진은 결코 마음씨 좋은 동화 속 여주인공이 아니다. 영이었을 때부터 성우로 인해 가슴 한복판에 납덩이같은 응어리가 생겼다. 체한 것 같은 그 답답한 느낌은 인간의 몸을 갖게 된 지금까지도 사라지지 않고 예고 없이 찾아와 그녀의 심장을 아프고 우울하게 만들었다.

병원에 입원한 지 사흘째 되던 날 희진은 영수에게 집에 가고 싶다고 했다. 영수는 의료진과 상의 해 보겠다고 했지만 희진은 막무가내로 고집을 피웠다. 영수는 어쩔 수 없이 퇴원 수속을 밟았다. 희진을 옥탑방으로 돌아왔다. 옥탑방엔 아직도 예전 지영이 쓰던 커다란 병원 침대가 방 한쪽에 그대로 놓여 있었다.

희진은 그 침대에 눕는 대신 가장자리에 걸터앉아 사뭇 새로운 기분으로 방 안을 둘러봤다. 영의 모습으로 이 방에서 웅크리고 보냈던 며칠 밤의 기억이 오래된 꿈처럼 아득하게 떠올랐다.

영수와 지호는 방바닥에 앉아 수업 시간에 선생님이 재미있는 얘길 해 주길 기다리는 초등학생 같은 시선으로 희진을 올려다보고 있었다. 병원에서도 희진은 그들에게 말을 아꼈다. 아직은 두 사람에게 희망도 절망도 주고 싶지 않았다. 희진은 그들에게 아직 자신이 한지영이 아닌 양희진이라고 말할 용기가 없었다. 가엾은 두 부자에게 그건 너무 가혹한 운명이고 육신을 내어 준 한지영에게도 도리가 아닌 듯했다.

영수와 지호는 똑같이 양손으로 턱을 받치고 민망하다 싶을 정도로 뚫어지게 희진을 쳐다봤다. 하긴 한지영이 침대에 누워 있는 동안 둘은 하루 종일 침대 옆에 붙어 앉아 지금처럼 얼굴을 들여다보지 않았던가. 둘은 생김새는 물론 웃는 모습이나 눈빛까지도 정말 붕어빵처럼 닮았다. 둘이 너무나 간절한 눈빛으로 쳐다보는 통에 희진은 무슨 얘기든 해야 할 것만 같은 압박감을 느꼈다.

희진이 어색하게 입을 열었다.

"너무 오래 잠을 자서 그런지 아직은 모든 게 어색하고 낯이 설어요. 물론 지호는 내…… 아들이고…… 이영수 씨는…… 내 남편이지만…… 그러니까…… 그게……."

스스로 생각해 봐도 어색하기 짝이 없는 말이었다. 어느 엄마가,

혹은 어느 아내가, 식물인간으로 있다가 1년 만에 깨어나 아들과 남편에게 저런 식으로 존댓말을 한단 말인가. 그렇다고 달리, 어떻게 말을 꺼내야 할지 알 수가 없었다. 결혼도 안 해 본 처녀가 일곱 살짜리 아이와 적어도 7년 이상 한 이불 속에서 지냈을 남의 남편과 어떻게 자연스러운 대화를 나눌 수가 있단 말인가.

고민 끝에 희진은 마음의 부담을 덜 수 있는 임시 타협책을 쓰기로 했다.

"실은 의식을 잃은 채 식물인간으로 지낸 기간이 너무 길었는지 기억을 완전히 잃어버린 것 같아요. 더 솔직하게 말하면 두 사람에 대한 기억이 거의 없어요."

어차피 두 사람의 곁을 떠나게 될 텐데 이 편이 그나마 상처를 최소한으로 남기는 길이란 생각이 들었다. 희진의 말에 두 사람은 무척이나 놀란 표정이었다. 1년 만에 기적적으로 깨어난 엄마가 아들과 남편을 전혀 모르겠다고 하니 그들에겐 그것만으로도 천청벽력 같은 소리일 것이다.

영수가 두려움이 가득한 얼굴로 물었다.

"기억이…… 없다고? 하나도?"

희진이 고개를 끄덕이자 지호가 물었다.

"그럼 엄마는 아빠하고 내가 누군지 모른다는 거야? 엄마 누워 있을 때 매일매일 책도 읽어 주고 하루 종일 얘기도 해 줬는데?"

이번에도 희진은 고개만 끄덕였다. 물론 두 사람의 애틋한 마음을 누구보다 잘 알고 있었다. 마음은 아프지만 어차피 상처를 줘야 한다면 조금씩 나눠 주는 편이 나을 것이다.

영수와 지호는 충격을 받은 듯 말문을 닫았다. 지호는 눈물만 뚝뚝 흘렸고 영수는 어떻게 할 줄을 몰라 희진과 눈이 마주치면 애써 웃음을 보이다가도 금방 근심어린 표정으로 돌아가곤 했다.

둘을 보고 있자니 이상하게 마음이 흔들려 그들의 얼굴에 다시 웃음과 생기가 돌도록 해 주고 싶다는 충동이 일었다. 하지만 희진은 이내 고개를 흔들었다. 자신이 누구보다 이기적이라는 사실을 떠올린 것이다. 이런 구질구질한 공간에서 남편과 애까지 딸린 한지영으로 살고 싶은 마음은 추호도 없었다. 그녀는 둘을 위해 모든 사실을 밝히고 적당한 시기에 이곳을 떠나 주는 게 그나마 최선이라고 마음먹었다.

빙의

 조폭 두목에게 달라붙은 손각씨를 쫓아내고 간신히 살아 돌아온 후 선일은 이상 행동을 보이기 시작했다. 처음 며칠은 오한으로 몸을 부들부들 떨더니 이후로는 알아들을 수 없는 헛소리를 하며 비 맞은 중처럼 하루종일 중얼거리는 것이다.
 진만과 애숙이 여러 병원에 데려 가 봤지만 매번 별다른 이상은 없으니 정신과 진료를 받아 보라는 답변만 들어야 했다. 급기야 어젯밤에는 넋이 나간 사람처럼 대문을 열고 밖으로 나가 무작정 큰길로 뛰어드는데 무표정하고 부자연스러운 걸음걸이가 꼭 좀비를 연상시켰다.
 마침 진만과 애숙이 보고 붙잡길 다행이지 자칫 큰 사고가 날 수도 있는 상황이었다. 진만과 애숙은 어쩔 수 없이 선일을 방에 가뒀다. 방에 갇힌 선일은 광인처럼 소리를 지르기도 하고 어린아이처럼 울거나 낄낄거리다가 벽을 보고 하루 종일 멍하니 앉아 있었다.

애숙이 발을 동동 구르며 선일을 걱정하자 진만이 심각한 표정으로 말했다.

"틀림없습니다. 손각씨의 영이 스승님에게 옮겨 붙은 거예요!"

애숙이 눈물까지 글썽거리며 말했다.

"그럼 어떻게 해? 나 우리 장군이 아빠 없으면 못사는데. 비록 바람기가 많아 내 속을 썩이긴 했지만 결국에는 나한테 돌아와 용서를 구한 사람이야. 그거 보면 천성은 착한 사람이라구. 난 장군이 아빠가 옆에 있으면 얼마나 든든한지 몰라. 우리 장군이 아빠 잘못되면 어느 남자가 나하고 살려고 하겠어?"

언뜻 보면 진만의 엄마쯤으로 보이는 애숙이 하소연을 늘어놓으며 두툼한 손으로 눈물을 훔쳐냈다.

"병원에 가도 안 되고 현재로선 퇴마로 손각씨의 영을 쫓아내는 것 외에는 달리 방법이 없을 것 같아요."

애숙이 물었다.

"퇴마 잘못해서 평생 정신이 이상해진 사람도 있다며?"

"극히 드물긴 하지만 그런 사람이 있다는 얘기는 들었습니다."

"만약 우리 장군 아빠도 그렇게 되면 어떡해?"

"사실 퇴마를 잘못해서 이상해졌다기보다는 귀신이 들렸는데 그 귀신을 쫓아내지 못해서 정신이 이상해졌다는 게 더 맞는 얘기일 거예요. 아무튼 저대로 계속 두고만 볼 수는 없잖습니까? 스승님이 하시는 걸 봤으니 저도 그대로 따라하면 큰 문제없이 잘할 수 있을 거예요."

그러면서 진만이 꽹과리를 들어 보였다. 애숙이 땅이 꺼질 듯 한숨을 내쉬며 말했다.

"장군 아빠, 어떡해."

"자꾸 시간이 흐르면 증세가 더 심해져요!"

진만의 재촉에 애숙이 마지못해 열쇠로 안방 문을 열었다. 선일은 명상이라도 하는 양 벽을 향해 돌아앉아 있었다. 진만이 꽹과리를 뒤로 숨기고 선일을 불렀다.

"스승님, 뭐하세요? 괜찮으세요?"

"장군 아빠, 괜찮아? 점심도 안 먹고 배고프지 않아?"

미동도 하지 않던 선일의 어깨가 움찔하더니 천천히 돌아앉았다. 선일의 얼굴을 본 애숙과 진만은 동시에 신음을 흘렸다. 여자처럼 곱게 화장을 한 선일이 두 사람을 향해 눈웃음을 치며 손까지 흔들었던 것이다. 그러고 보니 그의 앞에 애숙의 화장품이 수북하게 나와 있었다.

"자, 장군 아빠……."

애숙이 신음처럼 중얼거리며 비틀거렸고 진만이 그녀를 황급히 부축했다. 겨우 정신을 차린 애숙이 속이 상해 소리쳤다.

"장군 아빠, 자꾸 왜 이러는 거야?"

그동안 어떤 말도 하지 않던 선일의 입에서 여자 목소리가 또박또박 흘러나왔다. 여자가 깔깔 웃으며 애숙을 보고 말했다.

"호호호. 자고로 여자란 틈만 나면 몸치장하고 얼굴을 가꿔야 하는 거야. 물론 남자를 보면 눈웃음치면서 엉덩이 흔드는 것도 잊지 말고. 그게 사랑받는 요령이거든. 자기처럼 힘자랑만 하면 남자들은 무서워서 다 달아나 버린다고. 호호호."

순간 애숙의 표정이 갑자기 변하더니 벌겋게 달아오른 얼굴로 진만에게 물었다.

"호, 혹시 장군 아빠가 빙의된 것처럼 연기하면서 평소 하고 싶었던 얘기를 나한테 하는 게 아닐까?"

진만도 당황한 표정으로 허겁지겁 변명을 했다.

"그, 그럴 리가요? 조폭 두목한테 달라붙어 있던 손각씨가 스승님에게 달라붙은 거예요. 외모는 스승님이지만 절대로 스승님이 아니니깐 오해하거나 마음 상하지 마세요."

애숙이 눈을 부릅뜨고 선일에게 다가갔다. 그녀는 생글생글 웃으며 온갖 얄미운 표정을 다 지어 보이는 선일의 얼굴을 노려보더니 애써 감정을 누그러트리고 말했다.

"장군 아빠, 정신 차려! 그깟 귀신의 농간에 넘어가지 말고. 생전 처음으로 가장 노릇 해 보겠다고 들떠서 온갖 폼은 다 잡더니 이 꼴이 뭐냐고! 왜 당신은 하는 일마다 한 번도 술술 풀리는 게 없고 늘 이 모양이야!"

선일이 다시 여자 목소리로 약 올리는 것처럼 말했다.

"정말 그걸 몰라서 묻니? 여자가 집에서 남자 기운도 북돋워 주고 애교도 떨어야 밖에서 힘이 나서 일도 잘 풀리는 거야. 자기처럼 남편을 동네 똥개 정도로 여기면서 툭하면 두들겨 패기나 하고 힘 자랑만 하는데 어떻게 남자가 밖에 나가 기를 펼 수 있겠어?"

애숙이 반사적으로 선일의 눈앞에 주먹을 들어 보이고는 으르렁거렸다.

"나도 이제 귀신같은 거 하나도 안 무서워! 당장 우리 장군 아빠 몸에서 나와! 어서!"

선일이 눈을 깜빡거리며 말했다.

"어머머. 또 때리려고 그런다. 그러니까 내가 바람이 나는 거야! 니 얼굴만 보면 밥맛이 뚝 떨어지는데 무슨 재미로 집구석엘 들어오겠니? 이 뚱땡아!"

순간 애숙의 눈에서 레이저 불꽃이 뿜어져 나왔다. 애숙이 후다닥 방문 밖으로 달려 나가더니 야구 방망이를 들고 들어왔다. 그녀가 야구 방망이를 흔들며 금방이라도 후려칠 기세로 말했다.

"나와! 당장 내 남편 몸에서 나와, 이 여우 같은 년아!"

그러자 진만이 기겁을 하며 앞을 가로막았다.

"미쳤어요? 그걸로 때린다고 손각씨가 스승님 몸에서 나오는 게 아니에요. 오히려 스승님 몸만 부서질 거라구요! 제 생각에는 아무래도 이 손각씨가 스승님을 괴롭히려고 자꾸 약을 올리는 것 같아요. 야구 방망이로 때리면 손각씨의 목적대로 되는 거죠."

애숙이 분을 참지 못하고 소리쳤다.

"그럼, 어서 두들겨! 그 꽹과리 부서질 때까지 계속 두들기라고, 어서!"

꽹과리란 말에 선일의 표정이 확 변하자 진만이 지체 없이 뒤에 숨겨 놓았던 꽹과리를 꺼내들었다. 꽹과리를 본 선일이 손을 내저으며 기겁을 해서 소리쳤다.

"하, 하지 마! 제발 그것만은 하지 마!"

선일을 노려보던 애숙이 진만의 손에서 꽹과리를 확 낚아채더니 소리쳤다.
"내가 눈웃음도 못치고 엉덩이도 흔들 줄 몰라서 우리 장군 아빠가 바람을 폈다구? 여우같은 년! 감히 너 따위가 뭘 안다고 함부로 주둥아릴 놀려? 내가 장선일 그 인간하고 살면서 어떤 인고의 세월을 견뎌왔는지 니가 알기나 해? 니가 썩어 문드러진 내속을 알기나 하냐고!"

진만이 말릴 사이도 없이 애숙이 미친 듯이 꽹과리를 두들기기 시작했다. 귀가 따가울 정도로 요란한 꽹과리 소리가 세상을 흔들었다. 선일이 귀를 틀어막으며 바닥에 웅크렸고 진만도 귀를 틀어막았다. 애숙은 바닥을 구르며 비명을 지르는 선일을 쫓아다니면서 귀에 대고 계속 꽹과리를 쳐 댔다.

"니년은 생전에 얼마나 엉덩이를 잘 흔들고 애교를 잘 떨었기에 죽어서도 저승에 못 들고 원귀가 되었니? 보나마나 니년은 그놈의 방정맞은 주둥이 덕분에 벼락을 맞았을 거다! 내가 앞으로 다시는 그 주둥일 못 놀리게 해 주지!"

애숙은 엄청난 속도로 채를 휘둘러 꽹과리를 두들겼다. 선일이 비명을 지르며 애원했다.

"악! 하지 마! 잘못했어! 그만해, 그만!"

"이미 늦었어! 니년의 영혼이 꽹과리 소리에 박살이 날 때까지 멈추지 않을 거야!"

애숙이 무아지경으로 꽹과리를 치는데 선일의 입에서 여자가 아닌 본래 그의 목소리가 흘러나왔다.

"아이고 나 죽는다! 아이고, 장군 아빠 살려! 장선일 살려! 애숙아, 제발 그만 좀 해! 나야, 나!"

진만이 달려들어 애숙의 손을 말리며 소리쳤다.

"그만하세요! 귀신이 도망간 것 같아요!"

그제야 애숙이 이마에 진득하게 맺힌 땀을 닦아내며 가쁜 숨을 몰아쉬곤 말했다.

"갔어? 장군 아빠, 나 봐 봐! 그 귀신 확실히 나갔어?"

선일이 방바닥에서 몸을 꿈틀거리며 말했다.

"그래. 갔어! 그러니 제발 그놈의 꽹과리 좀 치워! 머리가 터질 것 같다고!"

애숙이 꽹과리를 치우고 조심스럽게 선일을 살피는데 밖에서 시끌벅적한 소리와 함께 초인종이 울렸다. 애숙이 창문을 열고 내다보자 일전에 선일이 그랬을 때처럼 동네주민들이 대문 밖에 잔뜩 몰려와 있었다. 무슨 일인지는 보나마나였다. 그때와 다른 점이라면 이번엔 경찰차까지 대동했다는 사실이다. 애숙을 본 동네 주민들이 화가 나서 소리를 질렀고 경찰은 대문을 열라고 소리쳤다.

애숙이 대문을 열자마자 경찰 두 명이 식식거리며 집으로 올라왔다. 그중 키가 큰 쪽이 입구에서 안을 기웃거리며 물었다.

"대체 야밤에 뭐하시는 겁니까? 초인종을 몇 분을 눌렀는데 문도 안 열고. 지금 강제로 들어오려던 참이었어요!"

애숙이 난처하게 웃으며 말했다.

"집에 일이 좀 있어서. 이제 다 끝났습니다. 죄송해요."

"죄송 가지고 끝날 일이 아니에요. 시계 좀 보세요. 밤 11시가 넘었어요! 그리고 오늘이 처음도 아니고."

경찰이 애숙의 손에 들려 있던 꽹과리를 보더니 말했다.

"그거 좀 이리 줘 봐요!"

"이거 아무것도 아닌데."

"아무튼 줘 봐요."

경찰이 꽹과리를 유심히 보더니 안쪽에 붙어 있는 부적을 가리키며 물었다.

"이건 뭡니까?"

진만이 말했다.

"부적인데요."

경찰이 황당한 표정으로 반문했다.

"부적이요? 여기서 굿판 벌였어요?"

애숙이 손을 내저으며 말했다.

"구, 굿이요? 이 아저씨가 참나…… 저 보세요. 제가 어딜 봐서 무당 같이 생겼나. 그냥 집에 일이 좀 있어서."

"대체 그 일이 뭔데 오밤중에 그렇게 요란하게 꽹과리를 두들기냐구요?"

"그, 그게……."

애숙이 얼버무리며 진만을 쳐다보는데 안방에서 선일이 기어 나왔다. 얼굴에 곱게 화장을 한 선일을 본 경찰들의 눈이 휘둥그레졌다. 선일이 경찰들을 향해 부들부들 떨리는 팔을 뻗더니 여자 목소리로 말했다.

"나 좀 살려줘. 아이고, 나 죽네! 이 사람들이 날 죽이려고 해! 제발 나 좀 경찰서로 데려가줘요! 여기 있으면 나 죽을 것 같아!"

경찰들이 놀라 어리둥절한 표정을 짓자 선일이 짜증스럽게 소리 쳤다.

"뭐하는 거야! 나 좀 어서 경찰서로 데려가 달라니깐! 긴급구조 몰라? 이 사람들이 지금 날 죽이려 한다고!"

외출

    희진은 옥상 가장자리를 돌며 한 시간 가깝도록 걷는 연습을 했다. 이젠 혼자서도 큰 불편 없이 몸을 움직일 정도로 회복 속도가 빨랐다. 영수는 방에서 김 씨 아들 기철의 과외를 하는 중이었고 지호는 파라솔 아래서 그림을 그리고 있었다.
    영수는 과외를 하는 중간 중간 창문으로 희진을 훔쳐보며 몰래 웃었고 지호도 그림을 그리는 틈틈이 고개를 들고 보다가 배시시 웃음을 짓곤 했다. 지호는 도화지에 옥상을 걷고 있는 희진의 모습을 그리는 중이었다.
    물론 희진도 두 사람의 따스한 시선을 온몸으로 느끼고 있었다. 덕분에 외롭고 힘들었을 재활의 시간은 한결 견딜 만했다. 비록 럭셔리한 생활도 없고 화장실도 공동으로 사용해서 불편한 것투성이지만 이상하게 이곳 옥탑방에는 그녀가 이전에 느껴보지 못한 소소한 행복들이 곳곳에 흩어져 있었다.

영수가 근처 고물상에서 얻어 온 낡은 벤치 그네에 희진과 지호를 앉히고 밀어 주었다. 그네는 그녀가 타 본 어떤 놀이공원의 롤러코스터보다 재미있었다. 시원한 밤바람을 맞으며 그네의 움직임에 따라 하늘에 떠 있는 별들이 나타났다 사라졌다 하는 모습을 올려다보는 경험은 생각보다 훨씬 로맨틱했다.

이전에는 마음 한구석에 늘 영문을 알 수 없는 허전함과 외로움의 공간이 자리하고 있었지만 이곳에선 늘 따스한 감정이 샘솟았다. 그녀가 특별히 뭔가를 하지 않아도 영수와 지호의 입에선 연신 함박웃음이 터져 나왔고 그런 그들의 모습을 지켜보다보면 희진도 덩달아 기분이 좋아지면서 묘한 행복감에 빠져들었다.

희진은 옥탑방을 떠나야 할 날을 자꾸만 차일피일 미루고 있었다. 영수와 지호 두 사람에게 한지영이 없는 삶은 상상하기조차 어렵다는 걸 희진은 너무나 잘 알기 때문이다. 물론 이 옥탑방에서 평생 눌러 살 수는 없는 노릇이었다. 청담동 명품녀가 적응하기에 이곳은 너무 불편했고 초라했다.

어디선가 음악 소리가 들려왔다. 희진은 소리에 이끌려 옥상의 가장자리로 다가갔다. 옥상 너머 어느 집 텔레비전에서 흘러나오는 음악 소리였다. 음악을 듣는 순간 방금 전까지 그녀를 감싸고 있던 따스한 기운이 흔적도 없이 사라졌다.

희진은 화난 사람처럼 서둘러 방 안으로 들어갔다. 기철을 가르치고 있던 영수가 갑자기 방으로 들어선 희진을 보고 놀라서 쳐다봤지만 그녀는 아무것도 보이지 않는 사람처럼 바닥에 흩어진 책이며 옷

가지를 멋대로 던지며 리모컨을 찾더니 지체 없이 텔레비전을 켰다. 영수가 난감한 표정으로 말했다.

"지금 수업하는 중인데."

하지만 희진은 영수의 말 따위는 들리지도 않는 듯했다. 그녀는 리모컨을 이리저리 돌리다가 찾고 있던 음악 프로에 채널을 맞췄다. 박성우가 백댄서들과 함께 화려한 무대 위에서 「기억해」를 열창하고 있었다. 그동안 의도적으로 텔레비전은 보지 않으려고 했는데 「기억해」를 듣는 순간 희진의 의지는 한순간에 허물어졌다.

영수가 다가오더니 조심스럽게 물었다.

"왜 그래? 무슨 일이야?"

넋이 나간 사람처럼 텔레비전을 노려보며 희진이 날카롭게 소리쳤다.

"아무 말도 하지 말아요!"

희진은 성우의 무대가 끝난 후에도 굳어 버린 사람처럼 미동도 하지 않았다. 영수는 기철을 내보냈고 지호는 그림을 중단하고 방으로 들어와 걱정스럽게 희진의 뒷모습을 바라봤다. 희진도 모르는 사이 그녀의 뺨에 눈물이 흐르고 있었다. 희진은 눈물을 닦고는 텔레비전을 끄고 화장대 의자에 앉았다.

화장대 앞에 앉은 희진은 다시 한참 동안 꼼짝도 하지 않고 거울만 쳐다봤다. 지호가 뭐라고 말을 하려는 걸 영수가 말렸다. 영수는 기억을 잃어버렸다는 희진의 지금 심정이 얼마나 복잡하고 힘들지 이해하려 애썼다. 지호가 영수의 귀에 대고 속삭였다.

"엄마, 아까 텔레비전 보고 왜 그랬어? 그 노래 아빠가 만든 노래하고 비슷하다는 그 노래 맞지? 혹시 엄마가 그 노래 듣고 기억이 돌아온 거 아닐까? 아빠, 그러지 말고 아빠가 그 노래 엄마한테 불러 줘 봐. 엄마가 가장 좋아하던 노래니까 그 노래 듣고 엄마 기억이 돌아올지도 모르잖아."

"엄마는 지금 옛날 기억을 떠올리려고 힘들게 애쓰고 있는 거야. 우리가 괜히 옆에서 귀찮게 하는 것보다 엄마 스스로 기억을 떠올리도록 기다려주는 게 좋을 것 같아. 하고 싶은 얘기가 있어도 엄마가 기억을 되찾을 때까진 그냥 기다리자. 너도 생각해 봐. 지금 엄마한텐 우리가 생전 처음 보는 사람들이나 마찬가지라잖아. 그 기분이 얼마나 이상하겠어?"

지호가 풀이 죽은 소리로 말했다.

"저러다가 엄마 기억이 영원히 돌아오지 않으면 어떡해?"

"말도 안 돼! 그런 일은 없어. 엄마는 절대로 우릴 잊지 않아!"

희진은 손을 들어 거울 속 낯선 얼굴을 천천히 쓸어보았다. 다행스러운 건 생김새나 분위기가 전혀 다른데도 어딘지 모르게 익숙하고 편안한 느낌이 든다는 점이었다. 어쩌면 운명의 수가 같아서 서로 통하는 뭔가가 있는지도 몰랐다.

성우의 음악을 듣고 그의 모습을 텔레비전에서 확인하는 순간 잠들어 있던 그녀의 욕망이 번쩍 눈을 뜬 것 같은 기분이 들었고 갑자기 이 옥탑방에서 다른 사람의 모습으로 지내고 있는 자신의 모습이 견딜 수 없이 초라하고 구질구질하다는 생각이 들었다.

'그래. 난 이런 곳에서 살 수 없는 사람이야. 지금 내가 여기서 뭘 하고 있는 거지?'

비록 몸을 빌려 다시 살아나긴 했지만 엄연히 한지영과 자신의 삶은 다르고 또 다를 수밖에 없는 것이다.

'여긴 내가 있을 곳이 아니야. 본래의 내 자리로 돌아가야 해!'

한참 동안 거울 속 한지영의 얼굴을 들여다보던 희진은 화장대 서랍을 열었다. 몇 가지 싸구려 기초 화장품이 눈에 띄었고 그나마도 대부분 오래된 것들이었다. 아마도 지영이 사고가 난 후 이 서랍 속의 시간은 멈춰 있었을 것이다.

희진은 깊은 한숨을 내쉬었다. 그녀는 화장한 한지영의 모습, 아니 앞으로는 자신의 모습이 될 여자의 얼굴을 빨리 보고 싶었다. 그녀의 오피스텔에 있는 온갖 명품 화장품들이 너무도 아쉬웠다. 그것들로 화장을 하고 피부 마사지를 받은 후 명품 옷을 걸쳐 입는 것만으로도 근사한 모습으로 변신할 수 있을 것이다. 아니, 머리도 새로 해야지. 세시봉 김 원장한테 가면 알아서 가장 잘 어울리는 스타일로 꾸며 줄 것이다.

사람들이 얼마나 놀라워할지 상상하는 것만으로도 가슴 벅찬 희열이 솟구쳐 올라왔다. 부모님도 처음엔 놀라겠지만 분명 감격의 눈물을 흘릴 것이다. 비록 얼굴이 바뀌긴 했지만 죽었다고 생각한 딸이 돌아왔는데 어찌 감동하지 않을 것인가.

희진은 공상에 빠져 자기도 모르게 거울을 보고 빙긋 웃었다. 문제는 성우였다. 복수하자니 구질구질하고 그냥 넘어가자니 억울한 기분을 지울 길이 없었다.

확실한 건 이젠 옥탑방을 떠나야 할 때가 왔다는 것이. 아니, 한시라도 빨리 예전 그녀의 편안한 공간으로 돌아가고 싶었다. 몸도 꽤 회복되어 혼자 걸을 수 있을 정도가 됐고 회복 치료를 받더라도 좀 더 좋은 시설의 병원에서 하고 싶었다.

영수와 지호에겐 미안하지만 본래의 자리를 찾으면 적어도 그들에게 물질적인 도움은 줄 수 있을 것이다. 그들을 위해 가끔 만나서 한지영에 대한 얘기를 함께 나눌 마음도 있었다.

문득 정신을 차리고 보니 거울 한 귀퉁이에 두 사람의 얼굴이 비치고 있었다. 둘 다 뚫어지게 그녀의 뒷모습을 지켜보고 있었다. 대체 언제부터 저렇게 보고 있었던 거지. 희진은 어떤 식으로 그들에게 이별을 고해야 할지 고민에 휩싸였다.

희진이 돌아앉자 두 사람의 눈에서 동시에 반짝하고 빛이 났다. 영수와 지호의 순수한 눈빛을 대하는 순간 싸한 아픔 같은 게 가슴 밑바닥을 스치고 지나갔다. 희진은 그들의 눈길을 애써 외면하며 입을 열었다.

"잠시, 혼자만의 시간을 가지고 싶어요."

희진이 고개를 들었을 때 두 사람은 눈도 깜빡거리지 않고 그녀만 쳐다보고 있었다.

"그러니까 혼자 여행이라도 잠시 다녀오고 싶다구요. 여기 있으면 모든 게 혼란스러워서 너무 힘이 들어요."

영수와 지호가 두 눈을 동그랗게 뜨고 차례로 물었다.

"여행?"

"엄마 혼자?"

희진이 바닥으로 내려와 지호의 머리를 쓰다듬으며 말했다.

"미안해. 예전에는 어땠는지 모르지만 난 아직 지호 엄마가 될 준비가 되지 않은 것 같아. 그래서 이곳도 낯설고 많이 힘든 거야. 그러니까 내가 마음의 정리를 할 수 있을 때까지 지호 네가 좀 이해해 주면 안 되겠니?"

물끄러미 희진을 보던 지호의 눈에서 주르륵 눈물이 흘러내렸다. 지호가 울면서 말했다.

"엄마, 정말 나 기억 안 나? 엄마 침대에 누워 있을 때 내가 매일 동화책 읽어 주고 하루 종일 있었던 일 다 얘기해 주고 그랬는데. 정말로 엄마가 지호 얼굴을 기억하지 못하는 거야?"

희진도 뭉클해지는 감정을 억누르며 말했다.

"알아. 지호가 동화책 읽어 주고 한 거 다 기억해. 하지만 난……아무튼 지금은 설명하기가 좀 힘들어. 그러니까 나한테 조금만 시간을 좀 줘. 그럼, 나중에 다 설명해 줄게."

영수가 풀이 죽은 소리로 말했다.

"아직은 몸이 회복되지 않아서 멀리 여행가는 건 힘들 텐데."

"여행이 아니라 공기 좋은 조용한 데 가서 좀 쉬다가 오려고요."

영수가 할 말을 찾는 것처럼 머뭇거리자 지호가 와락 희진의 품에 안기며 매달렸다. 희진은 자기도 모르게 움찔하고 뒤로 물러나다가 이내 지호를 껴안고 머리를 쓰다듬었다. 가냘픈 지호의 몸이 품에 들어온 순간 그녀의 몸 어딘가에서 낯선 느낌이 꿈틀하고 움직였다. 희진은 알지 못하지만 몸은 익숙하게 기억하는, 마치 몸과 마음이 따로 반응하는 것 같은 기이한 감정이 그녀를 당혹스럽게 만들었다.

지호가 그 어느 때보다 서럽게 울면서 말했다.

"엄마, 지호하고 아빠 남겨 두고 가지 마! 아빠도 나도 엄마 없으면 안 돼. 귀찮게 하지 않을게. 말도 시키지 않고 가까이 가지도 않을게. 그러니까…… 제발!"

지호의 뜨거운 눈물이 희진의 팔을 타고 축축하게 흘러내렸다.

"아주 가는 거 아냐. 금방 돌아올 거야. 최대한 빨리 돌아올게."

희진이 난처해하자 영수가 가만히 지호를 떼어내며 물었다.

"꼭 가야 해?"

희진이 고개를 끄덕였다.

"어디로 갈 건데?"

희진이 고개를 가로저었다. 영수가 눈물을 훔치고는 떨리는 음성으로 물었다.

"언제 갈 건데?"

희진이 들릴 듯 말 듯 한 소리로 대답했다.

"지금 당장."

지호가 영수에게 매달리며 애원했다.

"아빠, 엄마 가지 말라고 해. 엄마 붙잡아!"

희진이 말했다.

"지호야, 약속해. 꼭 돌아올 거야. 어쩌면 네가 생각하는 것보다 훨씬 일찍 돌아올 수도 있어. 정말이야!"

지호가 눈물이 흥건한 얼굴로 고개를 저었다.

"안 될 것 같아. 다른 일은 다 참을 수 있어도 엄마가 없는 건 참을 수가 없을 것 같단 말야."

"아직 몸도 완전히 회복되지 않았어. 가더라도 조금 더 몸을 추스

르고 좀 더 있다가 가!"

"이해해 줘요. 난……."

"이해해. 우리에 대해 아무것도 기억하지 못하면서 함께 생활해야 한다는 게 당신한테 얼마나 힘든 일인지. 말하자면 나도 낯선 남자로 느껴지는데 한 방에서 자야 하고 또……."

"꼭 그래서 그런 건 아니에요. 그냥 내가 혼란스러워서 그런 거예요. 그러니까 갈 수 있도록 놓아 줘요."

영수가 가만히 고개를 숙이고 있더니 자리에서 일어나 책상 서랍에서 하얀 봉투를 꺼내왔다. 그가 봉투를 건네며 말했다.

"여행 가려면 경비가 있어야지. 가지고 가. 그리고 당신 1년 동안 누워 있어서 세상물정도 잘 모를 텐데 어떻게 혼자서 간다는 거야?"

희진이 봉투에서 5만 원짜리 한 장만 빼고는 다시 건네며 말했다.

"돈은 됐어요. 그냥 택시비 정도만 있으면 돼요."

"안 돼! 돈도 없이 어딜 가겠다는 거야?"

"내 걱정은 하지 않아도 돼요. 정말로!"

뚫어지게 희진의 얼굴을 바라보던 영수가 결국 말 잘 듣는 학생처럼 가만히 고개를 끄덕였다. 희진이 자리에서 일어나자 영수와 지호도 동시에 같이 일어났다. 영수가 침울한 소리로 말했다.

"1층까지 데려다줄게."

희진은 영수와 지호의 손에 이끌려 조심스럽게 옥상 계단을 내려갔다. 육신을 얻은 후 첫 외출이었다. 아직 다리에 힘이 부족하고 관절이 뻣뻣했지만 걷는데 크게 불편한 정도는 아니었다. 영으로 지낸 시간이 그리 오래되지 않았음에도 이렇게 걸어서 밖으로 나가는 게 전생의 기억처럼 아득하게 느껴졌다.

건물 밖 거리로 나선 희진은 영수와 지호의 손을 놓고 눈을 감았다. 피부를 훑고 지나가는 부드러운 미풍, 따사로운 햇살, 안정되게 중심을 잡아 주는 중력의 힘. 희진은 이전에 신경조차 써 본 적이 없는 무수한 감각과 자극들을 하나도 놓치지 않으려는 듯 미간을 모았다. 희진은 그녀가 기억할 수 있는 그 어느 때보다 지금 이 순간이 황홀했고 행복했다.

영수는 지영의 행복한 얼굴을 슬픈 표정으로 바라봤다. 지영이 깨어난 것도 믿기지 않았지만 자신과 지호를 기억하지 못한다는 사실은 그보다 더 믿어지지 않았다.

영수는 지영을 위해서라면 어떤 일도 할 수 있었다. 지영은 어머니를 제외하고 그를 이해해 준 유일한 여자였기 때문이다. 지영을 만나기 전 영수에게 호감을 가지고 접근했던 많은 여자들은 끊임없이 그에게 뭔가를 요구하고 그를 변화시키려다 제풀에 지쳐 떠나갔다.

그녀들은 세상일에 능숙하지 못한 영수를, 괴팍하면서도 때론 바보 같은 영수를 도무지 이해하지 못했다. 졸업도 하기 전 국내 굴지의 대기업 여기저기서 스카우트 제의가 들어올 정도로 뛰어난 학업 능력을 지니고 있음에도 왜 무조건 사람들을 피하고 무슨 일에든 움츠러드는지 답답해했다.

하지만 지영은 그에게 어떠한 요구도 하지 않았다. 그녀는 영수의 있는 그대로의 모습을 사랑했다. 그녀가 그의 어떤 면에 매력을 느꼈는지 영수는 알지 못한다. 단지 지영이 어려운 집안 형편에도 음악에 대한 열정을 버리지 않았던 음대생이었기에 미성에 가까운 영수의 목소리를 좋아한 것이 아닐까 짐작만 할 뿐이다.

지영은 영수가 이해하지 못하는 세상을 늘 친절하고 재미있게 설명해 줬다. 세상의 다른 사람들과 영수의 생각이 얼마나 어떻게 다른지, 이해할 수 있도록 도와줬다. 그런 지영이 영수와 지호만 남겨 둔 채 혼자 어디론가 떠나려 하고 있었다.

슈퍼에서 재준 엄마가 달려 나오며 호들갑스럽게 소리쳤다.

"아이구, 세상에! 기적이 따로 없네. 기적이 따로 없어! 설마 설마 했는데 정말로 벌떡 일어났네!"

희진이 어색하게 웃자 재준 엄마가 말했다.

"이제 보니 지호 엄마, 키도 크고 너무 미인이다! 근데 세 식구가 지금 어디 가는 거야? 나들이라도 가는 건가?"

희진은 그녀의 말을 못들은 것처럼 외면하더니 마침 다가오는 택시를 향해 손을 들었다. 택시가 앞에 와서 멎자 그녀는 다른 말없이 재빨리 올라탄 후 지호와 영수를 돌아보고 말했다.

"금방 돌아올 테니까 잘 지내고 있어요."

마치 아이들만 남겨 두고 혼자만의 행복을 위해 몰래 도망가는 못된 엄마가 된 것 같은 기분이 들었지만 그것과 이건 전혀 다른 문제라고 스스로를 위안 했다. 지호가 가지 말라면서 울음을 터뜨리자 희진은 재빨리 기사에게 말했다.

"어서 출발해요!"

택시가 출발한 후에야 희진은 고개를 돌려 멀어지는 영수와 지호를 지켜봤다. 지호는 영수의 팔에 매달려 울음을 터뜨리고 있었고 영수는 멀어지는 택시에서 눈을 떼지 못하고 있었다.

희진은 고개를 돌리고 눈을 감았다. 그녀는 어쩔 수 없는 일이라고, 자신의 잘못이 아니라고 쉼없이 되내었다.

희진은 택시 안에서 앞으로 어떻게 해야 할지에 대한 생각들을 정리했다. 곧바로 부모님을 찾아가기엔 너무나 갑작스러울 것 같았다. 그녀는 일단 오피스텔로 방향을 틀었다. 미영이 환호성을 지르던 그 공간이 희진 역시 너무나 그리웠던 것이다.

오피스텔에 들어서자마자 아로마 향의 거품 목욕을 한 후 고소한 치즈와 와인을 곁들여 먹으며 창가 티 테이블에 앉아 도심의 풍경을 느긋하게 내려다볼 것이다. 건너편 그녀의 피트니스도 잘 돌아가고 있는지 살펴볼 수도 있을 것이다. 그런 다음엔 알몸으로 포근한 낙타이불 속으로 쏙 들어가 잠을 청할 것이다.

달콤한 잠에서 깨어난 후에는 한지영을 양희진 못지않은 아름다운 여자로 변신시킬 것이다. 마음에 들지 않는 부분이 있다면 주저없이 고칠 것이다. 다행히 한지영의 얼굴엔 성형의 흔적이 보이지 않았다. 요즘 젊은 여자가 얼굴에 전혀 손을 대지 않았다니 오히려 의아한 생각이 들었다. 운명의 수가 같은 두 사람이 극단적으로 다른 성격과 삶의 방식을 가졌다는 생각을 하니 묘한 기분이 들었다.

택시 기사가 이상한 눈으로 훔쳐볼 정도로 희진의 얼굴엔 자꾸만 실없는 웃음이 번졌다. 택시가 오피스텔 앞에 도착했고 그녀는 익숙한 몸짓으로 안으로 걸어 들어가 엘리베이터에 올라탔다. 흥분된 심장이 쿵쿵 소리를 내며 뛰었다.

8층에서 엘리베이터 문이 열렸다. 엘리베이터 앞에 누군가 서 있었다. 희진은 앞에 서 있는 여자를 보고 하마터면 소리를 지를 뻔했다. 그녀는 다름 아닌 미영이었다. 미영은 특유의 맹한 눈으로 희진을 빤히 쳐다보고 있었다. 희진이 놀람과 반가움이 교차하는 심정으로 그녀에게 말을 하기 위해 입을 달싹거리는 순간 미영이 먼저 말했다.

"안 내려요?"

"응? 아, 아뇨. 내릴 거예요."

희진이 얼버무리며 내리자 미영이 그녀와 교차하여 엘리베이터에 올라탔다. 미영은 별 이상한 여자 다 보겠다는 뜨악한 표정으로 희진의 아래위를 훑어보더니 엘리베이터의 문을 닫았다. 그제야 희진은 자신의 외모가 한지영이란 사실을 떠올렸다. 엘리베이터를 타고 내려가는 미영의 표정과 생각이 들리는 듯했다.

'재수 없게 뭘 빤히 쳐다봐? 옷차림도 후줄근해 가지고.'

희진은 아래층으로 내려가는 엘리베이터 불빛을 바라보며 혼잣말로 중얼거렸다.

"기집애가 이젠 아예 제집처럼 드나들고 있어. 이참에 아예 비밀번호를 바꿔 버려야지 안되겠어."

희진은 복도를 걸어 그녀의 오피스텔 앞에 섰다. 도어락의 비밀번호를 누르자 익숙한 문 열리는 소리가 들렸다. 희진은 다시 찾은 그녀의 공간에 들어섰다. 미영이 남긴 작은 흔적들이 눈에 거슬렸지만 크게 변한 건 없었다.

오피스텔 한가운데 서서 생각에 잠겨 있던 희진은 혼자 느긋하게 행복을 즐기려던 계획을 바꿨다. 그녀는 유선 전화로 미영에게 급히 전화를 걸었다.

"여보세요?"

미영의 놀란 목소리가 수화기를 타고 넘어왔다. 당연히 놀랐을 것이다. 휴대폰에 찍힌 발신번호가 다름 아닌 오피스텔 전화일 테니. 희진은 일부러 대답을 하지 않고 숨을 죽였다. 약 2~3초 후에 이전보다 더 겁먹은 미영의 목소리가 넘어왔다.

"누, 누구세요?"

"누구라고 생각해?"

미영이 거의 울 것 같은 음성으로 말했다.

"다, 당신 누구야? 이 전화번호는……."

"그래. 양희진의 오피스텔에 있는 전화지. 내가 죽은 다음부터 네가 제집처럼 드나들고 있는 내 오피스텔 말이야!"

순간 수화기 저편에서 "끼악!" 하고 비명 소리가 들려오더니 통화가 뚝 끊어졌다. 희진이 전화기를 들고는 어이없이 쳐다보다가 다시 전화를 걸었다. 하지만 아무리 신호가 울려도 미영은 휴대폰을 받지 않았다.

"뭐니? 참나, 이 계집애 아예 전화도 안 받네? 하긴 지가 잘못한 일이 있으니 기절초풍할 만도 하겠지."

희진은 쓴웃음을 머금고는 창가 티 테이블로 가서 자리를 잡고 앉았다. 테이블엔 미영이 마시다가 남겨둔 와인 병이 잔과 함께 그대로 올려져 있었다. 희진은 코웃음을 치며 와인을 따라 입에 흘러 넣은 다음 혀를 굴리며 맛을 음미했다. 와인 한 모금에 하마터면 눈물이 왈칵 솟구칠 정도로 감동이 솟구쳤다.

희진은 건너편 피트니스로 눈길을 돌렸다. 그곳엔 늘 변함없이 몸짱을 꿈꾸는 많은 남녀들이 땀을 흘리며 러닝머신 위를 달리거나 어마어마한 무게의 기구를 들어 올리고 있었다. 김 트레이너가 회원들의 자세를 교정하면서 돌아다니는 모습도 보였다. 그녀가 없다는 사실만 빼면 피트니스는 이전과 다름없이 잘 돌아가고 있었다.

희진은 음악을 틀어놓고 자신의 화장대 앞에 앉았다. 한지영의 얼굴은 옥탑방에서 보던 것과 이곳에서 보는 얼굴이 어딘지 모르게 달라 보였다. 화장대 위엔 온갖 종류의 명품 화장품들이 늘어서 있었다. 개중에는 미영이 손을 댄 흔적이 남아 있는 물건도 있었다. 목욕을 하고 이 화장품으로 한지영의 얼굴을 꾸며 볼 작정이었다.

희진이 욕탕으로 들어가기 위해 막 옷을 벗으려는데 초인종이 울렸다. 그녀의 오피스텔인데도 심장이 불안하게 두근거렸다. 오피스텔에 저렇게 초인종을 누를 만한 사람이 많지 않았던 것이다. 혹시라도 그녀를 아는 누군가가 찾아온 것이라면 입장이 무척 난처해질 것이다. 지금 그녀의 모습은 양희진이 아닌 한지영이었기 때문이다. 희진은 문을 여는 대신 음악 소리를 낮추고 숨을 죽였다.

초인종 소리가 멎고 희진이 안도의 숨을 내쉬는 순간 도어락의 비밀번호 눌리는 소리가 들려왔다. 그건 곧 방금 초인종을 누른 사람이 미영이란 얘기였다. 아마도 전화를 받고는 이상해서 되돌아온 것이리라. 아무런 사전 설명도 없이 미영과 맞닥트리는 건 예정에 없던 일이지만 어차피 한 번은 겪어야 할 일이라 생각하자 뜻밖에도 웃음이 새나왔다.

오피스텔 문이 열리고 누군가 안으로 들어왔다. 안으로 들어선 사람은 미영이 아니었다. 그는 경찰관 정복을 입고 있었다. 경찰관은 희진을 노려보더니 천천히 문을 열어젖히고는 뒤쪽을 돌아보면서 물었다.

"모르는 사람이 확실합니까?"

경찰관의 뒤쪽에서 겁먹은 표정의 미영이 살짝 고개를 내밀고 희진을 보더니 짧게 대답했다.

"네. 전혀."

먼저 들어왔던 경찰관과 함께 또 한 명의 경찰관이 성큼성큼 안으로 걸어 들어왔다. 그들은 경찰관 신분증을 보이고는 굳은 표정으로 말했다.

"당신을 주거 침입죄로 체포합니다!"

희진이 당황해서 말했다.

"잠깐만요, 뭔가 오해가 있는 것 같은데……."

희진이 고개를 빼고 경찰관 뒤에 숨어 있는 미영을 향해 소리쳤다.

"미영아, 나 희진이야. 양희진! 물론 외모가 바뀌어서 네가 알아보지 못하겠지만 나하고 5분만 얘기해 보면 내가 희진이란 거 알 수 있을 거야. 우리 둘 사이에 있었던 일이라면 뭐든 물어 봐. 내가 다 대답할 수 있으니까. 미영아!"

희진이 다가가려하자 미영이 귀신이라도 본 것 같은 표정으로 비명을 질렀다.

"꺄악! 저거 봐요! 저 여자 완전 미친 여자예요! 어우우, 팔에 소름끼치는 것 좀 봐! 어서 잡아 가세요, 어서!"

"미영아, 너 왜 그래? 나 희진이라고. 5분만 얘기해 보면 알 수 있다고 했잖아. 미영아, 잠깐만! 미영아!"

하지만 희진은 더 이상 말을 이을 수가 없었다. 경찰관이 그녀의 손목에 차가운 수갑을 채웠기 때문이었다.

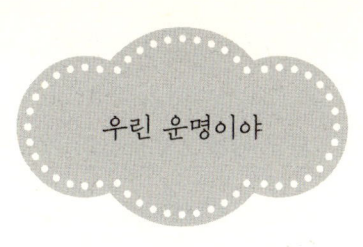

우린 운명이야

 선일은 어떻게든 빙의된 정옥의 영을 내쫓기 위해 안간힘을 썼지만 가위에 눌린 것처럼 할 수 있는 게 아무것도 없었다. 엄청난 기운에 짓눌려 자아가 의식 깊은 곳으로 밀려들어간 그런 기분이었다. 말을 할 수도 자기 몸을 움직일 수도 없었다. 단지 보고 들을 수 있다는 사실에 만족할 뿐이었다. 처음엔 그마저도 불가능했지만 시일이 흐르면서 억누르는 정옥의 기운이 약해진 덕이었다.
 지금 선일의 육신이 있는 곳은 영화나 드라마에서 보곤 했던 경찰서 취조실이었다. 시커먼 벽면으로 둘러싸인 밀폐된 방 한가운데는 철제 책상 하나가 덩그러니 놓여 있었다. 선일의 육신은 그 철제 책상 맞은편 의자에 혼자 앉아 있었다. 그는 왜 자신의 육신이 이곳에 와 있는지 알지 못했다. 애숙의 꽹과리 소리를 피해 자진해서 경찰서로 온 것까진 생각이 나는데 이후로는 기억이 끊어졌던 것이다.

비록 보고 들을 수는 있지만 정옥이 의도적으로 강한 힘으로 누르면 순간적으로 차단막이 내려오는 것처럼 의식이 암흑으로 변해 아무것도 알 수가 없었다. 정옥은 필요에 따라 힘을 적절히 사용했다. 지금은 정옥이 휴식을 취하거나 힘을 비축하는 시간인 듯했다. 억누르는 힘이 한층 약화되어 있었던 것이다.

선일이 조심스럽게 소리를 냈다. 입을 통해 말소리를 낸 것은 아니었다. 그저 내면의 정옥에게 생각을 전달하는 정도였다.

나한테 왜 이러는 거야? 그리고 내 몸이 왜 여기에 와 있는데? 대체 내 몸으로 무슨 짓을 한 거야? 이런 젠장맞을! 내 소리 들리는 거 다 알아! 대답 좀 해 봐! 남의 몸을 함부로 빼앗았으면 이유 정도는 알려 줘야지. 귀신들 세상엔 그 정도의 예의도 없나?

묵묵히 있던 정옥이 역시 내면의 소리를 통해 답했다.

조용히 하지 않으면 다시 눈과 귀를 틀어막아 버릴 거야!

젠장 맞을! 적반하장도 유분수지. 이게 니 몸이야? 내 몸이지! 죽었으면 곱게 저승으로 들 것이지 왜 인간한테 달라붙어서 해코지를 하냐고! 저승사자가 일을 똑바로 못하니까 이런 일이 벌어지지! 도대체 걔네들은 어디서 뭘 하는 거야? 이승을 떠돌아다니며 인간 괴롭히는 악귀들이 이렇게나 많은데 잡아가지도 않고! 완전히 직무유기야!

난 너 같이 말만 번지르르하게 하면서 사기치고 다니는 얍삽한 인간을 제일 싫어해.

이런 젠장 할! 내가 사기 치는 거 봤어? 봤냐고?

그걸 꼭 봐야 아는 줄 알아? 내가 살아생전에 천기를 보던 사람이야. 니 관상 정도는 척보면 척이지. 어디 사기만 치고 다녔나? 마누라 속은 있는 대로 썩이며 온갖 망나니짓은 다 했다는 것도 알아. 어디 내 말이 틀렸어?

정옥의 말에 선일은 말문이 막혔다. 따지고 보면 틀린 말 하나도 없었던 것이다. 선일이 꼬리를 내리고 불쌍한 목소리로 말했다.

솔직히 그건 인정한다. 내가 생각해도 옛날에 난 죽일 놈 맞어. 하지만 지금은 아니라고. 바람? 지금 나는 선풍기 바람도 멀리 피해 다니는 사람이야. 그리고 너도 봤잖아. 나 퇴마하는 거. 그거 사기 아니야! 그리고 퇴마도 무조건 돈벌이로만 하는 것도 아니고. 지난번에는 죽어서 그 자리를 못 떠나고 지박령이 된 어린아이의 영과 부모를 만나게 해 줬는데 그 집 형편이 워낙 어려워서 돈도 안 받았어. 어떻게든 돈을 내미는 걸 내가 극구 사양했다고. 예전엔 몰라도 지금은 개과천선 했다니깐.

그게 사실이라면 그나마 다행이네. 하지만 니가 사기치고 다닌 걸로 이러는 게 아니야. 넌 아주 중요한 실수를 한 가지했어.

실수라니? 내가 뭘?

그 조폭 두목!

조폭 두목이 왜?

내가 그놈에게 갚아야 할 게 있었거든. 그래서 힘들 게 그놈 몸에 들어가 빙의를 했는데 네놈이 나타나 일을 망쳤잖아!

이런 젠장맞을! 그게 왜 내 잘못이야? 난 그놈이 조폭 두목인 줄도 몰랐고 당신하고 원한이 있는 사이인 줄도 몰랐다구.

네가 알았든 몰랐든 상관없어. 결과적으로 너 때문에 일을 망쳤으니까 대신 네 육신을 빌려서 일을 마무리 지으려는 거야.

무슨 소리야? 여긴 꽹과리 소리 피해서 온 게 아니었어?

그때 취조실 문이 열리더니 정복을 입은 사람과 형사 몇 사람이 안으로 들어왔다. 선일이 놀라서 소리쳤다.

"뭐야, 이거? 무슨 짓을 했기에 분위기가 이렇게 살벌해?"

하지만 정옥은 더 이상 대꾸하지 않았다. 뿐만 아니라 느슨하던 기운의 힘을 증폭시키더니 선일의 입을 다물게 만들었다. 정복을 입은 남자가 건너편 의자에 앉더니 말했다.

"경찰서장입니다. 이거 뭐라고 감사의 말씀을 전해야 할지 모르겠군요."

서장은 잠시 뜸을 들였다가 말을 이었다.

"방금 우리 직원들이 장선일 씨가 알려 준 곱등이파의 범죄 증거들을 대부분 찾았다고 합니다. 놈들이 산속에 유기한 무녀 박정옥의 시신과 흉기, 성인 오락실의 비밀 장부와 놈들의 은신처. 그리고 범죄 증거들을 모아 놓은 지하실까지 모조리 말입니다. 모든 게 장선일 씨가 얘기해 준 그대로였습니다."

정옥이 감정을 억누르려는 듯 잠시 숨을 몰아쉬다가 차분하게 말했다.

"무녀 박정옥의 시신은 제가 부탁한대로 후하게 장례를 치러 주시기 바랍니다."

"예. 그건 걱정하지 마십시오. 그런데 대체 장선일 씨는 어디서 그런 정보들을 얻게 된 겁니까?"

정옥이 말했다.

"그런 건 알거 없어요. 난 그냥 박정옥의 시신을 찾아 정당하게 장례를 치러 주고 곱등이파의 조직원들과 두목 조두흥이 감옥에 들어가 영원히 나오지 못하도록 해 주면 그걸로 만족하는 사람입니다."

서장이 고개를 끄덕이더니 어두운 얼굴로 말했다.

"솔직히 저희로서는 오랫동안 골치를 썩이던 폭력 조직을 장선일 씨 덕분에 일망타진할 수 있어서 말할 수 없이 기쁘지만 한 가지 마음에 걸리는 게 곱등이파의 행동대원 쌍칼을 붙잡지 못했다는 겁니다. 알려진 바에 의하면 놈은 잔혹할 뿐만 아니라 조직에 대한 충성심도 대단해서 혹시라도 장선일 씨를 찾아가 보복할 수도 있다는 우려가 들거든요. 혹시라도 놈이 잡힐 때까지 신변 보호를 요청하신다면 저희가 확실하게 보호해 드릴 수 있습니다."

쌍칼을 붙잡지 못했다는 서장의 말에 정옥의 표정이 어두워졌다. 정옥이 혼잣말처럼 중얼거렸다.

"그것도 다 그자의 운명인 모양이네요."

"네?"

"아무것도 아닙니다."

정옥이 자리에서 일어나며 말했다.

"전 걱정 마세요. 제 몸은 제가 알아서 지킬 수 있으니까. 그럼 이제 집으로 돌아가면 되는 거죠?"

서장이 같이 따라 일어서며 말했다.

"집에 들어가면 안 된다고 하지 않았나요? 부인께서 죽일 것 같다고 하셨던 것 같은데."

정옥이 웃으며 말했다.

"잠깐 미친 짓 좀 했다고 설마 죽이기까지야 하겠어요? 아무튼 이번 일에 전 끼어들지 않았던 걸로 해 주세요. 각서 쓴 대로 앞으로 다시 절 이곳에 부를 생각도 하지 말구요."

서장이 말했다.

"알겠습니다. 저희도 그 편이 장선일 씨의 안전을 위해 최선이라 생각합니다. 혹시라도 어려운 일 당하거든 연락하세요. 우리가 도울 수 있는 일이라면 도와드리겠습니다. 그럼, 여기서 인사를 드리죠. 아무래도 밖엔 눈들이 많으니까."

정옥은 취조실을 나섰다. 벌써 반년이나 지난 일이지만 유기된 자신의 시신을 발견했다는 경찰서장의 얘기를 들을 땐 전율이 일었다. 이제 시신이 제대로 장례를 치르고 위무를 받으면 비로소 영혼의 무게도 얼마간 가벼워질 수 있을 것이다. 그것만으로도 그녀는 많은 위안을 받았다. 이제는 더 이상 선일의 몸에 남아 있을 이유도 없었고 그럴 만한 기운도 남아 있지 않았다.

밤 시간 경찰서는 취객에서부터 자동차 접촉 사고나 길거리에서의 사소한 시비 같은 일로 실랑이를 벌이는 사람들이 넘쳐났다. 살아 있는 시간이 얼마나 소중하고 감사한 일인지 저들은 모를 것이다. 그랬다면 이 소중한 시간을 저런 식으론 허비하진 않을 테니까.

이젠 정말 선일을 놓아줄 때가 왔다고 생각하는 순간 경찰서 구석에 앉아 있는 한 여자의 모습이 눈길을 사로잡았다. 여자는 경찰을 마주하고 조서를 꾸미는 중이었다. 정옥은 자기도 모르게 여자에게 다가갔다. 틀림없었다. 놀랍게도 그녀는 한지영, 아니 한지영의 몸에 들어간 양희진이었다. 침대에서 식물인간으로 누워 있어야 할 그녀가 어떻게 여기에 와 있으며 희진이 어떻게 한지영의 몸에 들어가 있는지 정옥으로선 도무지 이해가 되지 않았다. 게다가 희진은 정옥처럼 기운으로 억누르며 잠시 육신을 빼앗은 빙의가 아니었다.

그녀의 영은 한지영의 육신에 온전하게 속해 있었다.

정옥이 희진에게 다가가려는데 누군가 그녀의 앞을 후다닥 지나갔다. 그들은 다름 아닌 영수와 지호였다. 정옥은 희진에게 다가가는 대신 멀리서 가만히 그들을 지켜봤다.

"엄마!"

"지영아!"

세상 다 산 사람처럼 고개를 푹 숙이고 있던 희진은 영수와 지호의 모습을 보는 순간 참고 있던 울음을 터뜨리며 달려드는 지호를 와락 끌어안았다. 그녀가 서럽게 흐느끼며 말했다.

"지호야, 어떻게 너까지 왔니?"

영수가 긴장한 얼굴로 희진에게 물었다.

"무슨 일인데? 당신이 왜 여기에 와 있는 거야?"

희진이 흐느끼며 말했다.

"나보고 절도범이래요. 감옥에 가야 한대요!"

영수가 창백한 표정으로 경찰에게 물었다.

"무슨 일입니까? 우리 지호 엄마가 뭘 잘못했다는 겁니까?"

경찰이 영수를 힐끔 보더니 말했다.

"일단 앉으시죠. 한지영 씨 남편 되시나요?"

"네. 그렇습니다."

"한지영 씨가 남의 오피스텔에 몰래 들어갔다가 현장에서 붙잡혔어요. 오피스텔을 관리하는 사람 말에 의하면 명품 가방 하나가 없어졌다고 합니다."

"말도 안돼요! 우리 지호 엄마가 왜?"

영수가 희진을 돌아보고 물었다.

"당신 그런 거 아니지? 이 사람이 잘못 알고 있는 거지?"

희진이 선뜻 대답을 못하자 경찰이 대신 답했다.

"그건 제가 보증합니다. 제가 현장에서 붙잡았으니까요."

영수가 믿기지 않는 눈으로 희진을 돌아봤다.

"이 사람 말이 사실이야? 도대체 왜?"

경찰이 말했다.

"뿐만이 아닙니다. 한지영 씨는 자신이 한지영이 아니라 양희진이라는 사람이라고 계속 거짓말을 하고 있어요."

"양희진? 양희진이 누군데요?"

"바로 그 오피스텔 주인인데 양희진 씨는 약 보름 전에 자동차 사고로 사망했거든요. 한지영 씨 말로는 비록 몸은 한지영이지만 자신은 양희진이라면서 계속 횡설수설하더라구요. 아마도 범행을 부인하려고 그러는 것 같은데."

영수가 희진을 보고는 말했다.

"정말이야? 당신이 정말 그런 말을 했어?"

희진이 눈물이 흥건한 얼굴로 고개를 끄덕였다. 영수가 혼란스러운 표정으로 희진을 보고 있다가 물었다.

"무슨 사정이 있구나. 그런 거지? 말 못할 사정이 있는 거지?"

희진이 대답 대신 다시 흐느껴 울기 시작했다. 영수가 경찰에게 애원하듯 말했다.

"우리 지호 엄마, 1년 동안 식물인간으로 침대에 누워 있다가 열흘 전에 겨우 깨어났다구요! 그리고 예전의 기억을 잃어버려서 남편인 저하고 아이도 알아보지 못하구요. 정신적으로 이상이 있어서 그랬을 거예요. 정신과에 가서 진료를 받아볼 테니……."

"저희도 그랬으면 좋겠는데 일단 피해자 측에서 없어진 물건이 있다고 하고 그보다 더 문제는 그 오피스텔의 도어락 비밀번호를 알고 있었다는 거예요. 다시 말하면 단순히 우발적으로 일어난 일이 아니란 얘기죠."

영수가 다시 황당한 표정으로 돌아보자 희진의 울음소리가 더욱 커졌다. 희진을 꼭 끌어안고 있던 지호가 울면서 소리쳤다.

"우리 엄마는 절대로 나쁜 사람 아니에요. 우리 엄마 괴롭히지 말아요!"

경찰이 주위를 둘러보더니 말했다.

"여기 조사 방해 되니까 누가 피의자 가족 좀 밖으로 데리고 나가주세요!"

그러자 이번에는 영수와 지호, 희진 세 사람이 동시에 울음을 터뜨렸고 영수가 애원하며 말했다.

"제발 한 번만 봐주세요! 우리 지호 엄마는 절대로 그런 짓을 할 사람이 아닙니다. 뭔가 착오가 있는 겁니다!"

희진도 엉엉 소리 내어 울면서 말했다.

"감옥 가기 무섭단 말야! 어떻게 다시 살아난 몸인데."

경찰이 책상을 쾅쾅 내리치면서 소리를 질렀지만 지호까지 합세한 세 사람의 울음은 그칠 줄을 몰랐다. 경찰이 참지 못하고 자리에서 벌떡 일어나는데 멀리서 경찰서장이 손짓으로 그를 불렀다. 경찰이 서장에게 다가가 무슨 얘기인가를 듣고 오더니 피곤한 표정으로 말했다.

"한지영 씨, 누가 좀 보자고 하니까 저기 안쪽에 있는 직원 휴게실로 가 봐요. 가족들은 여기에 남아 있고."

희진이 어리둥절한 표정으로 자리에서 일어나자 영수가 말했다.

"지영아, 행여라도 무슨 일 있으면 크게 소리 질러. 당장 달려갈 테니까. 그리고 걱정하지 마! 당신 감옥에 가도록 절대로 놔두지 않을 테니까 알았지?"

희진이 울면서 고개를 끄덕이고는 경찰서 안쪽의 직원 휴게실로 향했다. 희진이 불안하게 안쪽을 두리번거리면서 들어서는데 누군가 그녀를 불러 세웠다. 그것도 한지영이 아닌 양희진의 이름으로.

"어이, 양희진!"

희진이 화들짝 놀라 돌아보자 휴게실 문 옆에 어디선가 본 적이 있는 낯익은 남자가 히죽거리며 웃고 있었다. 희진은 남자를 어디서 봤는지 기억을 더듬다가 소스라쳤다. 그는 얼마 전 정옥이 지하철에서 골탕을 먹였던 바로 그 사기꾼 퇴마사였던 것이다. 희진이 불안한 표정으로 말했다.

"당신이 어떻게······ 내 이름을?"

"니가 양희진인지 어떻게 알았냐고?"

남자가 다가오더니 그녀의 귀에 대고 속삭였다.

"나 정옥이야."

희진이 놀라서 말을 잇지 못하자 정옥이 말했다.

"자세히 봐. 사정이 있어서 가짜 퇴마사 몸을 좀 빌렸지. 헤헤. 가만, 그나저나 생각해 보니까 묘하네. 이 가짜 퇴마사하고 우리가 왜 자꾸 엮이게 되는 거지? 이것도 운명인가?"

그제야 희진의 표정이 환하게 밝아졌다.

"세상에! 그런 줄도 모르고 얼마나 놀랐는지. 그런데 여긴 어떻게 오신 거예요?"

"그건 내가 물어보고 싶은 말인데? 너야말로 어떻게 된 거냐? 그 몸은 그냥 빙의가 아닌데? 아니지. 그 얘긴 나중에 하고 여긴 왜 온 거야? 무슨 일로?"

희진은 오피스텔에 갔다가 미영에게 전화를 걸었던 얘기부터 정옥에게 들려줬다. 가만히 얘기를 듣고 있던 정옥이 혀를 끌끌 차며 말했다.

"넌 아직도 사람들의 선입견과 이성을 무너뜨리는 게 얼마나 어려운 일인지 잘 몰라. 갑자기 나타나서 몸은 다른 사람이지만 실은 내가 양희진이오 하고 말만 하면 다들 널 반기고 기뻐할 줄 알았어? 그렇게 경솔하게 행동을 했으니 이 난리가 났지."

희진이 울먹이며 말했다.

"이제 어떡하죠? 솔직히 저 지금 너무 무서워요. 감옥에 가야 한다는 생각만 하면 정말 기절할 것만 같다고요. 이럴 땐 차라리 영일 때가 더 나았던 것 같은 생각도 들고."

"또 까분다. 넌 아직도 제대로 된 인간되려면 멀었어. 너처럼 가볍고 개념 없는 애를 왜 다시 인간이 되도록 해 줬는지 알다가도 모르겠네. 아무튼 지금은 이곳에서 나가는 게 급선무니까 그 미영이란 애를 설득하는 방법밖에는 없겠네."

정옥이 선일의 휴대폰을 꺼내더니 말했다.

"번호 몇 번이야?"

정옥은 희진이 알려 준 번호로 미영에게 전화를 걸었다. 잠시 후 휴대폰에서 경박할 정도로 팡팡 튀는 미영의 목소리가 희진에게도 들려왔다. 미영의 목소리를 들은 희진이 화가 나서 얼굴을 붉히자 정옥이 조용히 하라고 주의를 줬다. 정옥이 선일의 목소리가 아닌 본래 자신의 목소리로 차갑고 단호하게 말했다.

"미영이 너, 내 말 잘 들어!"

다짜고짜 내지르는 정옥의 소리에 겁먹은 미영이 기어들어가는 소리로 반문했다.

"누, 누구신데요?"

"누군지는 알 것 없고 니가 희진이 오피스텔에 들어가서 몰래 와인 꺼내서 마시고 루이비통 가방 훔쳐간 것까지 다 알아!"

휴대폰에서 신음이 흘러나왔다.

"그것뿐인지 알아? 희진이 디카 박성우한테 넘겨주고 돈 받은 것도 알고 있어!"

이번에 거의 울음에 가까운 소리가 넘어왔다.

"그, 그걸 어떻게?"

"행여라도 발뺌하려고 했다간 절도죄로 감옥에 처넣어 버릴 테니깐 내가 시키는 대로 해! 지금 당장 강남서에 전화해서 한지영이 알고 보니까 양희진과 가까운 사람인데 네가 잘못알고 실수한 거라고 둘러대. 그리고 사라진 가방도 찾았다고 하고. 당장 전화해, 당장! 그리고 그 가방도 지금 당장 희진이 오피스텔에 갖다 놓고! 알았어?"

건너편에서 미영의 겁먹은 울음소리가 들려오자 희진은 자기도 모르게 방긋 웃었다. 정옥이 휴대폰을 끊고는 말했다.
 "비록 빙의긴 하지만 나도 잠시나마 번듯한 인간이 됐으니 기념으로 소주나 한잔할까?"

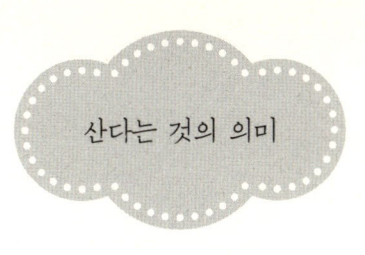

산다는 것의 의미

 영수, 희진 그리고 선일의 몸을 빌린 정옥. 세 사람은 평상에 올라앉아 탁 트인 도심의 야경을 배경으로 소주와 삼겹살을 곁들인 정겨운 대화를 주거니 받거니 했다. 고소한 삼겹살 굽는 냄새와 연기가 두런거리는 이야기를 따라 밤공기 속으로 흩어졌다.
 지호는 일찌감치 잠이 들었고 술이 약한 영수는 이미 어느 정도 취기가 올라 혀가 꼬이기 시작했다. 희진이 소주를 입안에 털어 넣더니 손등으로 입술을 쓰윽 훔치곤 혀 꼬부라진 소리로 감탄사를 뱉어냈다.
 "카아, 죽인다!"
 영수가 얼른 지글거리는 삼겹살을 상추로 감싸 입안에 넣어 주자 희진이 오물오물 씹으며 함박웃음을 지었다. 희진이 말했다.
 "솔직히 저는 삼겹살에 소주가 이렇게 맛있는지 미처 몰랐어요.

늘 와인이나 양주만 마셨기 때문에 먹을 기회가 없기도 했지만. 그리고 이런 옥상이 일급 레스토랑보다 전망도 더 좋고 분위기가 훨씬 낫다는 것도 오늘 처음 알았어요. 호호호."

영수가 게슴츠레한 눈으로 희진을 보더니 말했다.

"일급 레스토랑? 자기가 늘 와인과 양주만 마셨다고? 거꾸로 얘기한 거 아냐? 항상 삼겹살에 소주만 마셨는데? 자기, 삼겹살하고 소주 무지 좋아했잖아. 입맛도 기억을 잃은 건가?"

희진이 갑자기 영수의 어깨에 손을 턱하고 올리더니 얼굴을 바싹 붙이고는 혀 꼬부라진 소리로 말했다.

"아저씨, 내가 그랬어? 내가 정말 삼겹살하고 소주를 그렇게 좋아했단 말이야?"

식물인간에서 깨어난 후 아직 손 한번 제대로 잡아 보지 못한 영수는 갑작스런 희진의 접근에 방금 연애를 시작한 사람처럼 얼굴이 발갛게 달아올랐다. 희진이 영수의 볼을 쓰다듬으며 말했다.

"아저씨, 이렇게 보니까 은근히 귀엽네? 진짜 동안이다. 내일모레면 서른 살 되는 남자 볼이 어떻게 이렇게 부드러워? 애기 볼 같아! 근데 아저씨 예전에도 내가 소주 마시면 늘 그렇게 상추쌈 싸서 입에 넣어 주고 그랬어?"

"응? 으, 응. 안주 안 먹고 소주만 먹어서 내가 맨날 쌈 싸서 넣어 주고 그랬잖아."

"정말?"

희진이 그윽한 눈빛으로 쳐다보다가 입술을 뻬죽 내밀고 다가가자 영수가 정옥의 눈치를 살피며 당황해서 말했다.

"저, 저기…… 손님도 있는데."

"뭐 어때? 우리가 남인가? 부부잖아, 부부! 그렇죠? 우리 이렇게 해도 괜찮죠?"

희진의 말에 정옥이 삼겹살을 씹으며 말했다.

"말해 뭐해? 괜찮다 뿐이야? 아주 좋아. 내가 눈 딱 감아 줄 테니까 하고 싶은 거 다해. 사는 거 뭐 별거 있나? 돈? 권력? 그런 거 다 필요 없어. 때 되면 다 똑같이 죽는데 그딴 게 다 뭔 소용이야. 남는 재산은 좋은 추억뿐이야! 그러니까 그런 거 많이 만들어놓으라고. 그런 게 많아야 행복하게 산거야!"

영수가 쑥스럽게 말했다.

"도사님이라 그런지 확실히 말하시는 게 다르네요. 일전에 저희 집에 귀신이 들어갔다고 찾아오셨을 때 미처 알아보지도 못하고 죄송했습니다."

"아, 그, 그거? 신경 쓰지 마. 그럴 수도 있지."

"참, 그때 저희 집에 들어온 귀신은 어떻게 됐을까요? 무슨 이유가 있어서 왔을 텐데."

정옥이 난처해하는 희진의 얼굴을 보더니 헤헤 웃으며 말했다.

"걱정하지 말아. 그 귀신 알고 보니까 좋은 귀신이더라구. 복덩이야, 복덩이!"

"그렇죠? 저도 그런 것 같았어요. 그때 이후로 좋은 일이 많이 생겼거든요. 이 사람도 깨어났고. 이왕이면 그 귀신 저희 집에 오래 머물렀으면 좋겠어요."

정옥이 손을 내저으며 말했다.

"에이. 그래도 그런 소리하면 못쓰지. 아무리 좋은 귀신이라도 집에 영을 오래 머물게 하는 건 좋지 않아. 어차피 지금은 영이 떠나고 없으니까 상관은 없지만. 헤헤."

영수가 슬그머니 자리에서 일어나며 말했다.

"난 들어가서 지호도 보고 방 정리도 좀 해 놓고 나올게."

방으로 들어가는 영수의 뒷모습을 물끄러미 지켜보던 정옥이 말했다.

"요즘 사람답지 않게 영혼이 순수하고 맑아."

희진이 입안에 소주를 털어 넣고는 말했다.

"알아요. 내가 여태까지 만난 남자 중에 제일 착한 사람인 건 확실해요. 보통 남자들 결혼하면 연애할 때하고 다르게 싹 변한다던데 어떻게 식물인간으로 누워 있는 아내를 저렇게 지극정성으로 보살필 수가 있는 거죠? 나 같으면 죽었다 깨어나도 못할 텐데."

"그래. 너처럼 이기적이고 영악하게 살아온 사람들하고는 근본적으로 다른 부류니까."

문득 생각난 것처럼 정옥이 물었다.

"아까 한지영의 영이 네 이름을 불렀다고 했지?"

희진이 고개를 끄덕였다.

"모르긴 해도 한지영 스스로 너한테 육신을 내준 게 틀림없어."

"왜요? 왜 저한테 육신을 내줬을까요? 그리고 만약 저한테 육신을 내어주면 한지영의 영혼은 어떻게 되는 거죠?"

"지금 한지영의 영혼은 여전히 그 육신 안에 머물러 있을 거야. 이따금 낯설거나 이상한 감각 같은 게 찾아올 때 없었어?"

희진이 가만히 생각하다가 말했다.

"있었어요. 지난번에 지호가 저한테 갑자기 와락 안기는데 솔직히 전 당황했거든요. 아직 조카도 없는데 그런 큰 애가 달려와서 안기니까. 그때 무심코 아이를 밀어낼 뻔했는데 손이 저도 모르게 아이를 감싸 안는 거예요. 그 순간 그 손의 주인이 제가 아니었던 건 확실해요. 그런 거 있잖아요. 저는 기억하지 못하는데 몸은 지호를 기억하고 있는 그런 느낌!"

"한지영은 지금 네게 원하는 뭔가가 있는 거야. 운명의 수가 같은 네가 자기 대신 해 줬으면 하고 바라는 뭔가가."

희진이 뭔가 떠오른 것처럼 소리쳤다.

"운명의 간섭! 이모가 그랬죠? 그 운명의 간섭이 생기게 만든 실타래를 풀지 못하면 다음 생에도 또 그 다음 생에도 우리 두 사람에겐 계속 비극적인 일이 일어날 거라고. 어쩌면 한지영도 그걸 알고 있었던 게 아닐까요? 그래서 자신의 한을 풀어 달라고 절 부른 게 아닐까요?"

희진의 말을 들은 정옥이 골똘히 생각에 잠겨 있다가 말했다.

"그래. 그런 것 같아! 니가 그랬잖아. 너는 이미 죽어서 영이 됐고 한지영은 식물인간이 되어 침대에 누워 꼼짝도 하지 못하는데 어떻게 운명의 저주를 푸냐고. 그런데 지금 니 모습을 봐! 놀랍게도 넌 육신을 얻었고 한지영은 침대에서 일어나 걸을 수 있게 됐어. 이보다 더 운명적인 일이 또 어디에 있을까? 넌 이제 한지영이 원하는 걸 해 주고 두 사람에게 비극을 안겨준 운명의 매듭도 찾아서 풀어야 하는 거야. 그것도 앞으로 49일 안에. 아니, 아니지. 니가 한지영의 몸에 들어갔을 때부터니까 이제 한 달도 채 안 남았네."

"네? 그게 무슨 소리세요? 49일 안에 한지영의 한을 풀고 매듭도 풀어야 한다구요?"

"흔히 49재(四十九齋, 사람이 죽은 뒤 49일째에 치르는 불교식 제사의 례. 6세기경 중국에서 생겨난 의식으로 유교적인 조령숭배(祖靈崇拜) 사상과 불교의 윤회(輪廻) 사상이 절충된 것이라고 여겨진다. 불교의식에서는 사람이 죽은 다음 7일마다 불경을 외면서 재(齋)를 올려 죽은 이가 그 동안에 불법을 깨닫고 다음 세상에서 좋은 곳에 사람으로 태어나기를 비는 제례의식이다. 그래서 칠칠재(七七齋)라고도 부르며, 이 49일간을 '중유(中有)' 또는 '중음(中陰)'이라고 하는데, 이 기간에 죽은 이가 생전의 업(業)에 따라 다음 세상에서의 인연, 즉 생(生)이 결정된다고 믿기 때문이다.)라고 하지. 인간의 영혼은 죽어서 49일 동안 이승과 저승의 중간쯤에 위치한 중음이라는 공간에 머무는데 그 기간이 지나면 영혼은 저승길에 올라야 해. 한지영의 영은 너에게 육신을 내준 순간 죽음을 맞이한 사령(死靈)과 같은 상태가 된 거야. 다시 말해 한지영의 영은 죽음을 맞지 않았지만 네게 육신을 내주면서 죽음을 맞은 것과 같은 결과가 된 셈이지. 육신이 없는 영혼은 사령이니까. 때문에 49일째 되는 날에 한지영의 영은 저승으로 넘어가야 해."

한지영이 자신을 위해 스스로 영적인 죽음을 선택했다는 말에 희진은 찌릿한 감동과 영문 모를 책임감을 느꼈다.

"그러니 한지영이 저승으로 넘어가기 전에 네가 그녀의 한을 풀어주고 두 사람의 운명적인 매듭도 풀어야하기 때문에 바쁘다는 거지."

희진이 긴장된 목소리로 물었다.

"대체 한지영이 제게 원하는 게 뭘까요?"

"글쎄, 혹시 영수와 지호를 자기 대신 책임지고 돌봐 달라는 거 아닐까?"

정옥의 말에 희진은 자기도 모르게 허탈한 웃음을 터뜨렸다.

"이모가 한지영이라면 그러겠어요? 저처럼 이기적이고 허영심 많은 소위 말하는 된장녀한테 남편과 아들을 맡기겠냐고요? 차라리 적당한 사람 골라서 재혼하는 게 저하고 사는 것보단 훨씬 낫지 않겠어요?"

정옥도 피식 웃더니 동의했다.

"그건 그렇다. 나라도 니가 영수 아내가 되고 지호 엄마가 되는 건 상상이 안 된다."

"혹시 경제적인 문제를 해결해 주길 바라는 게 아닐까요? 봐요, 여기가 사람 살기에 적당한 환경은 아니잖아요. 재혼을 하려고 해도 이런 곳에 어떤 여자가 들어오려고 하겠어요?"

"아까는 일급 레스토랑보다 좋다면서?"

"그거야 뭐."

"영수가 니가 만난 어떤 남자보다 순수하고 착하다며? 게다가 아내한테 극진하고 또 귀엽다며? 명문대출신이고. 좀 세상물정모르고 답답한 게 흠이긴 하지만."

"이모, 저하고 자꾸 억지로 엮으려고 하지 말고 현실적인 생각을 해 보자구요. 제 성격과 라이프스타일을 영수 씨가 어떻게 감당하겠어요? 지호는 말할 것도 없고. 전 절대로 한지영처럼 포근한 엄마가 될 수 없고 이런 가난한 생활을 견딜 수 없다니깐요?"

"그래. 알았다. 하긴 경제적인 문제만 해결해 줘도 두 사람, 아마 보기에는 한결 좋아 보일 거야. 하지만 한지영 없이도 두 사람이 행복할까?"

희진이 항변을 하려다가 소주를 들이키곤 인상을 찡그렸다.

"또 그 얘기잖아요! 결국은 제가 두 사람과 함께 살아야 한다는 얘기. 그거 정말로 서로에게 도움이 안 되는 일이라니까요!"

"알았어, 알았어! 내 말은 그냥 상황이 그렇다는 거지. 아이고, 골치 아프네. 나도 모르겠다. 그리고 더 이상은 이 장선일이란 인간의 영적 기운을 누를 기운도 남아 있지 않고."

정옥이 자리를 털고 일어나며 말했다.

"그럼 난 이제 이 인간 놓아주고 그만 가 봐야겠다!"

희진은 어디로 가느냐고 물으려다 입을 다물었다. 희진과 처음 만난 그 장례식장이 그녀의 집이라는 걸 기억해 낸 것이다. 정옥이 옥상 계단을 내려가는데 다리가 풀려 비틀거렸다. 정옥이 계단 안쪽으로 사라지기 직전에 고개를 돌리고 말했다.

"난 취하기는커녕 술맛도 못 봤는데 몸은 취해서 제대로 걷지도 못하네! 참나. 이게 불쌍한 귀신 팔자라니깐!"

정옥이 사라진 후 희진도 자리에서 일어났다. 방 정리를 하고 나온다던 영수가 소식이 없어 옥탑방으로 들어가 보니 지호와 함께 방바닥에 나란히 누워 잠들어 있었다. 희진은 잠든 두 사람의 모습을 물끄러미 쳐다봤다. 한지영이 침대에 누워 있을 때는 두 사람이 항상 지영의 잠든 얼굴을 내려다보곤 했다. 희진은 두 사람에게 이불을 덮어 주고 자신은 침대에 올라가 누웠다.

희진은 눈을 감고 정신을 집중했다. 정옥이 장선일과 대화를 나눈다는 얘기를 듣고 그녀도 몸속 어딘가에 있다는 한지영의 영혼과 얘기를 나눠 볼 수 있지 않을까하는 기대 때문이었다. 희진은 한지영의 영혼이 그녀의 머릿속 생각을 알 수 있으리라 여기며 마음으로 물었다.

'내게 원하는 게 뭐예요? 내가 어떻게 했으면 좋겠어요? 난 당신을 알지 못해요. 그런데 우리가 어디서부터 어떻게 운명으로 엮이게 된 거죠? 우리에게 운명의 간섭이 일어나게 만든 운명의 실타래는 뭐죠? 그걸 풀어야만 우리 두 사람의 업보가 풀어지고 저주에서 벗어날 수 있다고 해요. 당신은 알고 있죠? 가르쳐 줘요. 그게 뭔지! 내가 어떻게든 그 실타래를 풀어 볼게요. 제발!'

하지만 한지영은 대답하지 않았다. 대신 낮고 고른 영수와 지호의 숨소리만 색색거리며 귓전으로 흘러들었다.

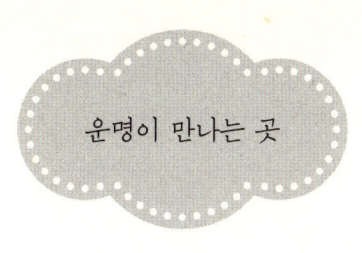

운명이 만나는 곳

　노랫소리가 들려왔다. 은은한 통기타 반주에 맞춰 부르는 감미로운 노래였다. 잠결이라는 걸 알면서도 희진은 귀를 쫑긋 세우고 소리에 귀를 기울였다. 낯설면서도 어디선가 들어 본 듯한 익숙한 멜로디였다.
　'이 노래를 어디서 들었더라?'
　희진이 기억을 더듬어나가자 뜻밖에도 성우의 「기억해」가 오버랩처럼 떠올랐다. 두 노래는 멜로디가 비슷했지만 이쪽은 감미로운 발라드곡이었고 성우의 노래는 경쾌한 댄스곡이었다. 희진은 자기도 모르게 「기억해」를 웅얼거리며 따라 불렀다. 희진의 소리에 맞춰 노랫소리가 머릿속에서 점점 크게 울리더니 환한 빛이 쏟아지며 눈이 번쩍 떠졌다.
　희진이 눈을 뜬 곳은 성우의 작업실이었다. 어떻게 된 일인지 알

수가 없었다. 이곳이 현실인지 꿈속인지조차 분간이 되지 않았다. 무의식 어딘가에 묻혀 있던 1년 전 기억들이 의식의 표면으로 떠올랐다.

지금 서 있는 이 복도에서 모퉁이를 돌아서면 사무실과 노래 연습실이 있다. 성우는 이곳에서 지난 1년 동안 숙식을 하며 노래를 만들고 연습했다. 힘든 시간도 있었지만 행복했던 기억도 헤아릴 수 없을 만큼 많았다. 불과 1년 사이 성우와 희진이 이런 입장이 되리라곤 누구도 예상치 못했다. 성우와 함께 했던 순간들이 주마등처럼 머리를 스쳤다.

희진의 상념을 깨운 건 누군가의 발랄한 웃음소리였다. 웃음소리와 함께 성우의 작업실 쪽 모퉁이에서 낯익은 두 사람이 나타났다. 다름 아닌 성우와 바로 양희진, 그녀였다.

둘은 나란히 한 손에 커피를 들고 다른 손으로는 서로의 손을 붙잡고 있었다. 누가 봐도 부러울 만한 행복한 연인 사이로 보였다. 딱히 언제라고 말하긴 어려웠지만 1년 전엔 저런 순간이 수도 없이 많았다. 희진은 무슨 즐거운 일이라도 있는지 커피를 마시다 말고 성우의 말에 까르르 웃음을 터뜨렸다. 그들은 또 다른 희진의 모습이 보이지 않는 듯 그녀의 바로 앞에서 밀어를 속삭였다.

그런 두 사람 앞을 빠르게 지나치는 여자가 있었다. 여자의 얼굴을 본 희진은 심장이 멎는 것 같았다. 그녀는 한지영이었다. 희진이 육신을 빌린 한지영이 아닌 진짜 한지영!

비록 1년 전이지만 희진은 자신이 성우의 작업실에서 한지영과 마주친 적이 있다는 사실에 소스라쳤다. 정옥이 운명의 간섭에 대한 얘기를 할 때만 해도 한지영을 본 적조차 없다고 확신했는데 그게 아니었다. 과거의 희진은 엘리베이터 앞에 서 있는 한지영을 호기심 어린 눈으로 유심히 지켜봤다.

운명에 대한 어떤 불가사의한 예감을 느꼈던 것일까.

과거 자신의 눈빛으로 보아 지금은 기억하지 못하지만 당시엔 그런 예감을 느낀 것인지도 모른다. 한지영이 왜 이곳에 나타났던 것일까. 정옥이 말한 운명의 실타래를 풀어야 할 지점이 혹시 이곳은 아닐까.

엘리베이터가 도착하고 한지영이 안으로 사라진 후에도 과거의 희진은 엘리베이터에서 눈을 떼지 못하고 있었다. 한지영이 사라지고 얼마 지나지 않아 박태진이 숨을 헐떡이며 달려왔다. 그가 성우와 희진을 보고 다급하게 물었다.

"방금 그 여자 어디로 갔어?"

희진이 대답했다.

"조금 전에 엘리베이터 타고 내려갔는데요?"

"에이, 씨팔!"

태진은 욕설을 뱉으며 바쁘게 계단을 달려 내려갔다. 창고에서 뽀얗게 먼지가 쌓인 일기장을 들추는 것처럼 희진의 머릿속에 당시의 기억이 하나둘 떠올랐다. 물론 그 여자가 한지영이란 사실은 알지 못했다. 당시 성우는 1년이 넘도록 다음 앨범에 넣을 신곡을 만들지 못해 몹시 초조해하고 힘들어 할 때였다.

희진이 멍하니 생각에 잠겨 있을 때 다시 눈부신 빛이 쏟아져 내리더니 장면이 바뀌었다. 어느새 희진은 한지영이 운전하는 차의 뒷좌석에 앉아 있었다. 이건 희진의 기억속 장면이 아니었다. 지영은 어떤 서류 봉투를 조수석에 내려놓더니 차를 출발시키며 액셀을 밟았다.

차가 국도로 진입하는 순간 갑자기 양팔을 벌린 태진이 앞을 가로막으며 뛰어들었다. 너무 갑작스럽게 일어난 일이었다. 한지영은 중앙선 쪽으로 급하게 핸들을 꺾었지만 마침 맞은편에서 버스가 달려왔다. 지영은 버스를 피하기 위해 다시 반대편으로 핸들을 꺾었고 당황한 나머지 브레이크 대신 액셀을 밟았다. 가속이 붙은 차는 중심을 잃고 도로를 벗어나 2~3미터 아래 논바닥에 처박혔다.

희진은 그 짧은 순간의 충격과 공포를 한지영과 똑같이 느낄 수가 있었다. 세상이 빙글빙글 돌고 날카로운 타이어의 굉음이 천둥소리보다 더 크게 귓전을 뒤흔들었다. 차가 바닥에 부딪히며 강한 충격이 전해졌다. 물론 희진에게 전해진 충격은 육체적인 것이 아닌 정신적인 영역에 국한된 것이었다.

정신을 차린 희진이 운전석의 한지영을 넘겨다봤다. 운전석에 머리를 파묻은 한지영은 정신을 잃고 온몸을 늘어뜨린 채 미동도 하지 않았다. 희진은 그녀를 불렀지만 소리가 입 밖으로 새나오지 않았다. 한지영의 사고가 희진이 사고를 당한 상황과 놀랍도록 유사하다는 사실에 소름이 끼쳤다. 어쩌면 운명은 1년 전 이미 희진의 사고를 예정해 놓은 것인지도 모르겠다는 생각이 들었기 때문이었다.

부서진 자동차 유리창으로 누군가의 얼굴이 들어왔다. 뜻밖에도 그는 사고를 발생시킨 당사자이자 성우의 매니저이며 친형인 기획사 대표 박태진이었다. 그는 운전대 에어백에 머리를 파묻은 채 축

늘어진 한지영은 본 체도 않고 조수석 바닥에 떨어져 있던 서류 봉투를 집어 올렸다.

그는 서류 봉투 속 내용물을 확인하곤 무슨 생각을 하는지 한지영을 물끄러미 지켜보다가 그대로 현장을 떠났다. 그랬다. 그는 휴대폰으로 신고할 생각도 하지 않고 한지영을 버려둔 채 뛰다시피 성우의 작업실이 있는 건물 안으로 사라졌다.

희진은 한지영을 깨우려고 했지만 예전 영이었을 때처럼 그녀를 만질 수도 소리를 낼 수도 없었다. 게다가 주변에 공기가 사라지기라도 하는 것처럼 점점 숨을 쉬기가 어려웠다. 희진은 자신의 목을 움켜쥐고 꺽꺽거리다가 비명과 함께 눈을 번쩍 떴다.

밝은 빛을 등지고 걱정스럽게 그녀를 내려다보던 영수가 물었다.

"지영아, 왜 그래?"

영수의 옆에서 지호도 불안한 표정으로 그녀를 주시하고 있었다. 그제야 희진은 꿈을 꿨다는 걸 알았다. 하지만 단순한 꿈은 아니었다. 모든 게 너무 생생했고 그녀의 무의식에 잠겨 있던 과거의 중요한 기억들이 부유물처럼 의식의 바다를 둥둥 떠다녔던 것이다. 어쩌면 방금 전의 꿈은 희진의 꿈이 아닌 한지영의 꿈인지도 몰랐다.

"아무것도 아니에요. 나쁜 꿈을 꿨어요."

생각에 빠져 넋을 놓고 있던 희진의 시야에 영수가 들고 있던 기타가 들어왔다.

"그 기타…… 누구 거예요?"

영수 대신 지호가 얼른 대답했다.

"고물상 아저씨 껀데 아빠한테 선물로 준 거야!"

"고물상 아저씨가…… 왜?"

이번에는 영수가 대답했다.

"지난번에 고물상에 갔는데 박 사장님이 기타를 들고 있더라고. 잘 치지도 못하면서 고물로 들어온 거라면서 통통 퉁기고 있길래 내가 연주를 해 줬거든. 근데 오늘 갑자기 전화를 해서는 가져가래. 자기는 필요 없다면서. 세고비아 건데 충분히 쓸 만한 거야. 쳐 볼래? 당신도 기타 치는 거 좋아했고 잘 치잖아."

그러면서 영수가 희진의 앞으로 기타를 내밀었다. 불행하게도 한지영은 기타를 잘 쳤는지 모르지만 희진은 통기타의 코드 한번 잡아 본 일이 없다.

"혹시 내가 잘 때 기타 치면서 노래했어요?"

영수가 걱정스럽게 물었다.

"으……응. 왜? 혹시 그것 때문에 잠을 못 잔 거야?"

"아니, 그게 아니라. 무슨 노래였어요? 방금 불렀던 노래가?"

지호가 못 참겠다는 듯 끼어들었다.

"아이, 참. 엄마는! 그 노래 엄마랑 아빠랑 같이 만든 노래잖아. 기억 안 나?"

"노래를 만들었다고?"

영수가 지호를 말리며 말했다.

"너, 엄마가 보기엔 멀쩡해 보여도 아직 병이 다 나은 게 아니라는 거 잊었어?"

희진이 자기도 모르게 들뜬 음성으로 말했다.

"그 노래, 우리 둘이 만들었다는 그 노래 좀 들려줘 봐요."

지호가 돌아보고 씩 웃자 영수가 환한 표정으로 말했다.

"당신이 불러달라고 하면 백번 천 번이라도 불러 줄게. 사실은 예전에 당신이 제일 좋아하는 일이 내 노래 듣는 거였어. 그래서 당신이 나한테 노래 불러 달라고 말하길 얼마나 기다렸는데."

수줍게 웃던 영수가 능숙한 반주와 함께 노래를 시작했다. 성우의 「기억해」와 멜로디가 거의 같은 노래. 희진이 잠결에 듣고 한지영의 꿈을 꾸었던 바로 그 노래였다. 영수의 감미로운 목소리와 너무도 잘 어울리는 노래였다.

희진은 뭔가에 홀린 사람처럼 노래에 빠져들었다. 노래가 끝나고 나서도 충격으로 입을 다물지 못했다. 영수의 음악적 재능에 놀란 것과 더불어 왜 이 노래가 성우의 컴백 앨범 타이틀곡과 멜로디가 완벽하게 똑같은지 이해가 되지 않았던 것이다. 이건 단순히 표절의 문제가 아니라 완전히 같은 노래를 편곡만 다르게 한 정도였다.

"방금 그 노래 정말 영수 씨가 작곡한 거예요?"

"아니. 당신하고 함께 만든 노래야. 매일 밤 내가 기타로 멜로디를 퉁기면 당신은 옆에서 악보를 그려 줬잖아. 어떤 음이 제일 나은지도 알려 주고."

"우리가 함께?"

"그래. 하루 중에서 그 시간이 가장 행복하다고 입버릇처럼 말했는데."

희진이 손가락으로 자신을 가리키자 영수가 고개를 끄덕였다. 희진이 생각에 잠겨 있다가 물었다.

"혹시 박성우란 가수 알아요? 그냥 텔레비전에서 본 거 말고."

뜻밖에도 영수가 고개를 끄덕였다. 이번엔 오히려 희진이 놀라 반문했다.

"박성우를 안다고요? 그럼 그 가수가 이번에 컴백해서 부른 타이틀곡 「기억해」가 방금 그 노래하고 같은 곡이란 것도 알고 있었어요?"

영수가 다시 고개를 끄덕였다.

"대체 어떻게 된 거예요?"

영수가 자신 없는 소리로 말했다.

"그건 나도 잘 몰라."

"모른다고요?"

"그 사람은 내가 아는 게 아니라 당신이 알던 사람이잖아. 당신이 그랬어. 그 가수의 형하고 잘 안다고. 학교 선배라고 했는데?"

"박성우의 형이라면 박태진 말인가요?"

"그래. 박태진이라고 그랬어."

"그래서요?"

"당신은 박태진이 박성우의 기획사 대표이기도 하다면서 그 사람한테 우리 노래 들려주고 의견을 들어 보자고 했어. 내가 가수로 무대에 서는 모습을 보고 싶다면서. 그래서 당신이 데모 시디를 만들어서 나갔던 거고. 그러다가……."

영수가 말끝을 흐렸다. 희진이 다그쳤다.

"그래서요? 그래서 어떻게 됐는데요?"

영수가 힘없이 말했다.

"그렇게 나갔다가 당신이 사고가 난 거야."

희진이 멍하니 영수를 보다가 불안하게 물었다.

"사고가 어떻게 났죠?"

영수가 잠시 망설이다가 조근 조근 이야기를 들려줬다. 얘기를 모두 들은 희진은 전율을 느꼈다. 세상에 흩어져 있던 운명의 조각들이 비로소 구심점을 찾아 퍼즐 조각처럼 하나둘 제자리를 찾아오는 것 같았던 것이다.

그녀가 꿨던 꿈은 절대로 단순한 꿈이 아니었다. 그 꿈은 한지영이 희진에게 보내는 간절한 메시지나 다름없었다. 그녀는 꿈을 통해 자신이 어떻게 사고를 당했고 무슨 일이 있었는지 희진에게 낱낱이 알린 것이다. 이제 희진은 한지영과 얽힌 운명의 매듭이 무엇인지 어렴풋이 알 것 같았다.

사주가 같은 두 사람. 운명적으로 가까이 있어선 안 되는 두 사람이 생각지도 못한 인연으로 이런 지경에까지 이르렀단 사실을 떠올리자 오한이 일었다.

희진은 사고가 난 한지영의 차에서 서류 봉투를 꺼내가던 박태진의 탐욕스러운 눈빛을 떠올렸다. 그는 성공을 위해서라면 수단과 방법을 가리지 않을 냉혹함을 갖춘 남자였다. 바로 그 서류 봉투 안에 영수의 노래가 담긴 데모 시디가 들었을 테고 태진은 그 노래를 훔쳐 마치 성우가 작곡한 노래인 양 발표한 것이다.

그래도 한 가지 의문은 남았다. 희진이 영수에게 물었다.

"영수 씨가 작곡한 노래를 박성우란 가수가 부르는데 왜 가만히 있었어요?"

"나도 그건 어떻게 된 일인지 정확히 잘 몰라. 다만 당신이 사고가 난 후에 학교 선배라던 그 사람, 박태진이 병원으로 찾아왔었어. 그 사람이 당신 상태를 자세히 묻고는 사고가 나기 직전 당신이 그 사람 기획사에 들러 곡을 팔았다는 거야."

"곡을 팔아요?"

"응. 그 사람 말로는 당신이 그때 가져간 열 개의 노래를 모두 자기한테 팔았다고 하던데? 그러고는 계약금으로 500만 원을 통장에 넣어 줬어."

희진은 미간을 찌푸린 채 생각에 잠겨 있다가 물었다.

"좋아요. 노래를 팔았다고 해도 가수가 노래를 발표하면 작곡자 이름에 영수 씨 이름이 있어야 하고 저작권료도 줘야 하는데 그 노래는 박성우란 가수의 자작곡으로 되어 있어요. 그런 거 몰랐어요?"

"그냥 박태진이란 사람이 계약서의 조항에 노래를 주면서 저작권자로서의 권리도 모두 넘기기로 했다고 하면서 계약서를 보여 주더라고."

"그 계약서에 한지영, 아니 내 사인이 있었어요?"

"그때 워낙 경황이 없어서 그것까지는 잘 보지 못했어. 솔직히 그런 건 아무래도 상관없다고 생각했거든. 그리고 그 박성우란 가수의 컴백 앨범에 당신하고 내가 만든 노래 열 곡이 모두 들어 있었고 인기 가수가 우리의 노래를 대신 불러 주고 많은 사람들이 듣는다는 것만으로도 난 괜찮다고 생각했어. 당신도 좋아할 거라고 믿었고. 사고로 당신이 병원에 누워 있을 때 가장 많이 들려 준 노래가 바로 그 노래들인데 하나도 기억 안 나?"

희진은 한숨을 내쉬었다. 자세한 건 알 수 없지만 박성우와 박태진은 남의 노래를 그들이 만든 것처럼 발표를 했고 그 앨범으로 엄청난 인기를 얻은 것이다.

그제야 1년 후에 일어난 이 일들을 짐작할 만한 과거의 기억들이 떠올랐다. 만족스런 노래를 만들지 못해 괴로워하던 성우가 어느 날 갑자기 흥분된 모습으로 노래 열 곡을 들고 와 희진에게 들어보라고 했던 날이 있었다. 당시 열 곡의 노래를 듣고 희진은 얼마나 황홀한 기분에 휩싸였던가. 성우의 음악적 재능에 얼마나 많은 감동을 받고 무한한 사랑을 느꼈던가.

아직 자리를 찾지 못한 수많은 퍼즐 조각들이 손에 잡힐 것처럼 그녀 주변을 빙빙 맴돌았다. 머리가 복잡했지만 희진은 논리적인 사고를 위해 정신을 집중했다.

희진은 세수를 하는 것처럼 양손으로 얼굴을 쓸어내리고 영수를 똑바로 쳐다봤다. 영수는 분명 음악에 뛰어난 재능을 가진 사람이다. 희진 역시 가수지망생이었고 많은 가수들을 알고 있었다. 요즘 가수들의 노래엔 리듬과 중독성 있는 멜로디를 제외하면 거의 남는 여운이 없다. 그들은 음악적인 재능보다는 기획사의 꼭두각시로 앵무새처럼 노래하는 경우가 대부분이다.

하지만 영수의 노래엔 독특한 울림이 있다. 요즘 세상에 어울리지 않는, 오염된 정신을 정화하는 것 같은 맑은 영혼의 속삭임 같은 울림이. 지금은 세상에 없는 김광석처럼 말이다.

한지영이 노래를 들고 태진을 찾아간 건 단순히 노래를 팔기 위해서가 아니라 영수가 가수로 무대에 서는 모습을 보고 싶었기 때문일 터였다. 만약에 지영이 제대로 된 기획사를 찾아갔다면 지금쯤 영수는 이미 가수로 성공했을지도 모르고 세상 사람들은 영수의 노래를 통해 지금은 잊어버린 순수함을 향해 한번쯤 감성을 되돌렸을지도 몰랐다.

그건 단순히 희진과 한지영 두 사람의 개인적인 문제가 아닌 그보다 훨씬 심각한 문제인지도 모른다. 불의의 사고로 식물인간이 된 한지영의 마음속에서 가장 아픈 구석은 바로 그 지점이 아닐까. 이유는 알 수 없지만 자꾸만 심장이 쿵쿵 뛰었다.

천진한 표정으로 그녀의 얼굴만 바라보는 영수와 지호의 눈길을 대하니 더욱 마음이 답답했고 한편으로 박성우와 박태진에 대한 분노가 일었다. 꿈속에서 박태진은 한지영의 차를 세우기 위해 갑자기 뛰어들었다. 어쩌면 고의로 그랬을지도 모른다.

박태진은 영수의 노래를 듣는 순간 어떤 수단을 쓰더라도 그 노래들을 성우의 앨범에 넣어야겠다고 마음먹었을 테고 그걸 위해서라면 무슨 짓이든 했을 사람이니까. 게다가 한지영이 식물인간이 되었다는 걸 알고는 절호의 기회가 왔다고 여겼을 것이다.

그렇다면 박태진이 보여 줬다는 계약서에는 정말 한지영의 사인이 있었을까?

희진은 머리를 감싸 안았다. 지금부터 뭘 어떻게 해야 할지 아무것도 알 수가 없었고 그런 어마어마한 일을 혼자서 밝힐 자신도 없었다. 그녀는 스스로의 문제조차 제대로 해결하지 못해 혼란스러운 상황이 아닌가.

게다가 박성우는 이미 노래를 발표했고 대중으로부터 환호를 받는 인기 가수가 되었다. 박태진의 기획사 역시 이젠 거대한 기업으로 변했다. 진실의 여부를 떠나 그야말로 엄두가 나지 않는 일이었다. 복잡한 생각들이 뒤죽박죽으로 뒤얽히며 기분은 점점 우울하게 가라앉았다.

맑은 기타 선율을 동반한 감미로운 노래가 들려온 건 그때였다. 영수가 지긋이 그녀를 바라보며 노래를 부르고 있었다. 마치 다 괜찮으니 힘들어하지 말고 날 보라고 말하는 듯했다. 멜로디는 감미로웠고 시적인 가사는 진정성 있는 울림으로 심장을 두드렸다. 영수가 부르는 「기억해」의 원곡은 성우가 편곡한 댄스곡과 비교할 바가 아니었다.

영수의 뒤쪽 창문으로 부챗살 같은 아침 햇살이 빛을 발하고 있었다. 그 빛은 마치 수호천사처럼 영수의 몸을 은은하게 감싸고 있었다.

영수는 열 곡의 노래를 연이어 들려 줬다. 희진의 우울하던 기분은 노래가 만들어 낸 감동에 흔적도 없이 녹아내렸다. 들으면 들을수록 영수가 얼마나 놀라운 재능을 가진 사람인지 새삼 놀라게 되고 인정하지 않을 수 없었다.

희진은 벅찬 감동으로 목이 메었고 눈가가 촉촉하게 젖어드는 기분을 느꼈다. 지금까지 사귀었던 어떤 남자한테도 지금처럼 순수하게 이끌린 적은 없었다. 희진은 자기도 모르게 다가가 노래하는 영수의 얼굴을 끌어안았다. 영수도 그녀를 안으며 말했다.

"그동안 겁이 났어. 당신이 다른 사람처럼 느껴져서. 그러다 영영 우리 곁을 떠나는 건 아닐까 걱정도 들었고. 내가 전에 그랬지? 어렸을 때부터 난 늘 따돌림을 받았고 다른 사람들을 이해하는 게 너무 힘들었다고. 다른 사람들은 어떻게 내가 모르는 뭔가를 함께 공유하는 걸까. 그게 늘 궁금했고 풀 수가 없는 숙제였다고. 나중에 그게 다른 이유 때문이라는 걸 알았지만 그렇다고 세상이 달라지는 건 아니었어. 여전히 세상은 내게 두려운 존재였지만 당신이 내 곁에 머무는 한 세상은 더 이상 두렵지가 않았어. 당신이 없어지는 건 내게 세상이 없어지는 거야. 이제 다시는 그런 공포를 느끼고 싶지 않아."

희진은 아무런 대답도 해 줄 수가 없었다. 영원히 떠나지 않겠다는 말도, 두 사람에게 울타리가 되어 주겠다는 말도. 하지만 이 순간만큼은 영수와 지호의 안전한 세상이 되어 주고 싶었다. 그 세상이 그녀가 꿈꾸던 것과 전혀 다른 세계일지라도.

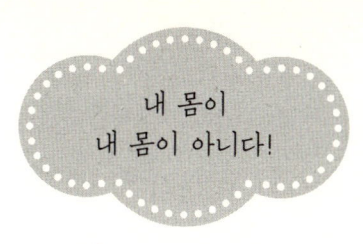

내 몸이
내 몸이 아니다!

    손전등 불빛에 의지해 캄캄한 산을 오르던 선일과 진만은 숲속 어딘가에서 들려온 날카로운 비명에 감전이 된 것처럼 얼어붙었다. 둘은 약속이나 한 것처럼 손전등을 껐다. 불빛이 사라지자 창백한 달빛에 간신히 숲의 형태가 드러났다.

    선일이 떨리는 소리로 중얼거렸다.

    "젠장맞을! 꼭 이 일을 해야 돼?"

    진만이 말했다.

    "그럼 어떡해요? 말을 듣지 않으면 그 귀신이 스승님 몸을 다시 빼앗는다는데!"

    "이런 젠장맞을! 내가 몸 빼앗길 걱정을 해야 하다니 무슨 이런 놈의 팔자가 다 있냐?"

    그때 달빛보다 더 창백한 정옥의 영이 스윽 다가와 선일의 귀에 대고 속삭였다.

그게 다 당신 업보야!

"하악!"

갑자기 들려온 목소리에 선일이 기겁을 하며 주저앉았다. 지난번 정옥에게 빙의된 후로 영의 목소리가 들려오기 시작한 터였다. 시도 때도 없이 들려오는 온갖 영들의 목소리로 최근엔 노이로제에 걸릴 지경이었다. 선일이 허옇게 질린 얼굴로 어둠 속을 두리번거리며 말했다.

"제발 좀 갑자기 말 걸지 말라니깐! 누구 심장마비로 죽는 꼴 보고 싶어?"

그럼 앞으로 인기척이라도 낼까?

"됐고! 그냥 나한테 아무런 말도 걸지 말았으면 좋겠어. 더 좋은 건 내 주변에서 완전히 사라져주는 것이고!"

호호. 그렇게는 안 되지. 자, 다 왔으니까 여기서부터는 소리 내지 말고 조심해서 올라가는 게 신상에 좋을 거야!

"이젠 살다 살다 별 일을 다 겪네. 젠장맞을! 귀신한테 협박이나 당하고."

선일이 투덜거리며 앞장을 섰고 진만이 그 뒤를 따랐다. 얼마간 어둠을 헤치고 나아가자 나무들 사이로 어지러운 손전등 불빛이 시야에 들어왔다. 둘은 나무 사이에 몸을 숨긴 채 가만히 전방을 주시했다. 불빛의 한가운데 알몸의 남자가 몸을 떨고 있었고 그 주변으로 건장한 사내들이 빙 둘러서 있었다.

보기만 해도 오금이 저릴 정도로 섬뜩한 분위기였다. 사내들의 팔뚝에는 문신이 새겨져 있었고 저마다 살벌한 무기를 들고 있었다. 야구 방망이부터 삽과 곡괭이, 그리고 커다란 회칼도 보였다. 사내 중 하나가 공포에 질려 있는 알몸 남자의 다리를 야구 방망이로 내려치자 참혹한 비명이 터져 나왔다.

그들은 남자를 미리 파 놓은 웅덩이에 밀어 넣었다. 공포에 질린 남자가 살려 달라고 애원했지만 아랑곳하지 않고 구덩이에 흙을 채우기 시작했다. 남자가 구덩이 위로 기어 올라오면 가차 없는 발길질이 이어졌다.

지켜보던 선일이 몸까지 부르르 떨며 진만을 돌아보고 말했다.

"나보고 지금 저놈들 비리를 촬영해서 경찰에 신고를 하라고? 차라리 날 죽여라! 그냥 내가 감옥에 들어가는 게 낫지. 내 좌우명이 뭔지 알지? 가늘고 길게 살기! 난 아무것도 못 봤고 지금 당장 집으로 돌아갈 거야!"

선일이 홱 몸을 돌리더니 산 아래로 발걸음을 재촉했다. 진만이 황급히 선일을 뒤따라가 옷깃을 붙잡았다.

"그냥 가시면 어떡해요?"

선일이 몸서리를 치며 말했다.

"이놈아! 지금도 난 곱등이파의 행동대장 쌍칼에게 쫓기는 몸이야. 그놈 생각만으로도 밤잠을 설치는 판국에 또 다른 조폭들을 원수로 만들라고? 조폭들이 날 서로 차지하겠다고 싸우는 꼴을 봐야겠냐? 저놈들 얼마나 흉폭하고 잔인한지 봤지? 난 못해! 죽어도 못해! 그 여자가 빙의를 해서 내 몸을 뺏든 말든 맘대로 하라 그래. 아이고, 지금 심장이 떨려서 말도 잘 안 나오네! 아무튼 난 간다!"

막 돌아서는 선일의 귀에 바로 곁에서 속삭이는 것 같은 정옥의 목소리가 들려왔다.

싫으면 관둬! 정 내키지 않으면 내가 빙의해서 직접 하면 되니까. 하지만 만에 하나 잘못돼서 니 육신이 칼침을 맞거나 생매장 당하는 일이 생겨도 날 원망하진 말어.

선일이 발끈해서 소리쳤다.

"왜 원망을 안 해? 내가 죽어서 몽달귀신이 되는 한이 있어도 끝까지 당신 괴롭힐 거니깐 당신도 각오해야 할 거야!"

선일이 광선이라도 뿜어낼 것 같은 눈으로 어둠을 노려보자 정옥의 담담한 대답이 돌아왔다.

알았어. 그렇게 해!

순간 선일의 표정이 갑자기 비굴하게 변하더니 애원하듯 말했다.

"아줌마! 제발 이러지 마! 아줌마가 나한테 무슨 억한 심정이 있어서 이러는지 모르겠는데 나도 그동안 당할 만큼 당했잖아. 제발 이제 나 좀 그만 놔줘. 곱등이파 하나 처리한 것만 해도 얼마나 큰일이야? 난 사랑하는 마누라도 있고, 댁이야 귀신이니까 조폭이 안 무서운지 몰라도 난……."

난 조폭에게 천기누설을 했다가 조폭에게 살해당하고 이렇게 원귀가 되어 구천을 떠돌고 있어. 조폭들이 얼마나 나쁜 놈들인지 내가 제일 잘 안다구. 난 그놈들을 처단해 많은 공덕을 쌓을 거야. 그것만이 천기누설에 대한 업장을 풀고 이승을 떠날 수 있는 유일한 방법이야. 그러니깐 잔말 말고 어서 올라가!

"그거야, 아줌마 사정이지. 아무 죄도 없는 나한테 이러는 건 또 다른 업장을 쌓는 일이라고! 이건 범죄야, 범죄!"

나만 공덕 쌓자는 게 아냐. 너도 공덕을 쌓는 일이야. 너 남들한테 사기 치고 마누라 속도 무지하게 썩혔잖아! 그 업장을 뭘로 다 갚을래? 죽으면 모든 게 없어질 줄 알지? 날 봐! 저승에 들지도 못하고 영원히 이렇게 원귀가 되어 이승을 떠돌지도 몰라. 그렇게 되고 싶어? 잘 생각해 봐. 저놈들 보통 질 나쁜 놈들이 아냐. 사채업으로 서민들 괴롭히고 폭력 휘둘러서 시장 사람들 자릿세 갈취하는 건 기본이고 저기 구덩이에 있는 남자 건물을 통째로 뺏으려고 저런 무자비한 짓을 저지르는 거라고. 저런 사회의 악을 뿌리 뽑으면 이유야 어찌됐던 좋은 일 하는 거고 너도 공덕을 쌓게 되는 거니까 내 말 들어!

그때 위쪽에서 이전보다 더 처절한 남자의 비명이 들려왔다. 목을 움츠리고 위쪽을 올려다보던 선일이 진만에게 캠코더를 건네며 힘없이 말했다.

"난 여기 있을 테니까 니가 얼른 가서 촬영하고 와라!"

진만이 무슨 소리냐는 표정으로 펄쩍 뛰며 반문했다.

"저 혼자요?"

"야, 캠코더를 혼자 찍지 둘이 찍냐? 괜히 나까지 가서 부스럭거리면 들킬 확률만 더 높아지는 거야. 그러니까 잔말 말고 얼른 가서 찍어와!"

진만이 내키지 않는 듯 천천히 돌아서더니 방금 내려온 산길을 올라갔다. 선일은 멀찌감치 서서 그런 진만의 뒷모습을 불안하게 응시하고 있었다.

바로 옆에서 소리가 들려온 건 그때였다.

여기서 뭐하는 거야?

선일이 짜증스럽게 말했다.

"아줌마야말로 여기서 뭐하는 거야? 진만이 혼자 있는데 얼른 가서 망이라도 봐 주지 않고!"

진만? 진만이가 누군데?

"보자 보자 하니까 이 여자가 진짜! 지금 이 판국에 농담이 나와? 진만이하고 나는……."

순간 선일은 머리끝이 쭈뼛하고 일어서는 전율에 휩싸였다. 지금 그에게 말을 걸어 온 존재가 정옥이 아니란 사실을 방금 깨달은 것이다. 목소리도 느낌도 정옥과는 전혀 달랐다. 영이 선일의 귓전에 서늘한 기운을 불어넣으며 속삭였다.

아저씨는 내 말을 들을 수 있구나. 그렇지?

서늘한 한기가 뼛속까지 파고들어 몸이 절로 떨려왔다. 선일은 두려운 마음을 가까스로 억누르며 짐짓 당당하게 말했다.

"당연히 영의 소리를 들을 수 있지. 내가 퇴마사거든. 그러니까 괜히 겁치지 말고 장난할거면 다른 사람한테 가는 게 좋을 거야."

그러자 영이 까르르 웃음을 터뜨렸다.

퇴마사라고? 만약 거짓말이면 죽어도 후회하지 않을 거지?

"주, 죽다니?"

내가 이 산에서 지박령으로 산 게 벌써 40년이야. 그동안 죽인 인간들이 몇 명인 줄 알아? 하나, 둘, 셋, 넷…… 아, 몰라. 너무 많아서 다 셀 수도 없어. 혹시 내가 왜 사람을 죽이는지 궁금하지 않아?

선일은 전혀 궁금하지 않다고 대답하고 싶었지만 입이 떨어지지 않았다. 대신 그는 허옇게 질린 얼굴로 멀찌감치 산 위에서 캠코더를 찍고 있는 진만을 안타깝게 바라봤다. 아까 왜 진만과 함께 올라가지 않았을까 후회가 일었다.

선일에겐 무시무시한 얘기를 영은 태연하게 이어나갔다.

내가 사람을 죽이는 이유는 심심해서야. 영으로 살면서 가장 참을 수 없는 게 바로 외로움과 무료함이거든. 그나마 그런 걸 잊을 수 있을 때가 사람을 죽이는 순간이지.

영의 차가운 숨결이 스윽 다가오더니 바로 눈앞에 와 닿았다.

하지만 그마저도 요즘은 재미가 없어. 다들 약속이나 한 것처럼 반응이 똑같단 말이야. 일단 "귀신이야!" 하고 비명을 지른 후에는 제대로 앞도 안 보고 달아나다가 산에서 굴러 떨어져 저 혼자 죽는 경우가 너무 많다니깐. 물론 내가 가지고 놀다가 목을 매달거나 나뭇가지로 찔러 죽이는 경우도 있긴 하지만.

선일은 규칙적으로 얼굴에 와 닿는 영의 숨결을 피해 슬쩍 고개를 돌렸지만 차가운 기운은 금방 다시 눈앞으로 쫓아왔다. 영악한 느낌을 불러일으키는 영의 소리가 이어졌다.

퇴마사라면 부적 같은 것도 가지고 다니겠네? 꺼내 봐! 꺼내서 날 공격해 봐. 괜찮아. 그런 게 정말 효과가 있는지 나도 무척 궁금하니까!

난감해하던 선일은 주머니를 뒤적거리는 척하다가 과장되게 말했다.

"이, 이런 낭패가 있나! 옷을 갈아입는 바람에 부적을 깜빡하고 안 챙겼네. 나도 오늘은 모처럼 신나게 놀아 보고 싶지만 어쩔 수가 없군 그래. 오늘은 일단 곱게 보내 줄 테니 운 좋았다 생각하고 그냥 가라, 가!"

영이 도발적으로 대들었다.

싫다면 어떻게 할 건데? 부적이 없으면 아무것도 못하는 거야? 그럼 죽이든 살리든 내 맘인 거네? 퇴마사라는 거 정말이야?

컴컴한 어둠 속에서 흥분한 영의 숨소리가 점점 커지고 있었다. 더 이상 영을 속일 수가 없었다. 공포로 선일의 온몸이 떨리기 시작했던 것이다.

거짓말쟁이! 무슨 퇴마사가 부적도 없고 영을 이렇게 두려워해? 넌 퇴마사가 아냐! 감히 날 속여?

"그, 그게 아니라 퇴마사는 퇴마산데 수련이 좀 부족해서……."

하지만 선일은 마저 말을 맺을 수가 없었다. 영의 차가운 손길이 선일의 목을 콱 눌렀던 것이다. 팔을 버둥거렸지만 보이지도 잡히지도 않는 영의 공격을 막을 순 없었다.

내공이 부족하면 수련을 더 쌓았어야지!

선일의 목을 잡은 영의 손에 점점 강한 힘이 가해졌다. 선일은 숨을 쉴 수가 없었다. 얼굴이 붉게 달아올랐고 동공은 밖으로 튀어나올 것처럼 부풀어 올랐다. 영이 짜증스럽게 말했다.

뭐가 이렇게 시시해? 비명 지르고 달아나는 것보다 더 재미없잖아. 퇴마사라며? 뭐든 날 재미있게 해 봐! 퇴마사라는 증거를 보여 달란 말이야, 그럼 살려 줄게! 날 재미있게 해 보라고!

선일은 안간힘을 써서 주머니에 있던 청동 거울을 꺼내들었다. 그 짧은 순간에 머릿속으로 수많은 생각이 스쳐 지나갔다. 영이 청동 거울에 비친 자기 얼굴을 볼 수 있을까. 청동 거울을 보고 퇴마사라는 걸 인정해 줄까. 청동 거울로 영의 관심을 끌 수 있을까. 아무튼 뭐든 해야만 했다.

 선일은 영의 눈앞으로 청동 거울을 들이밀었다. 달빛에 반사된 영의 모습이 청동 거울에 또렷하게 나타났다. 뿐만이 아니었다. 청동 거울에서 정체를 알 수 없는 푸른빛의 기운이 넘실거리며 새나왔다. 밤안개처럼 허공으로 흘러나온 푸른 기운이 영의 주변을 에워쌌다. 푸른 기운이 어둠 속에 도사린 영의 모습을 드러냈다.

 선일은 영을 또렷하게 볼 수 있었다. 20대 초중반 정도로 보이는 영은 검은 머리를 산발한 모습이었다. 논바닥처럼 갈라진 피부와 창백한 표정 그리고 머리카락 속에 숨어 있는 음산한 눈빛이 청동 거울을 노려보고 있었다. 영의 옷이 온통 검붉은 피와 흙으로 얼룩져 있고 지박령이란 말로 미뤄보아 살해된 후 이 산에 암매장되지 않았을까 짐작이 됐다.

 영은 자신의 주변을 감싸는 푸른 기운을 보곤 두려움에 사로잡혀 말했다.

 미, 미안해. 이젠 퇴마사라는 거 믿을게. 다신 나쁜 짓도 하지 않을게. 제발 이러지 마!

 갑자기 영이 왜 그토록 겁에 질려 애원는지 선일은 영문을 알지 못했다. 영이 고통을 참으려 애쓰며 말했다.

 제발 그 거울 좀 치워 줘! 제발!

 물론 선일은 청동 거울을 치울 생각이 없었다. 영과 마찬가지로 선일 역시 청동 거울에서 흘러나온 기운 덕분에 말로 설명하기 힘든 이상한 느낌에 사로잡혀 있었다. 선일은 거울을 영에게 더욱 바싹

들이대며 자기도 모르게 소리쳤다.

"그러게 왜 함부로 퇴마사의 코털을 건드리고 난리야, 에라 모르겠다! 반야바라밀!(분별과 집착이 끊어진 완전한 지혜를 성취함을 의미하는 불교의 가르침.)"

반야바라밀은 선일이 예전 홍콩 영화에서 인상 깊게 본 진언이었는데 마치 준비해 둔 것처럼 갑자기 입에서 튀어나왔다. 영 못지않게 선일 본인도 놀라서 눈이 휘둥그레졌다. 진언과 함께 거울에서 더욱 강력한 기운이 뿜어지더니 영의 입에서 참혹한 비명이 터져 나온 것이다. 그와 동시에 영을 이루고 있던 기운의 덩어리, 즉 영체가 불안정하게 출렁이기 시작했다.

진만의 말에 의하면 이 청동 거울을 소유하고 있던 그의 조상은 유명한 퇴마사라고 했다. 그렇다면 이 청동 거울은 단지 영의 모습을 보여줄 뿐 아니라 퇴마의 기운을 품은 영물이 아니었을까 그 성스러운 기운이 지금 이 순간 우연한 어떤 이유로 인해 잠들어 있던 퇴마의 힘을 깨운 게 아닐까.

선일은 거울을 영에게 더욱 가까이 들이대며 처음보다 더 큰소리로 연이어 외쳤다.

"반야바라밀! 반야바라밀! 반야바라밀!"

영의 입에서 참혹한 비명이 터져 나왔고 영체가 뒤틀리는가 싶더니 "펑!" 하는 소리와 함께 영이 눈앞에서 폭발했다. 선일은 잠시 얼떨떨한 얼굴로 멍하니 서 있다가 감격해서는 자기도 모르게 소리를 질렀다.

"지, 진만아! 내가 영을 없앴다! 내가 주문으로 영을 없앴다구!"

순간 위쪽에서 어른거리던 조폭들의 손전등이 일제히 아래쪽으로 향했고 살기가 감도는 거친 소리들이 두서없이 들려왔다.

"어떤 새끼야?"

"어디서 난 소리야? 어느 쪽이야?"

"얼른 가서 잡아! 어서!"

비로소 선일이 자기가 저지른 일의 의미를 깨닫고 몸서리를 치는데 진만이 곰처럼 구르며 달려 내려왔다. 진만이 선일을 보곤 사색이 되어 말했다.

"스승님! 미쳤어요? 그렇게 큰소리로 부르면 어떡해요?"

"내가 미친 게 아니라 방금 이 청동 거울로 어떤 영을…… 너도 봤어야 하는데!"

그때 두 사람의 바로 뒤쪽에서 강렬한 불빛과 함께 조폭들의 외침이 들려왔다.

"저기다! 저기 있다! 저 새끼들 잡아!"

어지러운 손전등 불빛들이 한꺼번에 두 사람을 향했다. 건장한 조폭들이 무기를 휘두르며 달려 내려오는 무시무시한 모습이 두 사람의 시야에 들어왔다.

"이런 젠장맞을! 내 사주가 창백한 달빛이 황홀하게 흔들리는 야밤에 허무하게 객사할 팔자라더니 오늘이 바로 그날인가 보다!"

선일은 재빨리 산비탈을 달려 내려가기 시작했다. 뒤늦게 진만도 허겁지겁 뒤를 따랐다.

"스승님, 같이 가요!"

둘은 미친 듯이 산을 내려갔다. 정신없이 달려 내려가는 동안 뒤쪽에서 조폭들의 비명과 소란스러운 소리가 들려왔다. 진만이 뒤를 돌아보고는 말했다.

"정옥 아줌마가 조폭들을 막고 있는 모양인데요?"

"야, 내 앞에서 그 아줌마 얘긴 하지도 마! 이게 다 그 여자 때문이라고!"

산을 다 내려온 둘은 도로변에 세워 뒀던 차에 올라탔다. 운전석에 올라앉아 산 위쪽을 올려다보는 진만을 향해 선일이 소리를 질렀다.

"야, 인마! 어서 출발 안 하고 뭐해?"

"정옥 아줌마가 금방 올 텐데……."

"그 여잔 차 없어도 우리보다 더 빨리 올 거니깐 걱정 말고 어서 출발하기나 해!"

진만이 액셀을 밟고 나서야 선일이 안도의 한숨을 내쉬며 의자에 머리를 기댔다. 선일이 눈을 감은 채 푸념처럼 중얼거렸다.

"이런 식으론 살다간 가늘고 오래 살긴 틀렸다. 어쩌다 내 팔자가 이렇게 기구해졌냐?"

그때 휴대폰이 울렸다. 선일이 인상을 찡그리며 휴대폰을 받았.

"여보세요? 누구? 정옥이 이모? 누군데 귀신을 찾아? 당신 누구야? 뭐라고? 양희진?"

바로 그때 승용차의 뒷좌석, 즉 선일의 뒤통수에서 정옥의 소리가 넘어왔다.

무슨 일인지 물어 봐!

갑작스런 정옥의 소리에 선일이 놀라 비명을 질러댔다.

"으아아아……! 갑자기 그렇게 불쑥 나타나서 말하지 말라고 했잖아! 그렇잖아도 지금 심장이 놀라서 벌렁거리는데 누구 심장마비로 죽는 꼴 보고 싶어?"

엄살 그만 부리고 무슨 일인지나 물어보라니깐!

정옥이 정색을 하자 선일은 마지못해 휴대폰을 집어 들었다.

"무슨 일인지 말해 보슈!"

희진이 그간의 사정을 모두 털어놓았고 얘기를 다 들은 정옥이 말했다.

이제야 알겠군. 박성우가 이영수의 노래를 자신의 노래인 양 무단으로 도용해서 부른 게 운명의 간섭을 불러일으킨 원인인 셈이네. 이제 원인을 알았으니 잘못된 걸 바로잡아야지.

정옥이 선일을 향해 물었다.

조폭들 비리 폭로하는 게 나을까? 어느 인기 가수의 노래가 남의 노래를 무단 도용했다는 걸 밝히는 쪽이 더 나을까?

선일이 눈물이라도 쏟을 것 같은 표정으로 소리쳤다.

"젠장 할! 그걸 질문이라고 하는 거야? 어느 가수야? 어느 놈이 남의 노래를 표절했어? 이런 나쁜 놈을 봤나! 알고 보면 그런 놈들이 조폭보다 더 나쁜 사회악이라니깐!"

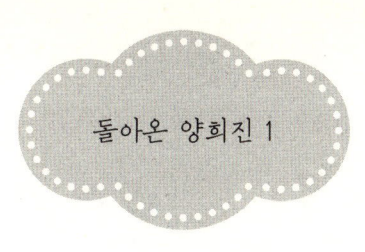

돌아온 양희진 1

 희진은 미영에게 전화를 걸었다. 피곤이 덕지덕지 묻어나는 목소리가 수화기 너머에서 들려왔다. 희진은 어제 경찰서까지 끌려가 봉변당한 일을 떠올리고는 마음을 단단히 다잡았다.
 "여보세요? 김미영 씨?"
 어제 일 때문인지 미영의 목소리가 잔뜩 조심스러웠다.
 "누구세요?"
 "저 한지영이에요. 알죠? 댁이 경찰에 신고한."
 순간 겁먹은 미영의 목소리가 넘어왔다.
 "또 왜요? 경찰에서 풀려나도록 해 줬잖아요."
 "할 말이 있으니까 좀 만나요."
 "그쪽을 왜 만나요. 싫어요!"
 "내가 아무도 모르는 미영 씨의 비밀을 어떻게 알게 됐는지 궁금하지 않아요? 만나면 얘기해 줄게요."

"그런 거 필요 없어요. 그냥 앞으로 제게 연락하지 마세요!"

"만약 만나러 나오지 않으면 어제 전화로 말한 것처럼 내가 알고 있는 것들을 양희진 씨 집과 경찰에 모두 알릴 거예요."

미영의 입에서 비명에 가까운 신음이 흘러나왔다.

"약속이 틀리잖아요. 대체 나한테 왜 이러는 거예요?"

"두 시간 후 양희진의 오피스텔에서 만나요. 알았죠?"

"아, 안 돼요! 거긴……."

"결정은 내가 해요. 아무튼 안 나오거나 엉뚱한 행동하면 알아서 해요!"

희진은 징징대는 미영의 소리를 무시하고 일방적으로 휴대폰을 끊었다. 희진이 외출복을 입고 옥상으로 나서자 영수와 지호의 얼굴이 금방 어두워졌다. 영수가 불안한 표정으로 물었다.

"어디 가?"

"좀 나갔다 올게요."

희진이 급하게 계단을 내려가려는데 영수가 불렀다.

"잠깐만! 난 당신이 무슨 일을 하든 믿지만 한 가지만 대답해 줘."

"뭔데요?"

"어제 경찰서에서 당신이 왜 양희진이라고 했던 거야?"

영수와 지호의 순수한 눈빛이 뚫어지게 희진을 응시했다. 순간 희진은 모든 걸 털어놓고 싶은 충동을 느꼈다.

'난 당신의 아내도 아니고 지호의 엄마도 아니에요. 난 단지 한지영의 육신을 빌린 양희진이란 여자예요.'

하지만 내면 어딘가에서 그녀의 그런 생각을 만류했다. 아직은 아니라고. 영수와 지호에게 그런 식으로 실망을 줘선 안 된다고. 희진은 어렵게 입을 열었다.

"영수 씨 노래 찾아올 거예요. 그래서 영수 씨가 무대에 서는 모습을 꼭 보고 싶어요!"

희진은 의아한 표정으로 눈만 껌뻑거리는 영수를 뒤로 하고 몸을 돌렸다. 일단 해야 할 일이 분명해지자 한결 태도가 분명해졌다. 한지영은 이영수가 가수로 무대에 서는 걸 보고 싶어 했다. 희진이 박성우로부터 노래를 되찾아오기만 하면 한지영의 한도 풀어질 것이라 생각하니 조금은 마음이 편해졌다.

희진은 서둘러 건물을 빠져나와 택시를 잡아탔고 미영보다 먼저 오피스텔에 도착해 그녀를 기다렸다. 미영은 약속 시간보다 10분쯤 늦게 도착해서는 도어락의 비밀번호를 눌렀다. 그녀는 혹시나 하는 마음으로 고개를 들이밀다 희진을 보고는 소스라치며 그대로 문을 닫으려 했다.

희진이 재빨리 소리쳤다.

"기억하니? 고1때 네가 희진이한테 친구하자면서 내밀었던 선물이 뭐였는지!"

거의 닫혔던 문이 다시 빠끔하게 열리며 미영이 고개를 들이밀었다. 잠시 망설이던 그녀가 문을 닫고 안으로 들어섰다. 미영의 눈에 두려움과 호기심이 뒤섞여 있었다. 희진이 그녀를 빤히 쳐다보며 말했다.

"금반지! 너는 희진이에게 금반지를 선물로 주며 친구하자고 했어. 그때 희진이 기분이 어땠는지 알아? 세상에 어떤 애가 친구 하자면서 금반지를 선물로 줄까? 대체 쟤는 무슨 마음으로 그런 선물을 내밀었을까."

미영이 금방이라도 울음을 터뜨릴 것 같은 얼굴로 소리쳤다.

"너 대체 누구야?"

"내가 누구인지 곧 알게 될 거야. 그 전에 먼저 대답해 봐. 그때 왜 희진이한테 금반지를 준 거야?"

"그건, 그건 그렇게 하지 않으면 희진이가 나 같은 애는 절대로 친구로 끼워 주지 않을 것 같아서야."

"왜?"

"난 못 생기고 가난했으니까."

희진이 어이가 없다는 얼굴로 물었다.

"너 설마 희진이가 그깟 금반지가 탐나서 너하고 친구할 거라고 생각한 거야?"

"물론 희진이한텐 그 금반지가 하찮은 물건으로 보였을지 모르지만 그 금반지, 우리 엄마 결혼 예물이었어. 그것 때문에 엄마한테 얼마나 미안했는지 몰라. 하지만 그게 내가 할 수 있는 최선이었어."

희진이 미영을 물끄러미 보다가 말했다.

"그 후로 미영이 너희 엄마가 금반지 얘기 꺼내신 적 있었니?"

미영이 의아한 얼굴로 물었다.

"그게 무슨 소리야?"

"너희 엄마가 금반지 없어졌다고 찾으시거나 속상해하신 적이 있었냐고?"

"아, 아니. 사실은 그게 좀 이상했어. 이유는 모르겠지만 이제나 저제나 내가 한 짓이 탄로 날까 봐 불안하게 시간을 보냈는데 이상하게 엄마는 금반지 얘기를 한 번도 한 적이 없어. 지금까지도!"

"그건 금반지가 너희 엄마에게 다시 돌아갔기 때문이야."

"그게 무슨 소리야?"

"설마 희진이가 그런 촌스러운 금반지를 정말로 받았을 거라고 생각한 거니? 희진이가 그 금반지를 너희 엄마에게 돌려드리고 너한테는 비밀로 해 달라고 부탁을 했거든."

미영이 혼란스런 얼굴로 희진을 빤히 쳐다보다가 물었다.

"희진인 그 금반지가 우리 엄마 거라는 걸 알지도 못했어."

"아니. 희진인 알고 있었어. 실은 네 일기장을 몰래 훔쳐봤거든. 믿어지지 않으면 오늘 집에 돌아가서 너희 엄마한테 물어 봐."

미영이 눈물을 글썽이면서 물었다.

"대체 너 정체가 뭐야? 어떻게 그런 걸 다 알아? 희진이한테 들은 거야?"

티 테이블에 앉아 있던 희진이 일어나 미영에게 다가섰다.

"미영아. 나 모르겠어? 비록 외모는 다르지만 잘 봐. 내가 누군지 정말 모르겠어?"

미영이 겁먹은 눈으로 보다가 말했다.

"서, 설마? 아니야! 희진인 죽었어. 죽었단 말야!"

"그래. 죽긴 죽었지. 하지만 다시 살아났어. 이렇게 남의 몸을 빌려서."

미영이 기절할 것 같은 얼굴로 소리쳤다.

"뭐야? 당신 귀신이야? 나한테 왜 이러는 거야?"

"정 믿어지지 않는다면 아무거나 물어 봐. 너하고 나만 아는 거. 그래, 내 생일날 얘기해 볼까? 네가 케이크 사 왔잖아. 미주 오빠 결혼식 때 사람들 맛있다고 한 그 집에서 특별히 주문했다면서. 그리고 네가 일부러 그 집 파티셰한테 부탁까지 했다는 말도 했어."

미영이 손을 내저으며 비명처럼 말했다.

"아, 아니야! 이럴 수가 없어!"

희진이 다가와서 와락 양어깨를 움켜잡자 미영이 비명을 질렀다. 희진이 미영에게 얼굴을 바싹 들이대고 소리를 질렀다.

"똑똑히 봐! 내 얼굴을 잘 보란 말야! 나, 희진이야! 내가 양희진이라고! 그래! 네 말대로 죽어서 귀신이 됐다가 운이 좋아서 이렇게 다른 사람 몸을 빌려 다시 살아난 거라고! 제발 좀 믿어 줘! 믿어 달란 말이야!"

희진이 악을 쓰자 미영이 자신 없는 소리로 물었다.

"너 정말…… 희진이니?"

희진이 눈물을 글썽이며 대답했다.

"그래, 이 바보야! 나 희진이야. 미영이 너 며칠 전 여기서 와인 꺼내려고 장식장 앞으로 갔다가 내 사진 보면서 그랬잖아. 내 하녀라고 불리면서도 청담동 4인방으로 함께할 수 있어서 행복했다고. 하지만 미주나 효정이 하녀 노릇은 못하겠다고. 난 그때 귀신이 되어 이 방에서 널 지켜보고 있었어. 너 그때 이 방에 있으니까 기분이 이상하다면서 일찍 나갔잖아. 그때 네가 한 얘기 중에 날 감동시킨 말이 있었어. 날 정말 좋아했고 좋은 친구였다던 그 말! 넌 그때 진심으로 그 말을 했어! 바로 그 말 때문에 네가 성우한테 내 디카를 넘긴 것도 여기 와서 내 가방 가져가고 멋대로 굴었던 것도 모두 용서해 줄 수 있었단 말이야!"

미영이 뚫어지게 보더니 떨리는 음성으로 말했다.

"너 정말 희진이구나? 희진이가 맞구나!"

희진이 고개를 끄덕이자 미영이 와락 안기며 울음을 터뜨렸다.

"희진아, 미안해! 내가 잘못했어! 그리고 이렇게 돌아와 줘서 정말 기뻐! 전엔 몰랐어. 네가 없는 내 삶이 얼마나 초라한지."

"그래. 나도 죽어서 영으로 떠돌면서 얼마나 무섭고 외로웠는지 몰라. 아무도 날 몰라주고 아무한테도 마음속에 있는 얘기를 하지 못했거든."

둘은 한참 그렇게 서로를 끌어안고 눈물을 흘렸다. 실컷 울고 난 미영이 한지영의 모습을 한 희진을 보며 여전히 실감이 안 난다는 듯 말했다.

"말도 안 돼! 어떻게 이런 일이 일어날 수가 있어? 대체 어떻게 된 거야?"

희진도 한바탕 눈물을 쏟아내고는 후련한 한숨을 내쉬며 말했다.

"그 많은 얘기를 어떻게 한꺼번에 다할 수 있겠니?"

미영이 격앙된 음성으로 말했다.

"아무튼 니가 돌아와서 너무 든든하고 기뻐. 미주하고 효정이, 그 기집애들 얼마나 못됐는지 알아? 너 죽고 나서부터 문자도 씹고 전화도 잘 안 받기에 섭섭하다고 했더니 이러는 거 있지. 그동안 희진이 너 때문에 날 친구로 끼워줬다는 거야. 우리가 함께 어울려 다닌

게 벌써 몇 년이야? 그런데 어떻게 대놓고 그런 식으로 말을 할 수가 있어? 게다가 너 장례식 다음 날 걔네들 바로 클럽에 가서 놀더라. 그게 친구야?"

미영의 얘기를 듣고 희진도 순간 욱하고 화가 치밀었다.

"그래. 그런 애들을 친구라고 할 수는 없지. 원래 걔네 둘 머릿속엔 남자하고 노는 것밖에 없었잖니! 그리고…… 아니, 아니다. 그 얘긴 그만 두자."

희진은 입을 다물었다. 말을 하다 보니 예전의 자신과 그들의 모습이 그다지 다를 바 없었다는 생각이 들어 얼굴이 붉어졌다.

미영이 말했다.

"그나저나 어떡하지? 니가 양희진이라고 한들 누가 믿겠어? 어휴…… 이왕 다시 살아올 거면 니 몸으로 돌아오지 왜 남의 몸으로 돌아왔대?"

"야, 내 육신은 교통사고 나서 다 망가졌는데 그 몸을 재활용하란 말이야?"

"하긴 그것도 그러네. 그나저나 나 적응이 안 돼서 큰일이다. 기분도 너무 이상하고. 자꾸만 낯선 사람하고 얘기하는 기분이 들어."

"나도 적응이 안 돼서 거울 볼 때마다 깜짝깜짝 놀라는데 네가 적응이 되겠니?"

"니네 부모님이 알면 정말 놀라시겠다! 지금 두 분 다 몸이 안 좋으신데 니가 희진이란 걸 알면 누구보다 기뻐하실 거야!"

"우리 엄마 아빠한테는 절대로 알리면 안 돼. 그렇잖아도 몸이 편찮으신데 충격을 받으실 수도 있어. 그리고 무엇보다 아직은 내가 해야 할 일이 있기 때문에 그걸 먼저 해결한 다음에 천천히 알릴 거야. 그래서 말인데 미영이 네가 나 좀 도와줘야겠어!"

"뭐든 얘기만 해. 내가 도움이 될 수 있다면 무슨 일이든 기쁘게 할게."

"어제 너도 그랬지만 내가 양희진이라고 하면 누가 믿겠니? 설혹 그 사람이 우리 부모님이라도 말이야."

"그렇긴 해. 나도 어제 니가 희진이라고 우기면서 우리만 아는 비밀을 얘기하는데 무섭기도 하고 아무튼 기분이 무지 이상했거든. 아마 니네 부모님도 마찬가질걸?"

"그러니까 네가 적당한 기회를 봐서 우리 엄마 아빠 만나서 내 얘기를 좀 해 줘. 최대한 놀라시지 않도록. 처음부터 내가 가서 얘기하면 분명히 난리가 날 거야."

"그래. 내 생각에도 그게 나을 것 같아. 하지만 앞으로가 문제다. 넌 양희진으로 살아야 하는 거야? 아니면 이 몸의 주인으로 살아야 하는 거야?"

"글쎄 그건 좀 두고서 천천히 생각을 해 봐야 할 것 같아. 어쨌든 네가 있어서 너무 다행이야. 안 그랬으면 나 지금 너무 막막했을 것 같아."

미영이 희진을 아래위로 훑어보다가 부러운 듯 말했다.

"그리고…… 어우, 야, 넌 운도 좋다. 몸을 빌려도 어떻게 이렇게 근사한 걸 찾았어? 잘만 꾸미면 상당히 미인이겠는데?"

"전에 나보다 더 낫다는 얘기야?"

"아, 아니 그건 아니고. 헤헤."

"아무튼 난 지금부터 목욕도 하고 치장도 해서 제대로 변신을 좀 해야겠어."

미영이 반색을 하며 소리쳤다.

"그래, 그래야 양희진이지. 죽은 양희진이 살아서 돌아왔는데 가만있으면 되겠어? 화끈하게 축하 파티라도 열어야지. 이런 판타스틱한 순간을 어떻게 그냥 보낼 수 있냐고?"

"파티는 됐고. 미주하고 효정이나 불러!"

"뭐? 걔네들 불러서 니가 희진이라고 말하려고? 아서라…… 걔네들 믿기는커녕 기절초풍하면서 나처럼 경찰에 신고할 거다!"

"일단 불러! 나머진 내가 알아서 할게!"

"걔네들 내가 부르면 안 올 텐데?"

"우리 부모님이 내 명품 옷하고 가방 나눠가지라고 했다고 당장 오라고 하면 총알 같이 달려오지 않을까?"

미영이 싱긋 웃으며 말했다.

"당연히 달려오지! 무슨 일이 있어도. 헤헤. 그래도 난 좀 불안하다. 걔네들이 너보고 뭐라고 할지."

미영이 망설이자 희진이 눈을 흘기며 말했다.

"너 이제 나 못 믿는 거야? 비록 겉모습은 바뀌었지만 나, 양희진이야. 뭐든 내가 했다하면 확실하게 하는 거 몰라?"

미영이 재빨리 답했다.

"알지. 너무 잘 알지!"

"그럼 연락해. 난 목욕부터 해야겠다. 그리고 머리하게 세시봉에도 연락 좀 해 줘."

희진은 미영에게 부탁한 후 욕실로 들어가 물을 받았다. 그녀는 옷을 벗고 알몸으로 거울 앞에 섰다. 많이 마르긴 했지만 영수와 지호의 정성 덕분인지 그렇게 오래 침대에 누워 지냈는데도 몸에 욕창 하나 생기지 않은 매끈한 몸이었다.

피트니스에서 운동을 시작하고 관리를 하면 분명 S라인의 늘씬한 몸이 될 것이다. 이젠 한지영의 모습이 그다지 낯설게 느껴지지 않았다. 오히려 예전 양희진의 모습이 흐릿해져 갔다.

희진은 따뜻한 목욕물에 로즈향의 거품을 푼 후 욕조에 들어가 머리를 기대고 눈을 감았다. 그 황홀한 행복감에 자꾸만 입술 사이로 웃음이 흘러나왔다. 부드러운 거품이 피부에 닿는 느낌도 좋았고 은은한 로즈향도 꿈결 같았다. 목욕을 마치고 나가자 미영이 놀란 표정을 지으며 소리쳤다.

"와! 예쁘다!"

"그래?"

희진도 마치 다른 사람 얘기하듯 반문하고는 거울을 봤다. 욕실에선 김이 서려 제대로 보지 못했던 한지영의 아름다운 모습이 거울 속에 있었다. 희진은 거울 속 한지영의 얼굴을 보고 미영이 놀란 이유를 알 것 같았다. 한지영의 얼굴 피부가 백옥처럼 하얗게 빛이 나고 있었던 것이다. 원래 좋은 피부인 데다 침대에 누워 있는 동안 자외선이나 바람에 노출되지 않아서 그런 모양이었다.

희진은 뭔가에 홀린 것처럼 화장대 앞에 앉아 화장을 시작했다. 화장에 따라 한지영의 얼굴은 시시각각 다른 사람으로 변해 갔다. 옆에 앉은 미영은 마치 마술이라도 보는 것처럼 넋을 잃고 한지영이 변신하는 모습을 쳐다봤다.

화장을 마친 희진이 옷장을 열고 그녀의 옷들을 하나씩 꺼내 입었다. 희진과 지영은 체형도 키도 거의 비슷했다. 희진은 마치 패션쇼라도 하는 것처럼 옷장 속에 있는 모든 옷들을 꺼내 입어 보고는 가장 마음에 드는 스타일로 갈아입었다.

미영이 눈을 반짝거리며 말했다.

"이런 말하긴 그렇지만 이전보다 더 업그레이드된 것 같은데?"

희진도 거울에서 눈을 떼지 못하고 말했다.

"아까 네가 처음 본 그 얼굴이 1년 동안 식물인간으로 누워 있던 사람의 얼굴이라면 믿겠니?"

미영이 신음을 흘렸다.

"말도 안 돼!"

"그 답답한 영수 씨가 이런 미인의 마음을 어떻게 사로잡아 결혼까지 했는지 신기하네."

미영이 놀라서 소리쳤다.

"남편이 있어?"

"응. 일곱 살짜리 아들도 있는데?"

"설마. 정말 세상 불공평하다. 이게 어떻게 아줌마 얼굴이고 몸매니? 남자 손 한 번 안 탄 처녀 몸이 이 모양인데."

그러면서 미영이 슬픈 표정으로 자신의 얼굴과 몸을 손으로 훑었다. 현관 벨이 울린 건 그때였다. 미영이 당황한 얼굴로 말했다.

"미주하고 효정이 벌써 왔나 봐! 기집애들 진짜 총알이다, 총알! 어떡하지?"

"어떡하긴 뭘 어떡해? 문이나 열어 줘. 그 다음은 내가 알아서 할 테니까."

그러면서 희진은 욕실로 다시 들어가 얼른 몸을 숨겼다. 미영이 문을 열자 미주와 효정이 거의 밀치듯이 안으로 들어섰다.

"네가 여기에 왜 있는 거야?"

둘은 미영의 대답은 듣지도 않고 다짜고짜 옷장부터 열어젖혔다. 그들은 옷과 가방 따위를 살피다가 미영에게 의심스런 눈초리를 던졌다.

"너, 이런 일이 있으면 우리한테 먼저 얘기하고 같이 들어와야 하는 거 아냐? 네가 뭔데 멋대로 희진이 오피스텔에 들어와서 마치 호스트라도 되는 양 우릴 소집하고 그래? 도어락 비밀번호는 어떻게 알았니?"

"왜 무작정 흥분하고 그래? 도어락 비밀번호는 희진이가 알려줘서 예전부터 알고 있었어. 여긴 예전에도 수시로 드나들었는데?"

효정이 혀를 차며 말했다.

"말도 안 돼! 희진이가 너 같은 애한테 여길 맘대로 들락거리라고 했다고? 왜? 파출부 노릇이라도 한 거야?"

이번엔 미주가 끼어들었다.

"솔직히 말해서 네 말을 어떻게 믿어? 희진이도 없는데. 너 설마 여기 있는 물건 우리 몰래 손대지 않았겠지?"

미영이 고개를 설레설레 흔들며 말했다.

"난 니들이 더 웃겨! 희진이 장례식 다음 날 클럽 가서 신나게 놀 때는 언제고 이제 와서 뭘 그렇게 당당해? 니들이 희진이한테 얼마나 잘해 줬다고?"

미주가 팔짱을 끼고 미영의 앞으로 다가오더니 말했다.

"너 뭘 믿고 이렇게 까불어? 그 사이에 새로운 주인님이라도 구한 거야?"

그때 희진이 욕실 문을 열고 밖으로 걸어 나왔다. 효정이 놀라서 소리를 질렀다.

"어머머! 저 여자 누구야? 누군데 거기서 나와?"

미주도 가만있지 않았다.

"김미영, 너 지금 뭐하는 거야? 저 여자가 누군데 함부로 여기에 불러들인 거니? 잠깐, 효정아! 지금 저 여자가 입고 있는 옷 전부 희진이 거 아니니?"

"맞아, 희진이 거야! 이거 뭐니? 대체 이게 무슨 황당한 시추에이션이야?"

미주와 효정이 동시에 미영을 돌아보고 소리쳤다.

"저 여자 누구냐고!"

미영이 엷게 미소를 떠올리더니 차분하게 대답했다.

"누구냐고? 내가 세상에서 가장 소중하게 생각하는 친구야."

효정이 미영을 돌아보곤 황당한 표정으로 말했다.

"너 참, 뻔뻔하기도 하다. 희진이 죽은 지 얼마나 됐다고 이런 짓을 하니? 그래도 우린 최소한……."

보다 못한 희진이 나섰다.

"뻔뻔한 건 너희들이야. 예전에도 큰 기대는 안 했지만 그래도 한때 친구라고 생각했던 내가 한심할 지경이다!"

미주가 어이가 없다는 듯 눈동자를 희번덕거리며 말했다.

"누군지 모르겠지만 말이 좀 심하네? 난 그쪽 같은 친구를 둔 적이 없거든요?"

효정이 미주에게 낮게 속삭였다.

"미영이 저 계집애가 무슨 꿍꿍이가 있는 거야. 우리 따돌리고 희진이 물건 몽땅 혼자 챙기려고."

희진이 비웃는 얼굴로 말했다.

"정말 한심해서 더 이상은 못 봐주겠다. 야, 윤미주, 강효정! 날 똑바로 봐! 내가 누굴 거 같니?"

희진이 앞으로 다가서자 놀란 두 사람이 주춤거리며 물러났다.

"왜, 왜 이러는 거야? 당신 뭐야? 가까이 오지 마!"

"미주 너 효정이한테 찔리는 거 없니? 가만, 작년에 효정이가 사귀던 종합 병원 의사 이름이 뭐였더라? 박…… 박……?"

효정의 눈이 점점 커지더니 자신 없는 소리로 대답했다.

"박…… 준…… 말하는 거니?"

"그래. 맞다. 박준! 작년에 효정이가 그 박준한테 걷어차이고 죽네 사네 하면서 거의 반년 동안 폐인처럼 지냈던 거 미주 너도 잘 알고 있겠지? 박준이 갑자기 효정일 걷어찬 이유가 뭘까? 미주 네가 효정이 몰래 박준한테 꼬리쳐서 놀았던 거 여기서 있는 대로 다 까발려 줄까?"

순간 미주의 얼굴색이 변했다.

"지, 지금 무슨 소리를 하려는 거야? 효정아, 아냐. 이 여자 얘기 듣지 마!"

하지만 미주의 말과 달리 효정이 희진의 앞으로 바싹 다가오더니 말했다.

"듣고 싶어요. 계속 얘기해 봐요!"

희진이 팔짱을 끼고는 오피스텔을 천천히 거닐며 말했다.

"그때 미주 네가 박준하고 몰래 데이트하고 들어와서 희진이한테 자랑했잖아. 박준이 효정이하고는 속궁합이 잘 안 맞는데 너하곤 끝내줬다면서."

미주의 얼굴이 창백하다 못해 투명하게 변했고 효정의 눈에선 금방이라도 폭발할 것 같은 분노의 불꽃이 이글거렸다. 효정이 손톱을 곤추세우고 미주에게 다가서며 말했다.

"그래, 이제 생각난다. 작년에 신사동 씨티 극장 앞에서 너하고 박준 그 인간하고 함께 있다가 나한테 걸렸지. 그때 내가 어떻게 된 거냐고 물으니까 우연히 같은 영화를 보다가 만난 거라고 했던가? 그때 이상하다는 생각은 했지만 설마 아닐 거라고 생각했어. 그런데 어떻게…… 미주 네가 어떻게 나한테 그럴 수가 있어? 고등학교 때부터 우리가 만난 게 몇 년인데? 할 말 있으면 변명이라도 해 봐! 아니라고 변명이라도 해 보란 말이야, 어서!"

효정이 손톱을 치켜들고 몸을 부들부들 떨며 악을 쓰자 미주가 허옇게 질린 얼굴로 받아쳤다.

"좋아. 이왕 말 나온 거 확인할 건 하고 넘어가자! 내가 올 초에 청담동 클럽에 우연히 갔다가 학교 때부터 나하고 라이벌이던 연지를 만났거든? 근데 연지 그 계집애가 그러는 거야. '너희 엄마 후처라며? 어쩐지 갑자기 미주 네가 부자가 돼서 이상하더라.' 내가 세상에서 가장 감추고 싶은 비밀이 그 얘기라는 거 너도 알지? 근데 그 얘기 아는 사람이 희진이하고 너밖에 없잖아. 근데 희진인 연지 알지도 못하고 네가 그 계집애랑 친한 거 동네가 다 아는데 그 일은 어떻게 설명할 거야? 대답해 봐. 너야? 네가 그 얘기 한 거야?"

효정이 머뭇거리며 대답을 못하자 이번에는 미주의 눈꼬리가 치켜 올라갔다. 미주의 얼굴이 벌겋게 달아오르더니 효정을 보고 으르렁거렸다.

"역시 너였어! 이 나쁜 계집애!"

효정도 지지 않았다.

"그러는 넌? 네가 그러고도 인간이야? 내가 박준을 얼마나 좋아했는지 알면서 어떻게 그런 짓을 할 수가 있어?"

미주가 소리쳤다.

"지금 내 심정대로라면 그것보다 훨씬 더한 일도 할 수 있어. 네가 부서지고 망가질 수 있다면 무슨 일이든 할 거라고!"

효정의 입에서 짐승의 울음소리 같은 원시적인 괴성이 터져 나왔다. 효정은 네일아트로 예쁘게 치장한 손톱을 앞세워 미주에게 달려들었다. 미주는 달려드는 효정의 머리채를 휘어잡았다. 둘은 뒤엉켜서 서로에게 심한 욕설과 악담을 퍼부으며 바닥을 뒹굴었다. 둘이 서로의 머리를 쥐어뜯으며 혈투를 벌이는 모습을 물끄러미 내려다보던 희진이 소리를 빽 질렀다.

"그만해! 내 오피스텔에서 지금 뭐하는 짓이야!"

뒤엉켜 있던 미주와 효정이 희진의 소리에 싸움을 중단하고 자리에서 벌떡 일어났다. 둘은 그제야 정신이 돌아온 듯 서로를 마주봤다. 미주가 얼떨떨한 표정으로 물었다.

"대체 당신 누구야? 누군데 그런 얘기를 다 알고 있는 거야?"

효정도 산발이 된 머리로 물었다.

"방금 내 오피스텔이라고 했어? 여기가 당신 오피스텔이라고?"

희진이 둘을 노려보다가 말했다.

"아직도 내가 누군지 모르겠어? 잘 봐. 나 희진이야. 양희진!"

미주와 효정이 무슨 소리를 하는지 모르겠다는 얼굴로 미영을 돌아봤다. 미영이 둘의 눈치를 살피다가 조심스럽게 입을 열었다.

"그래, 맞아! 외모는 다른 사람이지만 희진이야. 알아. 희진인 죽었지. 근데 희진이 영혼이 이 사람 몸에 들어가서 다시 살아서 돌아온 거야! 그러니까 이 사람은……."

미영이 말을 다 마치기도 전에 미주와 효정이 서로의 얼굴을 마주보더니 동시에 비명을 질렀다.

"아악! 귀신이다!"

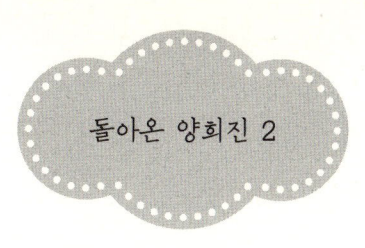

돌아온 양희진 2

예전 청담동 4인방의 아지트였던 파스타 전문점.

희진은 영이었을 때도, 한지영의 몸으로 돌아왔을 때도 가장 먹고 싶었던 게 바로 이 식당의 빵이었다. 희진은 기다리던 빵이 나오자 마자 걸신들린 사람처럼 허겁지겁 속부터 파서 뜯어먹기 시작했다. 미영을 비롯한 효정과 미주가 두 눈을 동그랗게 뜨고 그녀를 주시했 다. 정신없이 먹던 희진이 고개를 들고는 푸념처럼 말했다.

"얘들아, 그만 좀 쳐다봐라. 체하겠다!"

효정이 말했다.

"이거 드라마나 영화 아니지? 어떻게 현실에 이런 일이 일어날 수 가 있니? 그렇다고 네가 안데르센 동화에 나오는 착한 여주인공이 라서 전지전능한 누군가가 환생시켜 준 것도 아닐 테고."

미주도 음식엔 손도 안대고 화이트와인만 홀짝거리며 말했다.

"빵도 속부터 파먹는 모습을 보니깐 정말 양희진 맞긴 맞는 것 같은데 난 왜 자꾸 오싹한 기분이 드는 거니? 세상에 귀신이 정말 있긴 있었구나."

희진이 빵을 우물거리며 말했다.

"그럼, 다 있지! 사후세계 확실히 있으니까 너희들도 살아 있을 때 잘해서 꼭 천국 가렴. 원귀로 이승 떠돌거나 지옥으로 끌려가지 말고. 나도 전에는 몰랐는데 내가 그동안 얼마나 한심하게 살아왔는지 절실히 느꼈고 지금도 후회 많이 하고 있거든."

효정이 어깨를 감싸며 인상을 찡그렸다.

"자꾸 그런 말하지 마! 무섭잖아!"

"무서우면 앞으로 정신 똑바로 차리고 살면 돼! 친구 장례식 다음 날 클럽 가서 춤추고 노는 그런 짓하지 말고!"

효정과 미주가 동시에 신음처럼 외쳤다.

"아아……! 그 얘긴 좀!"

"미안하긴 하니? 알았어, 그 얘긴 그만할게. 정말 미안하게 생각한다면 너희들 날 좀 도와줘."

미주가 떨떠름하게 물었다.

"뭘 도와주면 되는데?"

희진이 갑자기 고개를 들고 식당을 둘러보더니 손짓으로 종업원을 불렀다. 종업원이 다가오자 희진이 가방에서 시디를 꺼내 주며 말했다.

"미안하지만 이 시디 좀 틀어 줄 수 있어요? 조용하고 괜찮은 노래예요."

종업원이 알겠다며 시디를 가져갔다. 미영이 호기심 어린 시선으로 물었다.

"무슨 노랜데 그래?"

"들어보면 알아."

희진이 팔짱을 끼고 눈을 감자 다들 고개를 갸웃하면서 음악이 나오기를 기다렸다. 얼마 후 맑은 통기타 소리와 함께 전주가 흘러나왔다. 미영이 물었다.

"이 노래야?"

희진이 손가락을 입에 갖다 대고는 "쉬." 하며 조용하라는 눈짓을 했다. 통기타 반주에 맞춘 전주에 이어 영수의 「기억해」가 흘러나왔다. 처음엔 무슨 일인가 싶어 얼떨떨한 표정을 짓던 세 친구도 이내 노래에 귀를 기울이며 숨을 죽였다.

그들만이 아니었다. 식당 안에 있던 적지 않은 사람들이 대화를 멈추고 혹은 먹는 일을 멈추고 음악에 귀를 기울이는 모습이 하나둘 희진의 시야에 들어왔다. 노래가 끝났을 때 먼저 입을 연 사람은 미영이었다.

"이 노래, 성우 씨의 「기억해」 아냐?"

희진은 다시 손가락으로 조용히 하라는 손짓을 했다. 다들 숨을 죽인 사이 다음 노래, 또 그 다음 노래가 차례로 흘러나왔다. 모두 성우의 앨범에 들어 있던 노래로 댄스곡이 아닌 영수가 부른 발라드 곡이었다. 세 번째 곡이 흘러나왔을 때 식당 안 사람들이 노래에 대해 수군대는 분위기가 느껴졌다. 한 여자는 직접 종업원을 불러 노래에 대해 물었고 종업원이 희진을 가리켰다.

여자가 일어나 희진에게 다가오더니 물었다.

"혹시 이 노래 누가 부른 건지 알 수 있을까요?"

"왜 그러시는데요?"

희진이 반문하자 여자가 말했다.

"저도 시디 사려구요. 전부 박성우 노랜데 누가 편곡했나 봐요? 개인적으론 박성우 노래보다 이 버전이 더 낫네요."

"아직 정식으로 발표하지 않은 곡이라. 하지만 곧 앨범이 나올 거예요."

여자가 아쉬운 표정을 짓더니 고개를 끄덕이곤 돌아섰다. 그 모습을 지켜보던 미영이 더 이상 못 참겠다는 듯 입을 열었다.

"야, 궁금해 죽겠다! 대체 이 노래 누가 부른 거야? 저 여자 말대로 전부 성우 씨 곡을 편곡한 거잖아!"

효정도 황홀한 표정으로 거들었다.

"노래 완전 잘한다. 솔직히 나도 성우 씨 노래보다 이 버전이 훨씬 좋은 것 같은데?"

미주도 눈을 빛내며 희진을 재촉했다.

"대체 누가 부른 노래야? 노래도 너무 잘 부르고 편곡도 너무 잘했어!"

희진이 조심스럽게 말했다.

"편곡을 한 사람은 이 노래를 만든 사람이 아니라 성우야. 다시 말해 이 노래가 오리지널 원곡이고 성우 노래가 편곡한 곡이란 얘기지."

세 명이 동시에 '잉?' 하는 표정을 지었고 미영이 반문했다.

"그럼 이번 성우 씨 앨범에 들어 있는 노래들이 전부 성우 씨가 작곡한 게 아니란 말야?"

희진이 고개를 끄덕이자 미주가 말했다.

"그럼, 뭐야? 앨범에는 전부 성우 씨가 작곡한 걸로 돼 있잖아. 그리고 너도 전에 이번 앨범 수록곡들 듣고 나서 성우 씨가 음악에 뛰어난 재능을 지녔다며 흥분했었잖아!"

희진이 한숨을 내쉬며 말했다.

"그땐 그랬지. 진실을 몰랐으니까. 하지만 이젠 그게 아니라는 걸 알았으니까 잘못된 걸 바로 잡아야 해. 그래서 너희 도움이 필요한 거고."

미영은 아직도 이해가 되지 않는다는 표정으로 물었다.

"그러니까 정확하게 성우 씨가 표절이라도 했다는 거야?"

"아니! 표절 정도가 아니라 무단 도용을 한 거야!"

효정이 물었다.

"그래도 이건 좀 이상하잖아. 설혹 성우 씨가 그런 일을 했다고 해도 넌 성우 씨 편에서 감싸줘야 하는 거 아냐?"

"아니. 내가 한때나마 박성우를 사랑했다는 사실에 너무 화가 나! 내가 누굴 탓하겠어? 한마디로 내가 사람 보는 눈이 전혀 없었단 얘기지."

기자 회견

태진은 문틈으로 기자 회견장을 살핀 후 들뜬 마음을 감출 수가 없었다. 예상을 뛰어넘는 엄청난 수의 기자들이 운집해 지니 엔터테인먼트의 중대 발표를 기다리고 있었던 것이다. 문득 성공을 위해 앞만 보고 달려온 지난 세월이 주마등처럼 눈앞을 스쳤다. 옆에 서 있던 성우도 자못 감회어린 음성으로 물었다.

"소감이 어때? 형이 그토록 꿈꾸던 곳에 올라선 기분이!"

잠시 침묵을 지키고 있던 태진의 입에서 의외로 담담한 대답이 흘러나왔다.

"아직은 아냐!"

성우가 의아하게 돌아봤다.

"아니라니? 오늘 코스닥 상장 발표하면 지니 엔터테인먼트는 국내에서 다섯 손가락 안에 드는 대형 연예 기획사가 되고 형은 지니의 대표가 되는 거야. 그리고 난 KL그룹의 무남독녀 강소라와 약혼 발표를 할 거고. 고아원에서 밥 굶던 형제가 여기까지 왔는데 더 이상 뭐가 더 필요하다는 거야?"

태진은 이제 인기 가수로 확고하게 자리를 잡은 동생을 돌아봤다. 자신과 달리 성우의 눈빛에선 어떠한 갈망이나 아쉬움의 흔적도 찾아볼 수가 없었다. 성우는 지금의 현실에 만족하고 있었다. 하지만 태진은 아니었다. 그의 꿈과 야망은 훨씬 높을 곳을 향해 있었다. 수단과 방법을 가리지 않고 오직 성공만 바라보며 동물처럼 살아온 그에겐 좀 더 크고 높은 성취가 필요했다.

그때 바로 옆에서 호들갑스러운 소리가 들려왔다.

"오빠! 여기 있었어? 안 들어가고 뭐해?"

돌아보니 결혼 예복이라고 해도 될 것 같은 요란한 드레스를 차려입은 소라가 성우의 팔에 매달려 있었다. 그녀가 태진을 보고는 인상을 찡그리며 말했다.

"아저씨, 이런 좋은 날에 표정이 왜 그렇게 꿀꿀해요? 피이⋯⋯ 재미없어!"

태진은 애써 웃음을 지어 보였다. 이 자리에 오기까지 태진이 견뎌온 시간들이 소라에겐 한낱 재미로 여겨진다는 사실이 놀라웠다. 소라는 제멋대로 자란 부잣집 여자의 단점을 하나도 빠트리지 않고 모두 가진 여자였다. 뭐든 제멋대로인 데다 버릇도 없고 남에 대한 배려도 전혀 찾아볼 수가 없었다.

심지어 소라는 성우와 결혼한 후에도 남자 친구들과 계속 어울리겠다고 공개 선언했다. 그녀는 결혼 후의 재산 관리 역시 남과 다를 바 없이 철저하게 분리할 것임을 태진은 잘 알고 있었다.

뿐만이 아니었다. 성우에겐 부모와 다름없고 이제 지니의 대표가 된 태진을 소라는 여전히 부하 직원 대하듯 했다. 태진은 늘 그래왔던 것처럼 감정을 드러내지 않았다. 지금은 여러모로 강소라의 아버지 강현택 회장의 지원이 절대적으로 필요한 시기였다.

'그래. 철없이 까불 때가 좋은 거다. 하지만 늘 그렇게 생각 없이 살 수는 없는 거야. 언젠간 내 앞에 무릎 꿇고 도와 달라고 애원할 날이 올 거야!'

태진은 쓴웃음을 머금고 성우와 소라의 뒤를 따라 기자 회견장으로 들어섰다. 성우와 소라가 나타나자 무수한 카메라 플래시가 축복처럼 터졌다. 뒤이어 소라의 아버지이자 지니의 모그룹인 KL그룹의 강현택 회장이 나타났다.

원래 지니 엔터테인먼트의 코스피 시장 신규 상장 소식은 태진이 발표할 예정이었으나 무슨 바람이 불었는지 노인네가 갑자기 자기가 발표하겠다고 계획을 뒤엎었다. 강현택 회장은 특유의 으스대는 느릿한 어조로 지니의 상장 소식과 성우와 소라의 약혼 이야기를 동시에 발표했다.

물론 태진은 성우와 소라가 약혼한다 해도 강 회장에게 사돈 대접 받을 생각은 꿈도 꾸지 않았다. 소라가 천방지축으로 떼를 쓰지 않았다면 강 회장은 무슨 일이 있어도 두 사람의 결혼을 막았을 것이다. 강 회장에게 성우나 태진은 신분이 다른 부류였다. 태진은 아직도 지난 번 약혼 결정을 하던 자리에서 강 회장이 한 얘기를 아프게 간직하고 있었다.

"난 근본 없이 자라 지나치게 성공에만 집착하는 사람들은 신뢰하지 않는 편인데 이번만 예외로 하는 거야."

지난 시간 그보다 몇 배는 더한 수모도 겪었지만 이상하게 그때 강 회장의 말은 곱씹으면 씹을수록 기분이 나빠졌다. 기자들의 질문이 쏟아졌다. 태진은 연단의 세 사람이 돌아가며 답변하는 모습을 야릇한 심정으로 지켜봤다.

휴대폰이 울린 건 그때였다. 왠지 모르게 벨소리가 귀에 거슬렸다. 태진은 꺼림칙한 기분으로 휴대폰을 받았다.

"여보세요?"

상대는 의도적으로 호흡을 고르는 듯 곧바로 대답하지 않았다. 태진도 약간의 긴장 속에서 숨을 죽이고 상대의 말을 기다렸다. 생각보다 길게 느껴진 몇 초의 시간이 흐른 후 차분한 여자 목소리가 들려왔다.

"오랜만이에요, 태진 오빠!"

그를 '태진 오빠'라고 부를 만한 여자는 몇 손가락에 꼽을 정도였다. 그렇다면 당연히 목소리만 들어도 얼굴이 떠올라야 할 텐데 생각나는 사람이 없었다. 그런데도 말투가 낯설게 느껴지지 않는 건 이상한 일이었다.

"누구시죠?"

"누굴까요?"

마치 놀리는 것처럼 상대가 반문했다. 얼굴이 금방이라도 떠오를 것 같은데 끝내 생각이 나지 않았다.

"우리가 아는 사인가요?"

"네. 너무 잘 알아서 탈이죠."

도무지 감이 잡히지 않았다. 중요한 건 상대가 누구든 예감이 몹시 좋지 않다는 점이었다.

"용건이 있어서 전화를 했을 테니 이쯤에서 정체를 밝히시죠!"

"제가 누구라고 얘기해도 믿지 않으실 텐데."

"서로 잘 아는 사이라면서 그럴 리가 있겠습니까?"

"저…… 양희진이예요."

태진은 하마터면 휴대폰을 떨어트릴 뻔했다. 순간적으로 머리끝이 쭈뼛하고 일어섰다.

"방금 누구라고 했지?"

"양희진이라고요."

상대가 너무 진지하게 대답해서 오히려 실소가 나왔다.

"지금 장난하나?"

"물론 그런 반응이 당연하겠죠. 이해해요. 양희진은 이미 죽은 사람이니까."

"당신 누구야!"

태진은 어떻게든 상대의 정체를 알아내려고 신경을 곤두세웠다.

"제가 그랬잖아요. 믿지 않을 거라고."

"날 잘 안다면 그런 허튼 수작이 통하지 않는다는 것도 잘 알 텐데? 대체 이런 장난을 치는 이유가 뭐야?"

"장난치는 거 아니에요. 제가 양희진이니까."

"날 잘 안다면서 내가 희진이 목소리도 구별 못할 줄 알았나?"

"알아요. 목소리가 다르게 들린다는 거. 사정이 좀 있었거든요. 죽었다 다시 돌아온 사람이 예전과 똑같을 수는 없는 일 아니겠어요? 하지만 의심스럽다면 뭐든 물어 봐요. 대답할 수 있으니까. 제가 양희진인지 아닌지 테스트를 해 보면 되지 않겠어요?"

아직 연단에선 기자 회견이 한창 진행 중이었다. 기자들의 분위기도 좋아 보였고 성우도, 소라도, 강 회장도 즐거워 보였다. 태진은 상대가 누구일지 열심히 머리를 굴렸다. 성우의 정보를 캐내려는 기자일 수도 있었고 지니에 타격을 가하려는 경쟁사의 수작일 수도 있었다. 차라리 그런 쪽이라면 한결 여유로운 마음으로 대처해도 될 것이다.

그런데 생각지도 못한 양희진의 이름이 튀어나오다니.

"장난은 적당히 해 두시지. 계속 이러면 경찰에 신고할 거요."

태진이 휴대폰을 끊으려는 찰나 상대가 소리쳤다.

"난 임신 중이었어요! 당신과 박성우가 그토록 집요하게 아이를 없애라고 설득했으니 설마 모른다고 하지는 않겠죠?"

태진은 내심 충격을 받았다. 다른 건 몰라도 상대가 양희진의 임신 사실을 알고 있다는 건 다른 차원의 문제였다. 마음이 말할 수 없을 정도로 꺼림칙했다. 태진은 냉정을 찾으려 애쓰며 최대한 담담하게 말했다.

"어디서 무슨 소리를 듣고 와서 이러는지 모르겠지만 고인을 함부로……."

"그 가증스러운 가면 좀 벗으시죠. 당신과 박성우 두 형제는 절대로 행복해서는 안 되는 사람들이야. 당신이 내게 낙태를 강요하는 동안 박성우는 몰래 강소라와 사귀고 있었어. 사람이라면 어떻게 그럴 수가 있지?"

태진은 주변을 살피며 인상을 찡그렸다. 태진이 짜증스럽게 소리쳤다.

"수작부리지 말고 원하는 게 뭔지나 말해!"

잠시 숨을 죽이고 있던 상대가 말했다.

"박성우의 이번 앨범에 수록된 모든 노래가 자작곡이 아니라는 걸 밝히고 무단 도용 했다는 사실을 시인하세요! 마음 같아서는 한지영의 사고도 당신이 고의로 일으켰다는 걸 밝히고 싶지만 그것까지는 증거가 없으니 그냥 넘어가 주죠."

태진은 충격을 받았다. 절대로 다른 사람이 알 수 없는 얘기들이 지금 휴대폰을 통해 들려오고 있었던 것이다. 차가운 얼음 덩어리가 심장 한가운데서 출렁이는 것 같았다. 양희진의 이름이 튀어나온 것만도 혼란스러운데 상대는 지금 전혀 다른 문제를 들고 나왔다. 태진이 당황해서 대답을 하지 못하는 사이 상대가 말을 이었다.

"보기 좋네요. 박성우와 강소라의 약혼 발표! 제 아버지를 이용해서 발판을 마련했으니 이젠 좀 더 높은 곳으로 오르기 위해 강소라가 필요했던 모양이군요. 하지만 세상엔 정의라는 게 있죠. 악한 사람에겐 벌을 내리고 선한 사람에겐 복을 내리는."

태진은 휴대폰을 들고 기자 회견장을 헤집고 다니며 주위를 두리번거렸다. 상대가 이곳에 들어와서 자신과 모든 걸 지켜보고 있다는 생각이 들었던 것이다.

"우리 만나지! 당신이 누구든 일단 만나서 얘기하자고!"

"만난다고 해서 달라질 건 아무것도 없어요. 내가 원하는 건 하나예요. 대중의 환호를 받았던 박성우의 노래가 사실은 남의 노래를 훔쳤다는 사실을 밝히는 것! 그리고 박성우가 죽은 양희진, 아니 바로 나에게 진심으로 용서를 구하고 잘못을 인정하는 것!"

"지금 누굴 매장시키려고 작정했어? 이봐, 말이 되는 소리를 해야지. 적어도 협상을 하고 싶으면 상대가 받아들일 수 있는 걸 요구해야 하는 거 아냐? 그런 식이라면 나도 더 이상 좋게 얘기할 마음이 없어. 어디 할 수 있으면 해 봐! 만에 하나 엉뚱한 짓을 했다간 법적인 책임은 물론 그 이상의 고통도 각오해야 할 거야!"

"쉽게 잘못을 뉘우치지 않으리라 예상은 했지만 막상 확인하니 정말 화가 나는군요. 한때나마 박성우란 인간을 사랑했던 내 자신이 한심하기도 하고. 정 그렇다면 할 수 없죠. 사람이 한을 품고 죽으면 얼마나 무서운지 지금부터 제대로 경험하게 될 거예요."

태진은 막 휴대폰을 끊으려는 상대를 향해 물었다.

"잠깐만! 하나만 물어보고 싶은데. 대체 양희진이라고 우기는 이유는 뭐야?"

상대가 망설임 없이 대답했다.

"이유 같은 건 없어요. 내가 양희진이니까."

휴대폰이 끊어진 후에도 태진은 잠시 멍한 기분에 휩싸여 있었다. 만약 성우의 앨범 수록곡에 흠을 잡아 돈을 뜯어 낼 목적뿐이었다면 굳이 양희진이란 이름을 들먹일 이유가 없을 터였다. 게다가 더욱 당혹스러운 건 목소리는 확실히 다르지만 대화를 나누면 나눌수록 상대의 말투라든가 분위기가 자꾸만 양희진을 떠올리게 만든다는 점이었다.

기자 회견장이 소란스러워진 건 바로 그때였다. 돌아보니 연단에 있던 성우의 얼굴이 하얗게 질려 있었다. 태진이 불길한 예감에 기자들을 헤치고 서둘러 연단으로 다가갔다. 그는 공포에 질려 부들부들 떨고 있는 성우에게 재빨리 다가서서 물었다.

"왜 그래? 무슨 일이야?"

성우가 바들바들 떨면서 말했다.

"바, 방금 누가 내 귀에 대고 이상한 말을 했어."

"이상한 말이라니?"

"나보고 노래도 훔치고 사랑하는 사람도 배신했대. 그래서 죗값을 치르게 될 거래!"

태진이 주위를 둘러보며 물었다.

"누구야? 어떤 놈이 그런 말을 했어?"

성우가 얼이 빠진 사람처럼 말했다.

"바로 옆에서…… 소리만 들렸어. 소리만!"

성우의 말에 태진의 머리끝이 쭈뼛하고 솟구쳤다. 태진은 수많은 기자들의 의혹에 찬 시선을 온몸으로 받으며 성우에게 말했다.

"정신 똑바로 차려! 여기서 잘못되면 모든 게 끝나는 거야. 일단 기자 회견을 무사히 끝내는 게 중요해. 그렇게 겁먹은 표정 짓지 말고 가능한 태연하게 웃어. 알았지?"

성우가 고개를 끄덕이곤 다시 원래 자리로 돌아갔다. 태진은 불안한 얼굴로 성우의 뒷모습을 지켜보다가 밖으로 나갔다. 그는 늘 어려운 문제가 생기면 뒤처리를 부탁하던 고향 후배, 기철에게 전화를 걸었다. 지금은 조직이 와해되어 태진에게 의지하고 있지만 한때는 폭력 조직 꼽등이파의 행동대장, 쌍칼로 악명을 떨치던 그였다.

   태진에게 걸려 온 전화와 성우가 들었다는 소리는 결코 무관하지 않았다. 대체 어떻게 한 것일까. 전화를 걸어 온 상대는 성우는 물론 태진과 관련된 정보까지 믿을 수 없을 만큼 자세히 알고 있었다. 다른 건 몰라도 그가 한지영의 차에 뛰어들어 사고를 유발시켰다는 사실을 말할 때는 오싹하고 소름이 끼쳤다. 정말 귀신이 있는 게 아닌가 하는 의심이 들 정도로.

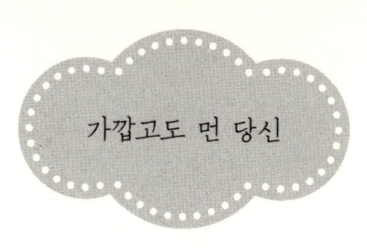

가깝고도 먼 당신

영수는 옥상 가장자리에 의자를 갖다 놓고 앉아 아래쪽 거리를 내려다보고 있었다. 누군가 그의 어깨를 톡톡 건드렸다. 돌아보니 지호가 졸린 눈으로 서 있었다.

"아빠, 그만 들어가자. 벌써 몇 시간짼 줄 알아?"

지호의 말에 손에 들고 있던 휴대폰의 시간을 확인하니 자정이 지나 있었다. 계산해 보니 세 시간이 넘는 시간을 같은 자세로 앉아 있었던 셈이다. 어릴 때부터 한 가지 생각에 빠지면 쉽게 헤어 나오지 못하는 문제가 어른이 된 지금도 그대로 남아 있었다. 지호가 졸린 눈을 부비며 칭얼댔다.

"엄마, 안 오나 봐. 그만 들어가서 자자."

"너부터 자. 아빠는 아직 안 졸려. 조금만 더 있다가 들어갈게."

지호가 입을 삐죽 내밀고 있더니 풀죽은 소리로 물었다.

"엄마, 안 돌아오면 어떡해?"

"그렇지 않아. 엄마는 꼭 돌아올 거야. 걱정하지 말고 어서 들어가서 자."

지호가 마지못해 옥탑방으로 들어갔다. 영수는 옥탑방에 불이 꺼지는 걸 확인한 후 옥상 난간에 턱을 고이고 아래쪽으로 시선을 돌렸다.

영수는 이럴 땐 어떻게 해야 하는 건지 알 수가 없었다. 깊은 잠에서 깨어난 지영은 예전과 다른 사람이 되어 있었다. 아무리 기억이 없다고 해도 사람이 그토록 완벽하게 달라질 수 있을까. 너무 낯설어서 지금껏 손 한번 잡을 생각도 하지 못했다. 사랑하는 사람에게 낯선 사람 취급을 받는 건 생각 이상으로 괴롭고 견디기가 힘들었다. 최근엔 지호 말처럼 정말 지영이 그들 곁을 떠나 버릴 것 같은 불안감에 잠을 이루기 어려울 지경이었다.

누군가 계단을 올라오는 하이힐 소리가 들려왔다. 영수는 반가운 마음에 자리에서 벌떡 일어났다. 하지만 옥상에 모습을 드러낸 사람은 지영이 아니었다. 그녀는 지하 단란주점에서 일하는 혜정이었다. 그녀가 술 냄새를 풍기며 다가오더니 반갑게 말을 걸어 왔다.

"어? 아저씨 아직 안자고 있었네?"

그녀가 옥탑방을 돌아보고는 말했다.

"왜 혼자 나와 있어요? 미인 사모님은 어떻게 하시고?"

영수가 한숨을 내쉬며 힘없이 말했다.

"없어요."

"없다구요? 어디 갔는데요?"

영수가 망설이다 자신없는 소리로 대답했다.

"나도 잘 몰라요."

"엥? 몰라요? 둘이 싸웠어요? 아니 환자복 벗은 지 얼마나 됐다고 벌써 싸워요? 웬만하면 아저씨가 좀 참지!"

영수가 고개를 흔들더니 참담한 목소리로 말했다.

"우리 지호 엄마가 나하고 지호를…… 못 알아봐요. 누워 있는 동안 이전의 기억을 모두 잃어버렸대요. 그래서 우리가 어떻게 만났는지, 우리가 보낸 시간들…… 하나도 기억 못한대요."

"세상에! 어떻게 그럴 수가 있어요?"

머리를 감싼 채 숨을 죽이고 있던 영수의 어깨가 조금씩 들썩이더니 얕은 흐느낌이 새나왔다. 그동안 혼자 끙끙대며 마음에 품고 있던 가슴앓이가 자기도 모르게 터져 나오고 있었다. 그의 주위에는 그런 고민을 나눌 수 있는 사람이 아무도 없었던 것이다. 지영이 없는 세상은 상상조차 하기 어려웠다. 비록 침대에 누워서 눈빛 한번 마주치지 못해도 그땐 지영이 있었기에 괜찮았다. 영수가 흐느끼며 말했다.

"지호 엄마가 돌아오지 않을까 봐 두려워요."

영수는 그동안 혼자 끌어안고 있던 응어리를 밀어내듯 소리를 죽여 가며 흐느꼈다. 그의 어깨가 격렬하게 들썩였다. 혜정이 답답한 듯 담배를 물고 길게 연기를 뿜어냈다. 영수의 울음이 잦아드는 걸 기다렸다가 그녀가 물었다.

"지호 엄마가 아무런 기억도 없다고 말한 거 확실해요?"

영수가 고개를 끄덕였다.

"지난번에 건물 입구에서 지호 엄마하고 잠깐 얘기할 기회가 있었거든요."

영수가 고개를 들고 혜정을 바라봤다.

"근데 그때 얘기해 본 느낌은 좀 복잡한 일이 있는 것 같던데?"

"복잡한 일이라뇨?"

"여자는 육감이란 게 있잖아요. 저는 그쪽으로 특히 좀 빠른 편이거든요. 근데 지호 엄마는 뭐랄까…… 아무리 봐도 1년 동안 침대에만 누워 있던 사람 같지가 않았어요. 이런저런 바쁜 일들이 무척 많은 사람 같았거든요? 좀 이상하잖아요. 그렇게 오래 식물인간으로 있었고 아무런 기억도 없다고 하면서 그렇게 바쁜 일이 있다는 게 말이 되나?"

영수도 조심스럽게 맞장구를 쳤다.

"그렇긴 해요. 지영이가 깨어난 후 이상한 점이 한두 가지가 아니었어요. 다른 사람 오피스텔에 들어가서 자기가 거기 주인이라고 막 우기다가 경찰서에 잡혀가기도 했거든요."

혜정의 눈이 휘둥그레졌다.

"어머, 그런 일이 있었어요?"

"뿐만이 아니에요. 자기가 한지영이 아니라 다른 사람이라고 우기기도 했어요."

"다른 사람? 다른 사람 누구요?"

"양희진이라는 사람이라고. 양희진은 지영이가 들어가서 자기 집이라고 우기던 그 오피스텔에 원래 살던 사람이래요."

혜정이 손뼉을 딱 치더니 호들갑스럽게 말했다.

"이거 보통 일이 아니네. 아저씨 정신 바짝 차려야겠어요. 내 생각엔 아무래도 지호 엄마한테 무슨 문제가 있거나 말 못할 사정이 있는 것 같아. 아저씨가 집에서 이렇게 넋 놓고 기다리기만 하다간 지호 엄마를 정말 놓칠지도 몰라요!"

영수가 불안한 표정으로 물었다.

"놓친다고요? 그럼, 어떻게 하죠?"

혜정이 뭐라고 말을 하려는데 계단에서 누가 올라오는 소리가 났다. 둘 다 눈을 동그랗게 뜨고 옥상 입구를 주시했다. 옥상에 모습을 나타낸 사람은 다름 아닌 지영이었다. 아니, 처음엔 지영이라곤 생각지도 못했다.

그녀는 당장 패션쇼에 나가도 손색이 없을 정도로 화려하고 세련된 모습이었던 것이다. 지영을 본 영수와 혜정은 너무 놀라 입을 딱 벌리고 말았다. 잠시 머뭇거리던 지영이 혜정을 힐끗거리며 다가왔다. 지영이 혜정을 돌아보곤 고개를 까딱했다. 혜정도 놀란 얼굴로 인사를 건넸다.

"아, 안녕하세요? 무, 무척 아름다우시네요?"

지영이 살짝 웃더니 영수에게 말을 건넸다.

"아직도…… 안 잤어요?"

오전에 외출할 때의 수수한 차림은 온데간데없고 눈앞의 지영은 아무리 봐도 이전까지 알던 지호 엄마가 아니었다. 영수가 대답도 하지 못한 채 뭔가에 홀린 것처럼 멍하니 쳐다보자 지영이 물었다.

"지호는 자요?"

긴장한 영수가 자기도 모르게 존댓말을 했다가 얼른 다시 말했다.

"네. 아니, 으, 응."

지영이 건조한 목소리로 말했다.

"둘이 얘기 중이었나 봐요? 그럼 전 피곤해서 먼저 들어갈게요."

지영이 피곤해 보이는 얼굴로 몸을 돌리더니 옥탑방으로 사라졌다. 혜정이 고개를 설레설레 흔들며 어두운 표정으로 말했다.

"아저씨, 어떡해요? 지호 엄마 봤죠? 저게 어디 옥탑방에 사는 사람 모습이에요? 머리에서 발끝까지 지금 지호 엄마가 입었던 옷, 전부 장난 아니게 명품인 거 알아요? 제가 그쪽으로 좀 아는데 그 옷들 전부 합치면 얼만지 아저씬 상상도 할 수 없을 걸요? 물론 짝퉁일 수도 있지만 저런 옷은 짝퉁이라도 무지 비싸거든요. 여자들은 마음속에 일단 바람이 들었다 하면 되돌리기가 어려워요. 아까 지호 엄마가 들고 있던 가방 하나만 해도 아저씨 몇 달치 과외비는 될걸요?"

영수는 반쯤 넋이 나간 사람처럼 말했다.

"저런 게 다 어디서 났을까요?"

혜정이 영수의 눈치를 살피다가 조심스럽게 말했다.

"혹시, 남자 생긴 거 아닐까요?"

이번엔 영수의 눈이 휘둥그레졌다.

"남자요?"

영수가 세차게 고개를 흔들며 말했다.

"그럴 리가 없어요. 우리 지호 엄마는 절대로……."

혜정이 말허리를 자르고 단호하게 말했다.

"예전 기억이 하나도 없다면서요? 지호도 그렇고 아저씨도 누군지 기억하지 못한다면서요?"

영수가 힘없이 고개를 끄덕였다.

"거봐요. 지호 엄마는 이제 예전의 지호 엄마가 아니에요. 솔직히 내가 봐도 지호 엄마, 진짜 미인이거든요. 생각해 봐요. 저런 미인을 남자들이 가만 두겠어요? 게다가 기억이 없다는 건 가족에 대한 정도 없다는 얘긴데. 솔직히 이 옥탑방이 근사한 보금자리는 아니잖아요."

영수가 파랗게 질린 얼굴로 물었다.

"그럼, 어떻게 하죠? 나하고 지호는 지호 엄마 없으면 살 수가 없을 것 같은데. 그 전엔 침대에 누워 있어도, 눈빛 한번 마주치지 못해도 지호 엄마가 있다는 것만으로도 힘이 되고 행복했는데."

혜정이 영수를 힐끔 쳐다보곤 말했다.

"진짜 신기하다. 아저씨 같은 사람이 어떻게 저런 미인을 잡아서 결혼까지 했을까?"

혜정이 영수를 뚫어지게 쳐다보며 말했다.

"지호 엄마는 도대체 아저씨의 어디를 보고 반했을까? 학벌만 보고 확 넘어갔나? 하긴 아저씨 보면 볼수록 순진한 구석이 있는 게 은근히 귀엽고 마음을 끄는 구석이 있긴 해요. 요즘 사람들은 남자 여자 할 것 없이 다들 너무 영악하잖아요. 어쨌든 이대로 지호 엄마 포기할 순 없잖아요, 그죠?"

금방이라도 울음을 터뜨릴 것 같은 얼굴이 된 영수가 고개를 끄덕였다.

"그럼, 내일 지호 엄마 나가면 아저씨가 곧바로 뒤따라나가서 어디로 가는지 누굴 만나는지 모두 살펴보도록 해요."

영수가 깜짝 놀라서 고개를 흔들었다.

"난 그런 거 죽어도 못해요. 어릴 때 숨바꼭질할 때도 내가 제일 먼저 잡히고 술래일 땐 한 명도 못 찾아냈단 말예요."

혜정이 한숨을 내쉬더니 고개를 설레설레 흔들며 말했다.

"정말 답이 안 나오네. 좋아요, 지난번에 아저씨가 나 도와줬으니까 이번엔 내가 도와줄게요. 내가 오늘 단란주점에서 잘 테니까 내일 지호 엄마 나가면 나한테 얼른 전화해요."

"지호도 같이 데려가도 될까요?"

"아우…… 답답해! 애를 거기에 왜 데리고 가요? 혹시라도 지호 엄마가 불륜이라도 저지르는 모습을 보게 되면…… 아니, 그건 아니고, 아무튼!"

"나 없으면 우리 지호 하루 종일 집에만 있어야 할 텐데."

혜정이 다시 한숨을 푹푹 내쉬며 손부채질을 했다.

"어휴. 더워라…… 애 맡길 데가 그렇게 없어요?"

영수가 고개를 끄덕였다.

"고물상 아저씨하고 친하죠? 그 아저씨한테 하루만 맡아 달라고 해요. 고물상에 데려가면 애들 잘 놀거든요? 그럼 됐죠?"

영수가 눈물을 글썽거리며 고개를 끄덕였다.

"그렇게 할게요."

"또 울어요? 무슨 남자가 그렇게 마음이 약해요. 그런 말 몰라요? 용기 있는 자가 미인을 얻는다! 하지만 지키려면 그보다 더 큰 용기가 필요하다! 마음 단단히 먹어요, 알았죠?"

혜정이 영수의 어깨를 두드린 후 옥상을 내려갔다. 영수는 혜정이 내려간 후에도 한참 동안 옥상에 멍하니 서 있었다. 사람들 사이의 감정도 그가 잘하는 수학이나 과학 문제처럼 명료한 해법이 있고 정해진 답이 있다면 얼마나 좋을까라는 생각이 들었다. 그는 힘없이 발길을 돌려 옥탑방으로 들어갔다.

달빛에 희미하게 반사된 방 안 모습이 어슴푸레하게 보였다. 지호는 방바닥에 지영은 환자용 침대에 잠들어 있었다. 지영은 깨어난 후에도 계속 혼자 침대에서만 잤다. 지호가 곁에서 자는 것도 불편해하는 눈치였다.

영수가 최대한 소리를 죽여 가며 지호 옆에 나란히 누웠을 때 뜻밖에도 지영의 목소리가 들려왔다. 자는 줄 알았는데 깨어 있었던 모양이었다.

"그 아가씨하고 무슨 얘기했어요?"

영수가 아무런 대답도 하지 않자 지영이 말했다.

"그 아가씨 저에 대해 뭐라고 얘기하지 않았어요?"

이번에도 영수는 아무런 대답도 하지 않았다.

"아마 당연히 이상하게 생각했을 거예요. 집에서 나갈 때하고 차림새나 모습이 너무 달라졌으니까. 영수 씨도 나한테 궁금한 게 많죠? 알아요. 하지만 조금만 참아 줘요. 지금은 아무것도 얘기해 줄 수 없지만 때가 되면 모든 걸 말할게요. 그때까지만 기다려 줘요."

이번에도 영수는 대답하지 않았다. 지영도 더 이상 말을 걸어오지 않았다. 둘은 어색한 침묵 속에서 날이 밝기를 기다렸다.

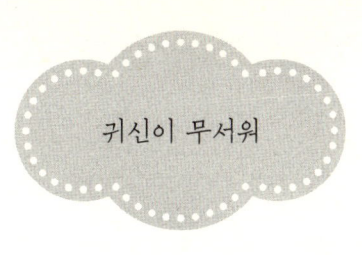

귀신이 무서워

생방송이었지만 도무지 집중이 되지 않았다. 성우는 시디를 통해 흘러나오는 음악에 맞춰 기계적으로 립싱크를 했다. 몸이 아플 때도 무대에서 화려한 조명을 받고 자신을 연호하는 관객들의 함성을 들으면 절로 몸이 달아오르곤 했지만 오늘은 전혀 그렇지 않았다.

아무리 음악에 빠져들려고 해도 흥이 나지 않았다. 자꾸 생각이 다른 곳으로만 흘러갔다. 춤 동작도 어색했고 립싱크에서 입 모양을 맞추는 것조차 이따금 박자를 놓쳤다. 생방송이라 중간에 끊고 갈 수도 없는 노릇이었다.

지난 번 기자 회견 이후 자꾸만 잡념이 생겨 무엇에도 집중하기가 어려웠다. 당시 환청처럼 들려온 말들이 계속해서 귓전을 맴돌았다.

넌 다른 사람의 노래를 훔쳤고 사랑하는 사람을 배신했어!

소리는 바로 곁에서 속삭이는 것처럼 은밀하게 들려왔다. 당시 기자 회견 연단에 소라와 강 회장을 제외하고 아무도 없었다는 점을 감안하면 그런 소리가 그런 식으로 들려온다는 건 현실적으로 불가능한 일이었다. 게다가 소리는 예전 생방송을 마치고 혼자 차에 남아 희진의 디카에 담긴 사진을 지울 때 들려왔던 그 소름끼치던 소리와도 무척 흡사했다.

노래를 어떻게 다 마쳤는지도 모르게 간신히 방송을 마치고 무대를 내려올 때였다. 객석 맨 뒤쪽에서 누군가 유독 눈에 띄는 플랜카드를 들어 올리더니 여기 보란 듯이 흔들었다. 플랜카드엔 '박성우 사랑해'와 같은 응원문구처럼 총천연색으로 이런 글이 쓰여 있었다.

넌 다른 사람의 노래를 훔쳤어!

커다란 플랜카드에 가려 그걸 들고 있는 사람이 누군지는 알 수가 없었다. 플랜카드를 본 순간 심장에 통증이 느껴졌고 현기증이 일었다. 머릿속이 하얀 백지로 변한 것처럼 어떻게 무대를 내려가야 할지조차 모를 지경이었다. 다시 객석을 돌아봤을 때 플랜카드는 보이지 않았다. 잠시 환영이라도 본 것처럼 그를 향해 환호하는 여학생들 외에는 아무것도 보이지 않았다. 무대 아래서 현장 진행 요원이 어서 내려오라는 사인을 보냈다.

성우는 쿵쿵거리는 심장 소리를 들으며 무대를 내려가기 위해 계단으로 발을 내딛었다. 서늘한 기운과 함께 소름끼치는 소리가 들려온 건 그때였다. 이번에도 소리는 바로 곁에서 그의 귀에 대고 속삭였다.

그건 네 노래가 아니잖아.

성우는 비명과 함께 무대 계단에서 발을 헛디뎠다.

"흐억!"

다행히 그리 높은 곳은 아니었지만 몸은 쿵 하는 커다란 소리를 내며 바닥에 부딪혔다. 방청석 여기저기서 짧은 비명이 터져 나왔고 스텝들이 황급히 그의 주변으로 몰려들었다. 성우는 아픔도 잊은 채 두려운 눈으로 주변을 살폈다.

그는 스텝 중 한 명이 구급차를 부르려는 걸 괜찮다고 만류하고는 황급히 스튜디오를 빠져나왔다. 성우가 주차장에 들어설 때 매니저인 동현이 뒤늦게 달려왔다. 그가 놀란 음성으로 물었다.

"어떻게 된 거야? 무대에서 굴렀다며? 괜찮은 거야?"

하지만 그의 소리도 귀에 제대로 들어오지 않았다. 주변을 맴도는 무서운 뭔가가 금방이라도 달려들 것 같은 공포로 숨을 쉬기도 힘이 들었다. 성우는 쉴 새 없이 눈을 돌리고 한편으로는 바쁘게 걸음을 옮기며 말했다.

"괜찮아. 지금은 혼자 있고 싶어!"

"그러지 말고 병원 가서 검사 좀 받아 보자! 너 이마에 피 나!"

성우가 꽥 돌아서서는 갑자기 동현의 멱살을 잡더니 히스테릭하게 소리쳤다.

"괜찮다니까! 그러니까 제발 좀 혼자 있게 내버려 두라고!"

성우는 힘껏 동현을 밀어젖힌 후 차에 올라타자마자 차문을 걸어 잠갔다. 동현이 달려와서 창문을 두드렸지만 그는 그대로 액셀을 밟아 주차장을 빠져나갔다. 한시라도 빨리 방송국을 빠져나가야 한다는 강박 외에 다른 생각은 할 수가 없었다.

어디로 가는지 왜 가는지도 모른 채 무작정 차를 몰았다. 차가 올림픽 대로로 들어서자마자 그는 뭔가에 쫓기는 것처럼 속력을 있는 대로 높였다. 휴대폰이 울렸다. 태진이었다.

성우는 휴대폰을 받자마자 울먹이며 소리쳤다.

"형! 나 어떡해! 그 소리가, 그 소리가 또 들려왔어!"

태진이 소리쳤다.

"너 지금 어디야?"

성우가 떨며 말했다.

"형! 아무리 생각해도 뭔가 있어! 내 주변을 맴도는 귀신같은 게 있는 것 같단 말이야! 오늘 생방마치고 무대에서 내려오는데 그 소름끼치는 소리가 또 들렸다니깐!「기억해」는 내 노래가 아니라면서. 나 지금 무서워서 죽겠다고!"

태진이 위압적인 목소리로 말했다.

"너 지금 운전 중이지? 사정이 어떻든 정신 똑바로 차리고 운전 잘해! 괜히 사고내지 말고. 그리고 지금 당장 회사로 돌아와! 어서!

성우가 울먹이며 소리를 질렀다.

"형은 몰라! 지금 내 기분이 얼마나 끔찍한지 모른다고! 어쩌면 정말로 희진이가 귀신이 돼서 복수하려고 돌아온 건지도 모른단 말이야. 어릴 때부터 내가 제일 무서워했던 게 귀신이란 거 형도 알잖아. 나 이제 방송도 못하겠고 무대에 올라갈 자신도 없어. 나 더 이상 노래도 못 부를 것 같아!"

"너 지금 어디야? 내가 지금 당장 달려갈 테니까 거기 가만히 차 세워 놓고 기다려!"

"맞아, 희진이 같아! 그때 디카에 사진 지울 때도 말은 안 했지만 꼭 희진이 같았다고! 만약 희진이가 귀신이 되어 돌아왔다면……."

태진이 악을 썼다.

"정신 나간 소리 좀 작작해! 세상에 귀신이 어디 있어? 누군가 장난을 치는 거라고. 아니, 설혹 귀신이 있다고 치자. 내가 막을 거야. 너, 형이 어떤 사람인지 알지? 난 한다면 하는 사람이야! 우리가 어떻게 여기까지 왔는데! 우리 앞길을 막는 건 사람이든 귀신이든 가만 두지 않을 거야! 내가 가만 안 둔다고! 알았어?"

성우가 대답이 없자 태진이 다시 소리를 질렀다.

"대답해! 알았냐고!"

성우가 힘없이 대답했다.

"알았어. 미, 미안해. 나 조금만 혼자 있다가 집으로 들어갈게."

태진은 휴대폰을 끊은 후 화를 참지 못하고 휴지통을 걷어찼다.

'어떻게 오른 자린데 훼방꾼이 나타난단 말인가. 대체 누구일까. 목적이 뭘까.'

그는 시야가 시원하게 확보된 커다란 통유리 앞으로 다가가 차량이 길게 늘어선 한낮의 도심 거리를 내려다봤다. 누군지 모르지만 상대는 보통내기가 아니었다. 치밀한 준비를 하고 조금씩 목표를 향해 밀고 들어오고 있다는 느낌이 강하게 들었다.

그의 상념을 깨트린 건 노크도 없이 갑자기 사무실로 뛰어든 윤실장이었다. 그렇잖아도 신경이 예민해져 있던 태진이 눈썹을 치켜

올리며 인상을 썼지만 윤 실장은 그를 쳐다보지도 않았다. 그는 금방이라도 숨이 넘어갈 것처럼 태진의 책상 위 컴퓨터 앞으로 달려들어 인터넷을 켠 후 흥분해서 소리쳤다.

"대표님, 보셨습니까! 여기 이, 이거요!"

평소와 다른 윤 실장의 호들갑에 태진은 두말 않고 책상으로 다가가 컴퓨터 모니터 앞에 앉았다. 윤 실장이 켜 놓은 모니터 화면엔 인터넷 포털 사이트가 떠 있었다.

"뭘 보라는 거야?"

태진의 말에 윤 실장이 모니터 한구석을 손가락으로 가리키며 말했다.

"여기 검색어 순위 좀 보십시오! 1위에 뭐가 올라 있는지."

검색어 순위로 시선을 옮기던 태진은 피가 얼어붙는 것 같은 전율을 느꼈다. 검색어 순위의 맨 위쪽 칸에 다음과 같은 내용이 떠 있었던 것이다.

'박성우 표절'

태진이 떨리는 소리로 물었다.

"이게 무슨 소리야? 뭐가 어떻게 된 거야?"

윤 실장이 흥분으로 벌겋게 달아오른 얼굴로 말했다.

"저도 무슨 일인지 모르겠습니다. 언제부턴지 모르겠는데 성우 씨 노래가 표절이라는 게시물이 온라인에 급속히 퍼지기 시작했어요. 지금 사무실엔 사실 관계를 확인하려고 전화하는 기자들 때문에 업무가 마비될 지경이구요!"

그의 말을 증명이라도 하듯 이번에는 태진의 휴대폰이 요란하게 울렸다. 발신자는 평소 안면이 있는 스포츠지 기자였다.

"예. 조 기자님!"

태진이 전화를 받자마자 질문이 쏟아졌다.

"대표님, 인터넷 보셨죠? 어떻게 생각하시는지 입장을 좀 듣고 싶은데요?"

"조 기자님, 이거 왜 이러십니까? 온라인에 저런 악성 루머 뜨는 게 어디 하루 이틀 일입니까?"

"다른 루머라면 몰라도 음악 표절은 경우가 좀 다르다는 거 아시잖아요. 전혀 근거가 없는 경우는 없으니까요. 게다가 이번엔 「기억해」의 원곡이라는 곡이 정식으로 UCC에 올라와 있질 않습니까!"

"「기억해」의 원곡이 올라왔다구요?"

태진이 놀라 반문하자 조 기자가 혀를 차며 말했다.

"아직 상황을 정확히 모르시는군요. 지금 UCC 검색해 보세요. 반응이 폭발적입니다!"

"뭘 보셨는지 모르겠지만 확실히 말씀드릴 수 있는 건 성우 노래 표절 아니라는 겁니다. 아셨죠?"

태진은 그대로 휴대폰을 끊었고 끊자마자 곧바로 다시 휴대폰이 울렸다. 그는 아예 휴대폰의 전원을 꺼서 책상 위로 내던졌다. 태진이 한숨과 함께 모니터를 노려보다가 낮은 소리로 말했다.

"혼자 있고 싶으니까 나가 있어."

윤 실장이 고집스럽게 말했다.

"지금 경찰에 연락해서 악성 루머를 퍼뜨린 놈이 누군지 빨리 찾아내서……."

"새끼야, 나가 있으라고 했잖아!"

태진이 버럭 소리를 지르자 얼굴이 사색으로 변한 윤 실장이 사무실을 빠져나갔다. 혼자 남은 태진은 심호흡을 하며 마음을 진정시킨 후 인터넷을 검색하기 시작했다. 게시물 하나를 클릭하자 아래의 내용이 떴다.

'충격입니다. 박성우의 컴백 앨범에 수록된 열 곡의 노래가 모두 다른 가수의 노래를 표절했다고 하네요. 아래 링크 따라가면 기억해의 원곡 들을 수 있어요. 무명가수라는데 이 사람 노래 짱~ 잘합니다. 완전 대박이에요. 저 오늘부터 이 사람 팬 하기로 했어요!'

태진이 링크를 클릭하자 UCC 동영상 화면이 떴다. 조회 수가 이미 3만을 넘어서고 있었다. 동영상을 재생하자 기타와 기타 줄을 퉁기는 손만 클로즈업으로 잡은 영상을 배경으로 전주가 흘러나왔다. 태진은 전주만 듣고도 이 노래가 누가 부른 것인지 단박에 알았다. 아니, 모르려고 해도 모를 수가 없었다. 전주가 끝나고 노래가 흘러나왔다.

태진은 1년 전 그날처럼 노래에 빠져들며 눈을 감았다. 성우의 정규 2집에 수록할 노래가 나오지 않아 하루하루 피 말리는 시간이 흐를 때였다. 상당한 비용을 들여 노래를 부탁한 유명 작곡가는 사기를 치고 잠적했고 회사는 성우의 컴백 시기가 뒤로 밀리며 대출 자금을 제때 갚지 못해 심각한 자금 압박을 받고 있을 때였다.

태진은 지푸라기라도 잡는 심정으로 여기저기 미친놈처럼 돌아다니며 지인들에게 부탁을 했지만 아무도 도와주지 않았다. 정말 사방이 꽉 막혀 희망이 보이지 않던 그 순간에 학교후배인 한지영이 찾아왔다. 지영과는 대학교 때 음악 동아리 선후배로 알던 사이였다.

뜻밖에도 지영은 데모 시디를 들고 와 자신이 만든 노래인데 평가를 해 줄 수 있는지 문의했다. 학교 때 지영이 음악적인 재능이 있다는 건 알았지만 그래봤자 아마추어 수준이라는 생각에 별다른 기대를 하지 않았다. 다만 일부러 찾아온 후배를 그냥 돌려보낼 수가 없어 잠시 짬을 내서 그녀가 건넨 시디의 음악을 들었다.

당연히 지영이 노래를 불렀다고 생각했는데 뜻밖에도 시디에선 남자 목소리가 흘러나왔다. 태진은 첫 곡의 전주와 첫 소설을 듣는 순간 영혼이 사로잡히는 것 같은 전율을 느꼈다. 노래는 무섭도록 그를 휘감고 감동의 심연 속으로 끌어당겼다.

노래는 요즘 가수들의 음악에서 찾기 힘든 서정성 짙은 호소력이 있었고 여러 가능성을 내포하고 있었다. 통기타반주대신 일렉트릭 기타를 곁들인 포크 록으로 연주해도 어울릴 듯했고 감각적인 댄스곡으로의 편곡도 가능할 것 같았다. 무엇보다 마음을 끌어당기는 건 노래를 부른 가수였다. 빗방울처럼 심장을 두드리는 순수하면서도 개성 넘치는 목소리가 노래와 너무나 잘 어울렸던 것이다.

태진은 옆에 지영이 있다는 사실도 잊은 채 시디에 담긴 열 곡의 노래를 그 자리에서 모두 들었다. 모든 노래를 다 듣고 눈을 떴을 때는 마치 다른 세상을 여행하고 돌아온 것 같은 신비한 느낌에 사로잡혀 잠시 현실적인 사고를 하기가 힘들 정도였다. 최근 몇 년간 들어 본 그 어떤 노래도 그처럼 태진의 마음을 사로잡은 적은 없었다.

태진은 노래를 정말 지영이 만들었는지 물었고 노래를 부른 사람이 누군지도 물었다. 지영은 남편이 거의 작사와 작곡을 했고 자신은 옆에서 조금 도왔을 뿐이라고 말했다.

태진은 본심을 숨기려 애쓰며 노래를 팔라고 했지만 지영은 단번에 거절했다. 그녀는 가수가 된 남편이 무대에서 노래하는 모습을 보는 게 꿈이라고 말했다. 그녀는 남편이 얼마나 뛰어난 재능을 가진 사람인지 세상 사람들에게 보여 주고 싶다고 했다. 더 나아가 남편이 자신감을 가지고 세상에 당당히 나설 수 있도록 돕고 싶다고 했다. 무슨 사정으로 그토록 남편 생각을 하는지는 몰랐지만 어차피 태진의 관심사는 아니었다.

태진은 노래를 다른 사람에게 들려 준 적이 있는지 물었다. 다행히 지영은 남편과 자신 말고는 아무에게도 들려준 적이 없다고 했다. 그 말을 듣는 순간 태진의 마음속엔 이미 어떤 수단을 쓰더라도 노래를 빼앗아야만 한다는 운명 같은 확신이 생겨났다. 살아오면서 그때처럼 확고한 예감이 든 적이 예전에도 한 번 있었다.

당시 생활이 어려워 사채업자의 돈을 빌렸다가 기한을 넘기고 말았다. 사채업자는 태진과 성우를 함께 야산에 묻어 버리겠다며 매일 협박했다. 돈을 갚을 방법은 없고 죽음의 공포는 땅거미처럼 깊고 어두운 그림자를 뻗치며 그들 형제를 압박해 왔다.

절망에 휩싸여 어두운 밤길을 걷고 있을 때 자동차의 날카로운 급정거 소리가 났다. 태진이 돌아보자 검은색 외제 승용차 앞에 한 남자가 쓰러져 있는 모습이 보였다. 늦은 시간이라 주위에 다른 사람은 없었다. 후진해서 뺑소니를 치려던 승용차는 몇 미터 가다가 멈춰 섰다. 사고 현장으로 달려 나온 태진을 본 것이다.

승용차에서 남자가 내리더니 태진에게 달려왔다. 도로에 쓰러진 50대 남자는 청소부였고 머리에서 흘러나온 피가 도로 위로 번지고 있었다. 분명한 건 그가 아직 살아 있다는 사실이었다. 30대로 보이는 승용차 운전자가 절박한 얼굴로 태진에게 다짜고짜 수표를 내밀며 말했다.

"못 본 걸로 합시다!"

100만 원권 수표 열 장이었다. 순간 태진은 남자와 청소부를 번갈아 쳐다봤다. 주위를 두리번거리던 남자가 초조하게 말했다.

"죽진 않을 겁니다. 내가 가면서 병원에 연락은 할게요."

1000만 원이면 사채업자들의 위협에서 벗어날 수 있는 돈이었다. 태진은 수표를 받고 돌아서서 뛰었다. 남자가 병원에 연락을 했을 테니 청소부는 살았을 것이라고 스스로를 합리화시켰다. 물론 청소부가 죽었는지 살았는지는 알 수가 없지만 확실한 건 그때 그 돈이 없었다면 지금쯤 성우와 자신은 조폭들에 의해 암매장 됐거나 최소한 불구 정도는 됐으리라는 것이다.

태진은 그날의 일을 정당방위라고 스스로를 합리화시켰다. 그들 형제에게 부여된 가혹한 시련과 운명에 대한 정당방위. 신기한 건 이후 한 번도 그날의 기억을 떠올린 적이 없다는 것이다.

10여 년 동안 무의식 어딘가에 갇혀 있던 그 기억이 하필이면 그 순간에 불쑥 떠오른 건 결코 우연이 아니었다. 예전 남자가 내밀었던 수표처럼 지영의 시디에 담긴 노래도 그들 형제를 어려움에서 구할 것이란 확신이 들었던 것이다.

태진은 지영에게 이런저런 호의적인 제안들을 했다. 요즘 가수가 되려면 노래만 잘해서 되는 게 아니다. 여러 가지 연출이 필요할 뿐만 아니라 이런 통기타 음악은 중독성 있는 강렬한 비트의 댄스곡들이 활개 치는 요즘 가요 시장에선 전혀 먹히질 않는다. 차라리 이 노래들은 댄스곡으로 편곡해 어울리는 가수에게 주자. 노래가 히트해서 저작권료를 받으면 그게 훨씬 속 편한 일이다. 남편에겐 직접 노래를 하는 것보다 작곡으로 먼저 시작하는 게 나은 것 같다. 그는 인내심 있게 설득했다.

하지만 지영의 생각은 확고했다. 그녀는 돈은 못 벌어도 상관없으니 남편이 무대에서 노래 부르는 모습을 보고 싶을 뿐이라고 앵무새처럼 같은 말만 반복했다. 얘기가 진전되기 힘들다는 걸 느꼈는지 지영은 시디를 들고 자리에서 일어났다. 태진은 허탈한 기분에 멍하니 있다가 지영이 사무실을 빠져나간 후에야 비로소 급박한 현실을 깨달았다.

태진은 무슨 일이 있어도 그 노래들을 성우가 불러야 한다는 생각에 사로잡혀 사무실을 박차고 나갔다. 지영은 이미 주차장에서 차를 빼는 중이었다. 태진은 지름길로 달려가 막 국도로 들어서는 지영의 차 앞을 가로막았다. 이미 속도가 붙었던 지영의 차는 갑자기 튀어나온 태진을 피해 핸들을 꺾었다. 공교롭게도 중앙선 맞은편에서 대형버스가 달려오고 있었다. 지영의 차는 충돌을 피하기 위해 다시 핸들을 꺾었다. 하지만 중심을 잃은 차는 그대로 도로를 벗어나 2~3미터 아래 논바닥에 처박혔다.

물론 태진이 그런 사고를 계획하고 달려든 건 아니었다. 하지만 그렇게 사고가 나지 않았다면 그는 다른 수단을 사용했을 것이다.

사고가 나는 순간 태진은 자신의 행위가 다시 한 번 운명에 부합한 행동이었음을 확신했다. 그렇지 않고서야 그토록 안성맞춤으로 사고가 날 리가 있겠는가.

사고 차량 운전석에 머리를 들이받은 지영은 의식을 잃은 듯 보였다. 다른 생각은 들지 않았다. 태진은 그저 지영이 죽었기를, 영원히 깨어나지 않기를 기원하며 바닥에 떨어진 시디를 주워들었다.

그는 시디를 들고 사무실로 돌아가려다 지영의 얼굴을 보며 잠시 고민했다. 지금 확실하게 숨을 끊어 놓는 게 낫지 않을까. 코와 입을 막고 질식시켜도 교통사고가 확실한 만큼 부검 따위는 하지 않을 것 같은데.

태진은 지영의 얼굴로 두 손을 가져가려다 마음을 돌렸다. 어떤 경우에도 직접 사람을 죽이는 일은 피하고 싶었다. 10여 년 전처럼 운명이 그들 형제의 편이 되어 주리라는 묘한 확신이 들었다.

나중에 지영이 죽지 않았다는 걸 알고 불안감이 스쳤을 때도 이내 안도할 수 있었다. 비록 그녀의 몸은 죽지 않았지만 정신은 죽은 것과 다름없는 상태라는 걸 알게 된 것이다. 역시 운명은 그들의 편이었다. 태진은 좀 더 확실하게 일을 처리하기 위해 지영의 남편을 만나 대리인으로 계약서에 도장을 받았다. 어차피 노래를 작곡한 사람이니 지영과 계약하는 것보다 더 확실한 증거가 될 수도 있었다.

지영의 남편은 노래를 통해 상상하던 이미지 그대로였다. 나이에도 불구하고 갓 입학한 대학생한테서 느껴지는 풋풋함이 남아 있었다. 노래를 워낙 잘해 발라드 가수로 내세운다면 상품성도 충분할 것 같았다.

태진은 영수에게 가수를 하든지, 작곡을 하든지 자신과 함께 하자고 제안했지만 그에겐 어떤 소리도 들리지 않는 듯했다. 지영의 사고로 받은 충격이 너무 커 보였다.

태진은 나중에 다시 찾아오겠다고 말한 후 걸음을 돌렸다. 그런 이영수의 노래가 지금 인터넷에 빠른 속도로 퍼지고 있다. 말하자면 성우의 앨범에 수록된 모든 노래들의 원곡이 세상에 공개된 것이다.

동영상 아래 달린 댓글들의 반응은 가히 폭발적이었다. 당연했다. 처음 노래를 들었을 때 태진도 단번에 사로잡히지 않았던가. 지금 감미롭게 그의 영혼을 사로잡고 있는 노래가 「기억해」의 원곡이라는 사실이 밝혀지는 상상을 하는 것만으로도 태진은 소름이 끼쳤다. 수단과 방법을 다해 진실이 드러나는 걸 막는다 해도 두 가지 버전의 노래가 비교되는 건 피할 수 없게 된 셈이었고 그것만으로도 성우에게는 이미 돌이킬 수 없는 타격이었다.

태진은 주먹을 불끈 쥐고 몸을 떨었다. 일들이 갑자기 동시다발적으로 터지고 있었다. 지난 세월 이 자리까지 오르기 위해 그가 저지른 온갖 불법적인 행위의 피해자들이 한꺼번에 복수라도 하려는 것일까. 아니면 그들 형제의 성공 가도를 방해하기 위해 누군가 의도적으로 이런 일을 벌이고 있는 것인가. 일단 먼저 확인해 봐야 할 사항이 있었다. 그는 사무실을 박차고 나가며 쌍칼을 호출했다.

미행

희진은 정옥의 도움을 받아 성우의 일거수일투족을 꿰뚫어 볼 수 있었다. 정옥은 그림자라도 되는 양 성우의 옆에 찰싹 달라붙어 하루 종일 그를 불안하게 만들었다.

물론 좀 더 직접적인 방법으로 겁을 줄 수 있다면 훨씬 효과적이겠지만 귀기가 강한 정옥의 영이라도 현실 세계에서 성우에게 소리가 들리도록 한다거나 직접적으로 물건을 움직이는 것 같은 물리적인 힘을 지속적으로 사용하는 건 상당한 에너지를 소모하기에 위험이 따랐다. 어느 순간 정옥도 모르는 사이 귀기가 일정 수준 이하로 줄어들어 땅속에서 끌어당기는 힘을 감당하지 못하고 지옥으로 끌려갈 수도 있기 때문이었다.

대신 그녀는 다른 행위를 하지 않더라도 성우에게 지속적인 불안감을 조성하도록 곁에 들러붙는 작전을 쓰기로 했다. 영이 곁에 붙어 있으면 인간은 필연적으로 그 영적 기운을 감지하게 되고 심리적인 불안감을 초래해 판단력이 흐려지고 의지가 약해지는 것이다.

성우가 죄의식으로 두려움에 사로잡혀 웅크리고 있을 때 정옥은 선일의 도움을 받아 그의 몸에 빙의할 작정이었다. 성우의 몸에 빙의해서 그의 입을 통해 모든 죄를 뉘우치고 참회하도록 해야만 했다. 그것 외에 정당하고 합리적인 방법으로는 결코 지금의 운명을 되돌릴 수 없었다. 영수에겐 계약서도 없고 노래가 자신의 것이란 사실을 증명할 근거도 없었다.

사실 세상엔 비슷한 이유로 진실이 묻혀 버리는 일이 헤아릴 수 없이 많다. 정옥이 끼어들지 않았으면 이번 일도 분명 그런 식으로 불의가 승리했을 것이다.

생방송 무대에서 플랜카드를 준비하고 있던 희진은 미리 알고 있었음에도 정옥이 성우의 목에 올라타고 같이 춤을 추는 장면을 보고 너무 무서워 심장이 얼어붙는 것 같았다. 텔레비전을 보던 수많은 시청자들 중 한 사람이라도 그 장면을 본 사람이 있다면 필경 심근경색을 일으키리라 장담할 수 있을 정도였다.

성우가 차를 몰고 방송국을 빠져나갔을 때도 정옥은 그의 바로 옆 조수석에 앉아 있었다. 정옥은 태진에게 전화하는 성우를 바로 곁에서 지켜봤고 그녀가 보고 들은 것들을 공간 이동을 통해 거의 실시간으로 희진에게 전해 줬다. 여러 번의 공간 이동은 정옥의 기운을 상당 부분 소모하게 만들었고 지친 그녀의 영은 성우가 현재 집으로 향하고 있다는 사실을 마지막으로 알려 준 후 기진맥진해서 사라졌다.

희진은 미영, 미주, 효정과 함께 전원주택 단지에 위치한 성우의 집 근처에 미리 차를 대놓고 그를 기다렸다. 차는 원래 희진이 생전에 몰던 것으로 오피스텔 지하 주차장에 그대로 방치되어 있던 걸 타고 나온 것이다.

미주는 희진의 차가 아직도 주차장에 그대로 방치되어 있는 사연을 전하면서 그녀의 부모님이 아직도 딸의 사망으로 인한 충격에서 벗어나지 못해 딸의 유품에 대한 정리는커녕 아무도 손을 대지 못하게 한다는 얘길 전했다. 그러면서 다음 얘기를 덧붙였다.

"니가 이렇게 멀쩡하게 다시 돌아온 줄 알면 니네 부모님 진짜 좋아서 펄쩍 뛰겠다!"

미영의 말에 조수석에 앉아 있던 효정이 말했다.

"물론 좋아하긴 하시겠지만 외모가 완전히 다른 사람이 됐으니 충격도 많이 크실 것 같은데? 솔직히 나도 아직은 적응이 안 되거든. 쪼끔 무섭기도 하고."

희진이 운전대에 한 손을 올려놓은 채 전방을 주시하며 말했다.

"부모님한텐 죄송하지만 아직 거기까지는 생각할 여유가 없어. 지금은 이 일이 더 중요하고 여기에만 집중해야 해."

미주가 말했다.

"근데 난 아무리 생각해도 이렇게까지 해야 하는 이유가 있나 싶은 게 성우 씨 노래가 아무리 지금 네 그…… 뭐라고 해야 하나? 육신? 아니 네가 지금 껍데기를 뒤집어쓰고 있는 그 여자의 남편……."

희진이 룸미러로 미주를 노려보다가 소리를 빽 질렀다.

"야! 아무리 그래도 껍데기가 뭐니! 말 좀 가려서 해 줄래?"

"그, 그래. 미안하긴 한데 솔직히 나도 어떻게 표현해야 할지 잘 모르겠다고!"

희진이 인상을 찡그리고 있다가 말했다.

"그냥 내 남편이라고 해."

미영이 기어드는 소리로 말했다.

"솔직히 니 남편은 아니잖아."

희진도 한숨을 내쉬더니 그녀의 말을 정정했다.

"그럼 그냥 영수 씨라고 해. 이영수."

미주가 그게 좋겠다는 표정으로 다시 말을 이었다.

"그래. 영수 씨! 영수 씨 노래를 성우 씨가 훔쳐서 무단으로 도용했다고 쳐! 그렇다고 해서 네가 무슨 경찰도 아니고 이렇게까지 나서서 난리를 칠 필요는 없잖아. 이런 시간에 차라리 너희 부모님 만나서 솔직히 상황을 말씀드려서 슬픔에서 벗어나게 해 드리는 게 옳은 일 아닌가? 그리고 그 사람들, 아니 영수 씨하고 영수 씨 아들한테도……."

"지호야."

"뭐?"

"영수 씨 아들 이름이 지호라고."

미주가 눈치를 살피다가 다시 말을 정정했다.

"그래. 영수 씨하고 지호한테도 솔직하게 모든 걸 털어놓고 이쯤에서 정리를 하는 게 낫지 않냐 이거지. 그래야만 너도 제2의 인생을 향해 새 출발을 할 게 아니냐고. 어차피 네가 진짜 아내이자 엄마가 아니라는 걸 나중엔 알게 될 테고 너도 그 사람들하고 같이 살 것도 아니면서 자꾸 이런 식으로 얽히면 나중에 빠져나오기 더 힘들어질 수도 있잖아. 막말로 영수 씨라는 사람이 네가 자기 부인이 맞다고 하면서 죽어도 이혼을 못해 주겠다고 버티면 어떡할래? 평생 결혼도 못하고 인생 망칠 거야?"

"그 사람, 절대로 그럴 사람 아니니까 그런 걱정은 안 해도 돼! 예전엔 나도 몰랐는데 세상 사람들이 다 우리처럼 생각하면서 사는 건 아니더라."

효정이 고개를 갸웃하며 물었다.

"우리처럼? 우리처럼 생각하는 게 어떤 건데?"

"글쎄. 말로 하면 어떤 느낌인지 잘 모를 거야. 나도 그랬으니까."

스마트 폰으로 인터넷을 검색하던 미영이 소리쳤다.

"야, 이거 봐! 인터넷 지금 완전 난리 났어!"

다들 미영의 스마트 폰으로 머리를 모았다. 효정이 소리쳤다.

"검색어 1위가 박성우 표절이야! 어머, 웬일이니? 진짜 빠르다! 동영상 오전에 올렸는데 벌써 조회 수가…… 이거 장난 아니다. 야, 우리 괜찮을까? 성우 씨네 회사에서 가만있지 않을 것 같은데? 만약 명예 훼손이나 손해 배상 청구하면 우리 어떡해? 그리고 그 성우 씨 형 있잖아. 그 사람 진짜 무서워 보이던데 지금쯤 게시물 올린 사람 찾아내서 가만 안 둔다고 팔짝팔짝 뛰고 있을 거라고!"

미주가 심각한 목소리로 말했다.

"어쩌면 지금쯤은 벌써 경찰에 고소했을지도 몰라. 만약 경찰에서 IP 추적 같은 거 해서 우리한테 연락 오면 어떡하지? 우린 그냥 희진이가 시키는 대로 한 것뿐이잖아."

희진이 담담하게 말했다.

"걱정하지 마! 어차피 경찰에 고소 같은 건 하지 못할 테니까. 고소를 당해야 할 사람은 바로 그 두 사람이거든!"

"그렇게 장담할 만한 증거라도 있는 거야? 만약 그런 증거가 있다면 굳이 인터넷에 원곡 올리면서 소문 퍼뜨리는 번거로운 일은 할 필요가 없었잖아."

"증거는 없어. 하지만 성우가 스스로 모든 이야기를 털어놓도록 만들 거야!"

효정이 울상이 되어 말했다.

"뭐야? 처음하고 얘기가 다르잖아. 그 말은 결국 아무런 대책도 없이 일을 벌였다는 말하고 똑같은 거 아냐!"

미영이 소리쳤다.

"야, 저기 성우 씨 차 들어온다!"

미영의 말에 다들 입을 다물고 전방을 주시했다. 성우의 차가 서서히 속도를 줄이며 다가오고 있었다. 미영이 떨리는 소리로 희진에게 물었다.

"이제 어떡할 거야? 설마 성우 씨한테 니가 희진이라고 밝힐 건 아니지?"

효정이 끼어들었다.

"그 소릴 누가 믿니? 아무래도 이건 아닌 것 같아. 친구도 돕고 재미있을 것 같아서 시작하긴 했지만 일이 이렇게 커질 줄은 몰랐다고. 우리 그냥 이쯤에서 그만 두는 게 좋을 것 같아."

효정의 말이 끝나자마자 희진이 차 문을 열고 밖으로 나갔다. 그녀가 주차장으로 들어서는 성우의 차를 막아섰다. 성우가 짙게 선팅을 한 창문을 내리더니 고개를 내밀고 소리쳤다.

"뭡니까?"

"박성우 씨, 잠깐 얘기 좀 하시죠!"

"할 얘기가 있으면 매니저 통해서 연락해요!"

희진이 성우의 말에 아랑곳하지 않고 운전석 쪽으로 다가가서는 은근하게 말했다.

"요즘 주변에서 자꾸 이상한 일 일어나지 않아요? 일테면 환청이 들린다던가?"

순간 성우의 표정이 변했다.

"당신 뭐야?"

"내가 왜 그런 일들이 일어나는지 얘기해 줄 수 있는데. 그리고 더 이상 그런 일이 일어나지 않도록 하려면 어떻게 해야 하는지 알려 줄 수도 있고."

성우가 경계하는 눈빛으로 희진을 노려보다가 물었다.

"기자예요?"

희진이 고개를 흔들자 고민하던 성우가 말했다.

"타요!"

희진이 차에 타자 성우가 차를 돌린 후 액셀을 밟았다. 차가 도로로 진입하고도 잠시 둘은 침묵을 지켰다. 희진은 운전하는 성우를 곁눈질로 쳐다봤다. 한때 사랑했고 결혼까지 약속한 성우와 이런 식으로 마주하게 될 줄은 꿈에도 몰랐다. 마음속에서 많은 이야기와 여러 복잡한 감정들이 소용돌이처럼 부풀어 올랐지만 그녀는 인내심 있게 기다렸다.

먼저 말을 꺼낸 건 성우였다. 그가 희진을 힐끗 보며 물었다.

"정체가 뭡니까? 나에 대해서 아는 게 많은 모양이죠?"

희진이 운전하는 성우의 옆모습을 가만히 쳐다보며 말했다.

"너무 잘 알죠."

"대체 내가 환청에 시달린다는 건 어떻게 안 거예요?"

"난 당신이 생각하는 것보다 당신에 대해 훨씬 많은 걸 알아요."

성우의 표정이 굳어졌다.

"그래요?"

"사람들은 소위 스타라는 사람들의 겉으로 드러난 이미지가 실제 모습이라고 착각을 하곤 하죠. 하긴 바로 옆에서 지켜본 사람조차도 그 사람에 대해 잘못 알고 있을 정도니까 대중이야 말할 것도 없겠네요."

"편견이 많군요."

"물론 모든 스타가 다 그런 건 아니에요. 스타 중에서도 몰지각한 몇몇에 대한 감정이죠. 사랑하는 사람이 아이를 가졌는데 낙태를 강요하는 것도 모자라 몰래 다른 여자를 만난 스타가 있다면 어떨까요? 안티가 되지 않을 수 있을까요?"

순간적으로 성우의 표정이 창백하게 변하더니 굳어졌다.

"자신의 성공을 위해 결혼까지 약속한 여자를 버리고 재력 있고 힘 있는 집안의 딸과 정략결혼을 하는 스타가 있다면?"

순간 성우가 급정거를 하며 차를 세웠다. 뒤에서 놀란 차들이 요란하게 경적을 울려댔다.

"너 누구야? 뭐하는 여자야? 정체가 뭐냐고?"

무섭게 노려보는 성우의 눈길을 피하며 희진이 말했다.

"도로 한복판에 이렇게 차를 세우고 있으면 사람들의 이목을 끌지 않겠어요? 혹시라도 사람들이 박성우를 알아보면 여러 가지로 곤란한 일이 생길 텐데."

"제길!"

성우가 욕설을 뱉어내며 차를 바로 옆 고수부지로 몰아갔다. 강변에 차가 멎자 희진이 내리더니 양팔을 벌리고 눈을 감았다. 희진은 긴장을 풀고 냉정을 유지하기 위해 폐부 깊숙이 공기를 들이마셨다.

잠시 후 성우도 주변을 살핀 후 잔뜩 화가 난 표정으로 차에서 내렸다. 다행히 인적이 드물어 다른 사람들의 시선을 신경 쓸 필요는 없었다.

희진이 강을 바라보며 말했다.

"스타라는 이름이 참 부담스럽죠? 늘 남을 의식하면서 가면을 쓰고 살아야 하니까."

성우가 희진의 어깨를 돌려세우더니 소리쳤다.

"딴 소리 하지 말고 당신 정체가 뭔지나 밝혀!"

"난 당신과 당신 형한테 원한을 품고 죽은 어느 혼령의 부탁을 받고 당신을 만나러 온 거예요!"

성우가 창백한 표정으로 주위를 둘러보며 말했다.

"무슨 소리야?"

"혼령의 존재를 부정하는 건 아니겠죠? 기자 회견장에서도 그랬고 오늘 차 안에서도 혼령의 소리가 들리지 않았나요? 예전에 방송국 주차장 차 안에서 양희진의 디카에 있던 사진을 지울 때도!"

성우가 신음을 흘리며 뒷걸음질을 쳤다. 그의 표정은 창백하다 못해 파랗게 질려 있었다.

"다, 당신 누구야?"

"내가 누군지는 중요하지 않아요. 다만 난 박성우라는 사람을 저주하는 혼령의 절규를 듣고 혼령이 원하는 게 뭔지 알려 주기 위해 당신을 찾아온 거예요."

"혼령이 원하는 것이라니? 무슨 소리를 하는 거야?"

"알잖아요. 당신이 부른 노래들이 실은 당신 노래가 아니라는 걸 세상에 밝히는 것! 그리고 그 노래를 본래 주인에게 돌려주는 것!"

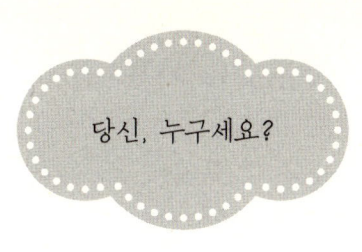

당신, 누구세요?

영수는 희진의 오피스텔 앞에서 크게 심호흡을 했다. 옆에서 혜정이 답답한 표정으로 재촉했다.

"어우 답답해! 언제까지 심호흡만 하고 있을 거예요? 어서 벨을 눌러요!"

영수가 벨을 누르려다가 다시 손을 거둬들였다. 그가 양손을 마주 잡고 초조하게 말했다.

"왜 이렇게 겁이 나는지 모르겠어요. 그냥 아무것도 모른 척 지금까지 해 왔던 것처럼 지내는 게 더 낫지 않을까요?"

"지금 그걸 말이라고 해요? 아니 자기 마누라가 알지도 못하는 남자를, 그것도 인기 가수를 만나고 이상한 여자들과 어울리면서 수상한 행동을 하고 다니는데 그냥 모른 척하겠단 말예요? 게다가 지난번에도 이 오피스텔에 있다가 경찰에 잡혀 갔다면서요? 아저씨가 모르는 뭔가가 있는 거예요. 어쩌면 위험에 빠진 건지도 모르고."

영수가 놀란 음성으로 반문했다.

"위험이라고요?"

"그런 수도 있죠. 사실은 아저씨한테도 말 못하는 어떤 절박한 사정 때문에……."

혜정의 말이 끝나기도 전에 영수는 벨을 눌렀다. 그것도 여러 번 계속해서 벨을 눌러 댔다. 혜정이 그의 팔을 붙잡으며 말했다.

"됐어요, 한 번만 누르면 되지 몇 번을 눌러요?"

영수가 뒤로 물러서서 기다리자 안에서 소리가 들려왔다.

"누구세요?"

지영이 아닌 다른 여자의 목소리였다. 영수가 머뭇거리자 혜정이 재빨리 대답했다.

"저기, 택밴데요!"

잠시 후 미영이 문을 열자 혜정이 부정한 남녀의 현장을 덮치는 것 같은 동작으로 재빨리 안으로 밀고 들어갔다. 미주, 효정 등과 함께 와인을 마시고 있던 희진의 눈이 휘둥그레졌다. 뒤늦게 쫓아온 미영이 혜정의 팔을 붙잡으며 날카롭게 소리쳤다.

"당신 뭐야!"

혜정을 알아본 희진이 놀라서 말했다.

"그쪽은?"

미영이 희진을 보고 물었다.

"아는 사람이야?"

혜정이 밖을 향해 소리쳤다.

"아저씨, 뭐해요? 얼른 들어오지 않고!"

모두의 시선이 문으로 쏠리자 뒤늦게 영수가 쭈뼛거리며 안으로 들어섰다. 영수를 본 희진의 표정이 당혹스럽게 변했다.

"여, 영수 씨!"

희진이 놀라 소리치자 영수가 조심스러운 목소리로 말했다.

"미, 미안해. 이러려고 그런 건 아닌데……."

혜정이 한숨을 내쉬더니 희진을 향해 따지는 것처럼 빠른 속도로 말을 쏟아냈다.

"솔직히 저도 남의 가정사에 끼어들고 싶은 생각은 추호도 없었는데 이 아저씨가 혼자 끙끙대는 모습이 너무 안쓰러워서 여기까지 온 거예요. 게다가 예전에 크게 신세진 것도 있고 해서 도와드리는 입장으로 온 거니까 오해는 마세요! 솔직히 제가 보기에도 아줌마, 아니 지호 엄마 너무 수상하네요. 어떻게 1년이 넘게 식물인간으로 누워 있던 분이 이렇게까지 공사가 다망할 수가 있죠? 지호 엄마 무슨 국가 기관 스파이예요? 아니면 아저씨 모르게 무슨 나쁜 일 꾸며요? 제가 봐도 너무 너무 수상한데 옆에서 혼자 지켜본 아저씨 심정은 오죽했겠어요? 적어도 아저씨를 남편으로 생각한다면 사정이 어떻든 간에 이런 식으로 사람을 바보 만들면 안 되죠."

옆에서 지켜보던 미주와 효정이 동시에 입모양으로 '이 사람이 니 남편?' 하고 물었다. 희진이 대답 대신 허탈한 음성으로 물었다.

"그럼 두 사람, 하루 종일 날 미행한 거예요?"

혜정이 대신 대답했다.

"그쪽도 하루 종일 누군가를 쫓아다니지 않았나요? 멀리서 보기엔 그 누군가가 인기 가수 박성우인 것 같던데. 맞나요?"

희진이 쓸쓸하게 웃더니 효정, 미주, 미영을 향해 말했다.

"얘들아, 인사해. 이영수 씨야. 현재 나, 아니 한지영의 남편이자 너희들이 들었던 그 노래를 만들고 부른 사람!"

희진의 말에 세 친구의 입에서 탄성이 새 나왔다. 미주가 믿기지 않는다는 표정으로 물었다.

"그럼 인터넷에 올린 동영상 속에서 성우 씨의 「기억해」를 부르던 바로 그 사람?"

"그래. 동영상 속에서 기타 치던 손도 저 사람 손이고."

뜻밖의 얘기에 기세등등하던 혜정이 당황해서 물었다. 얼마나 뜻밖이었는지 그녀는 말까지 더듬었다.

"그, 그게 무슨 소리예요? 지금 얘기는…… 설마 이 아저씨가 박성우의 노래를 만들었다는 그 주인공이라는 건가요? 지금 인터넷에 난리가 난 박성우 노래 표절 기사에 등장하는 그 주인공이 이 아저씨라구요? 아니, 그 노래를 이 아저씨가 만들고 불렀다구요?"

희진이 고개를 끄덕이자 혜정은 놀라 자빠질 것 같은 표정으로 영수를 돌아봤다.

"마, 말도 안 돼! 나 그 노래 듣자마자 완전 빠져서 팬 카페에도 가입했단 말예요. 아저씨가 정말 그 노래 부른 거예요?"

효정이 물었다.

"아니 그 기사가 오늘 나갔는데 벌써 팬 카페가 생겼다고요?"

"몰랐어요? 회원이 벌써 1000명도 넘었는데."

하지만 영수는 마치 다른 사람의 얘기를 듣는 것처럼, 혹은 그런 얘기들이 전혀 들리지 않는 사람처럼 고개를 숙인 채 미동도 하지 않았다. 희진이 영수의 옆으로 다가가서 말했다.

"영수 씨, 인사해요! 내 친구, 미영이, 미주, 혜정이예요!"

그제야 영수가 고개를 들더니 무표정한 얼굴로 고개를 까딱했다. 희진이 어색한 표정으로 사람들을 둘러보다가 말했다.

"의도하진 않았지만 갑자기 상황이 이상하게 돼 버렸네요."

어색하게 웃던 희진이 혜정을 보고 물었다.

"이름이 뭐예요?"

혜정이 이전과 달리 반갑게 소리쳤다.

"저요? 혜정이요! 박혜정!"

"혜정 씨, 부탁인데 지금 여기서 들었던 얘기는 당분간 비밀로 해 줄래요?"

"여기서 들었던 얘기? 어떤 거요? 아, 이 아저씨가 노래를 만들고 불렀다는 얘기요?"

희진이 고개를 끄덕이자 혜정이 들뜬 소리로 말했다.

"그, 그럼요! 걱정 마세요. 제가 불같은 성질하고 입 무거운 거 빼면 시체거든요! 아무 걱정 마세요! 지금부터 제 입에 비밀번호 입력해서 단단하게 지퍼 채워 놓을 테니까!"

희진이 사람들을 둘러보며 말했다.

"둘이서만 얘기를 좀 하고 싶은데 자리 좀 비켜 줄 수 있을까?"

희진의 말에 미영 일행과 혜정이 쭈뼛거리며 오피스텔을 빠져나갔다. 방 안에 희진과 단 둘이 남게 된 영수는 고집불통 아이처럼 자신의 발끝만 내려다보고 있었다. 희진이 그런 영수의 손을 잡아끌며

부드럽게 말했다.

"이쪽으로 와서 앉아요."

영수는 희진이 이끄는 대로 창가 테이블 앞에 앉았다. 희진이 와인을 한 잔 따라서 영수에게 내밀었다. 영수가 잔을 받아들고 가만히 있자 희진이 엄마라도 되는 것처럼 말했다.

"마셔 봐요."

영수는 말 잘 듣는 어린아이처럼 와인을 한 모금 마셨다. 영수가 잔을 내려놓자 희진이 말했다.

"지난번에 옥상에서 술 마실 때 제가 했던 말 기억해요? 고급 레스토랑보다 옥상의 야경이 더 멋지다고 했던 말. 그리고 소주를 많이 마셔 보지 못했다고 한 말!"

영수가 고개를 끄덕이며 작은 소리로 대답했다.

"기억해."

희진이 한숨을 내쉬고는 말했다.

"그동안 이 말을 해야 할지 어떨지 얼마나 많이 고민했는지 몰라요. 영수 씨!"

희진의 부름에 고개를 숙이고 있던 영수가 얼굴을 들었다. 그의 눈빛엔 어린아이 같은 순수한 두려움이 한가득 들어 있었다.

"만약 내가 한지영이 아니고 다른 사람이라면 어떡하겠어요?"

영수의 얼굴이 창백하게 변했다.

"그게…… 무슨 소리야?"

"말 그대로예요. 내가 한지영이 아니고 양희진이라는 사람이라면 어떡하겠냐고요."

"당신이 양희진이라고?"

희진이 와인 잔을 들고 자리에서 일어나 오피스텔을 둘러보며 말했다.

"그때 경찰서에 갔다 왔을 때 저한테 물어본 적이 있을 거예요. 경찰서에서 왜 내가 양희진이라고 우겼는지, 그리고 이 오피스텔이 왜 내 집이라고 말도 안 되는 주장을 했는지 이유를 말해 달라고. 그래요. 이젠 그 이유를 말할 때가 된 것 같네요. 이유는 간단해요. 난 양희진이란 사람이고 여긴 내 오피스텔이니까."

영수는 아직도 무슨 말인지 모르겠다는 표정으로 희진을 올려다봤다. 희진이 오피스텔에 있던 사진 액자 하나를 들고 보다가 영수에게 건넸다. 그 사진 속에 화사한 희진의 모습이 들어 있었다.

"사진 속 여자가 저예요."

영수는 사진을 뚫어지게 쳐다봤다. 희진은 영수의 앞으로 돌아와 앉은 후 그동안 있었던 긴 이야기를 시작했다. 얘기가 계속되는 동안 영수는 희진의 사진에서 거의 눈을 떼지 않았다. 모든 얘기를 다 하는 데는 적지 않은 시간이 필요했고 밤이 깊어 갔다. 얘기를 모두 끝냈을 때 영수의 볼에는 눈물이 흐르고 있었다. 영수는 소리 없이 손등으로 눈물을 훔쳤다.

희진이 긴 호흡을 뱉어 낸 후 물었다.

"믿어지지 않는 얘기죠?"

영수가 잠긴 소리로 말했다.

"아뇨, 믿어요. 처음 깨어났을 때부터 당신은 너무 낯설었거든요. 그래서 언젠가 이런 일이 생기지 않을까 겁이 났어요. 당신이 이전의 기억을 잃었다고 했을 때부터 늘 걱정이 됐어요. 당신이 지영이가 아닌 다른 사람이 아닐까. 그래서 결국엔 우리 곁을 떠나는 게 아닐까 하고."

희진이 안타까운 목소리로 말했다.

"미안해요. 내가 지영 씨가 아니라서."

소리 없이 눈물만 뚝뚝 흘리던 영수가 나지막하게 물었다.

"그럼, 우리 지호 엄마는 어디에 있는 건가요?"

희진이 난감한 얼굴로 영수를 보다가 말했다.

"그건 저도 알 수가 없어요. 하지만 전 제 안에, 이 육신 어딘가에 지영 씨의 영혼이 저와 함께하고 있다고 생각해요. 단 한 번 마주한 적도, 얘기를 나눠 본 적도 없지만 우린 마치 친자매처럼 가까운 느낌이 들어요. 어쩌면 친자매보다 더 가까운 사이인지도 모르죠. 우린 운명의 수가 같은 사람들이잖아요."

영수가 고개를 끄덕였다.

"아까도 말했지만 지영 씨와 난 어떤 식으로든 가까워져서는 안 되는 사람들이었어요. 우리 두 사람의 운명이 이렇게 변한 건 바로, 예전에 저와 결혼할 예정이던 박성우라는 가수가 영수 씨의 노래를 멋대로 도용해서 불렀기 때문이에요. 그 노래는 본래 영수 씨가 불렀어야 하고 사람들은 영수 씨의 노래를 들어야만 했어요. 그래서 전 지금이라도 잘못된 것들을 본래 자리로 되돌리려는 거예요. 오늘 절 미행하면서 지켜봤으면 알겠지만 이제 일이 거의 마무리가 되고 있어요. 내일이면 박성우와 박태진은 스스로 모든 잘못을 고백하게 될 거예요."

오랜 시간 묵묵히 듣기만 하던 영수가 입을 열었다.

"만약 잘못된 운명을 원래대로 돌려놓는다면 우리 지호 엄마가 다시 돌아올 수 있을까요?"

영수의 투명한 눈빛을 대하자 희진의 마음 한구석이 서늘해졌다. 뭐라고 대답할 말이 떠오르지 않았다. 한지영이 돌아온다는 건 곧 희진이 육신을 떠나야 한다는 의미가 아닌가.

그동안 왜 그런 생각을 한 번도 안 해 봤을까.

뿐만이 아니었다. 영수의 눈빛이 더 이상 자신을 향하고 있지 않다는 사실을 깨닫는 순간 낯선 감정이 몰려들었다. 늘 연민과 사랑이 가득한 눈길로 희진을 바라보던 영수의 따스한 시선이 자신이 아닌 한지영을 향한 것이었다는 사실을 새삼 느낀 것이다. 너무나 당연한 바보 같은 질문이란 걸 알면서도 희진은 그렇게 물을 수밖에 없었다.

"영수 씨는 한지영 씨가 돌아오길 바라죠?"

영수는 선뜻 대답을 하지 않았다. 망설이던 영수가 조심스럽게 대답했다.

"마음을 어떻게 표현해야 할지 모르겠어요. 이상해요. 지영이가 아니란 걸 알았지만 당신이 남처럼 느껴지지 않아요."

"지영 씨 모습을 하고 있으니까 그럴 거예요."

"아뇨. 그렇지 않아요. 난 이전에도 당신이 지영이가 아닐지도 모른다고 생각했어요. 그 동안 난 지영이가 아닌 당신과 계속 지내왔던 것 같아요. 물론 정확히 누군지는 몰랐지만 지영이라는 생각은 들지 않았거든요. 하지만 지영이처럼 당신이 편하고 좋았어요. 지영이 말고 다른 사람에게 이런 감정을 느껴 본 건 처음이에요. 그래서 지금 무척 혼란스럽고 힘들어요."

"내가 한지영 씨가 아니라는 걸 알고 있었다고요?"

영수가 고개를 끄덕인 후 말했다.

"난 그쪽이 지영이든 아니든 그게 중요한 건 아니라고 생각했어요. 그냥 그쪽이 지영이처럼 내 곁에, 그리고 우리 지호 곁에 남아 주었으면 좋겠다고 매일 생각했어요."

영수가 오피스텔을 둘러보며 말했다.

"하지만 그건 불가능한 꿈이라는 걸 이제야 알 것 같아요. 이렇게 좋은 집에서 살다가 옥탑방에서 지내려니 얼마나 불편했겠어요. 이제부턴 일부러 옥탑방에 와서 지내지 않아도 돼요. 그동안 나하고 지호한테 따스하게 대해 준 것만으로도 고맙게 생각해요. 그리고 지호한테는 당분간 비밀로 해 줬으면 좋겠어요. 우리 지호는……."

영수는 말을 잇지 못하고 고개를 숙였다. 영수가 울음을 참으려 입술을 깨물더니 자리에서 일어났다. 영수가 인사를 하고 돌아서는 순간 희진이 자기도 모르게 그를 불렀다.

"영수 씨!"

막상 그를 불렀지만 마땅한 말이 떠오르지 않았다. 이유는 모르지만 이대로 영수를 보내고 싶지 않았다.

"저, 옥탑방에서 지내는 거 괜찮았어요. 그때 그랬잖아요. 그곳이 일류 레스토랑 스카이라운지보다 훨씬 멋지다고. 그 말 진심이었다고요."

"고마워요. 그렇게 생각해 줘서. 옥탑방도 좋은 점이 있죠. 하지만 계속 살다 보면 불편할 거예요. 당신에게 갑자기 지호 같은 큰 아이의 엄마가 되어 달라고 부탁할 수도 없잖아요. 서로 함께 보낸 지난 시간이나 추억도 없고. 게다가 우린 너무 어울리지 않아요. 이곳과 옥탑방처럼."

영수는 눈물이 글썽한 눈으로 무슨 말인가를 하려다가 그냥 입을 다물었다. 영수가 눈물을 훔치며 돌아서더니 그대로 오피스텔을 나갔다. 영수가 나간 후 닫힌 문 앞에 멍하니 서 있던 희진은 마음 한 구석이 소리 없이 무너지는 느낌을 받았다. 뭔지 모르지만 그녀를 지탱해 주던 소중한 뭔가가 빠져나간 것 같았다.

희진이 황급히 달려 나갔지만 이미 엘리베이터는 내려간 다음이었다. 희진은 계단으로 달려가다가 그 자리에 멈춰 섰다. 지금 영수를 잡아서 어떻게 하겠다는 것인가. 자신의 마음을 스스로도 알 수가 없었다. 아무 준비도 없이 갑작스럽게 모든 얘기를 털어놓긴 했지만 언젠간 밝혀야만 할 일이었다. 희진은 고개를 흔들며 스스로에게 중얼거렸다.

'난 한지영이 아냐! 이영수의 아내도 아니고 지호의 엄마도 아냐. 난 양희진이라고!'

희진은 허탈한 걸음으로 오피스텔로 돌아왔다. 이유는 알 수 없지만 오피스텔이 어느 때보다 휑해 보였다. 희진은 영수가 보고 있던 그녀의 예전 사진 액자를 들고 거울 앞에 섰다.

희진은 액자를 얼굴 가까이 들어올렸다. 거울 속 한지영과 액자 속 희진의 모습이 나란히 시야에 들어왔다. 혼란스러운 감정들이 마음 깊은 곳에서 소용돌이쳤고 뜻 모를 슬픔이 뭉클하고 솟구쳐 올라왔다.

  희진은 침대에 걸터앉아 얼굴을 감싸 안았다. 눈가가 달아오르더니 생각지도 않게 눈물이 났다. 왜 눈물이 나오는지, 왜 이토록 막막하고 외로운 기분이 드는지 알 수가 없었다.

멋진 계획

 태진은 집으로 돌아왔다는 성우의 전화를 받자마자 곧바로 달려갔다. 그렇잖아도 표절 기사로 인터넷이 발칵 뒤집힌 판국에 성우가 모든 스케줄을 펑크 내고 꼬박 하루를 잠적했다 나타난 것이다. 화가 머리끝까지 난 태진은 집에 들어서자마자 소리부터 질렀다.
 "어떻게 된 거야! 너 이 자식, 어디 있다가 이제 나타난 거야!"
 식식거리며 소파에 앉아 있는 성우의 얼굴을 본 태진은 할 말을 잃고 말았다. 하루 사이 그의 모습은 완전히 다른 사람으로 변해 있었던 것이다. 눈은 퀭하고 입술엔 핏기가 없이 파리했다. 태진이 놀라서 소리쳤다.
 "야, 너 얼굴이 왜 그래? 어디 아픈 거야?"
 하지만 성우는 태진의 말이 들리지 않는 사람처럼 멍하니 허공만 쳐다봤다. 태진이 성우의 뺨을 두드리며 소리쳤다.

"야, 인마! 정신 차려! 지금······."

그때 성우가 생기 없는 소리로 입을 열었다.

"나한테 귀신이 붙어 있대."

"뭐? 누가 그래?"

"우리가 노래를 빼앗은 그 여자의 원혼이 내 곁을 떠돌고 있대."

"무슨 말도 안 되는 소리야? 지영인 지금 식물인간으로 누워 있을 텐데. 지영이가 죽기라도 했다는 거야?"

"죽지 않았지만 그 여자의 영혼은 이미 육신을 떠나서 나한테 와 있대! 내가 어젯밤 어디에 있었는지 알아? 성당 신부님한테 갔었어. 우리 어릴 때 돌봐 주셨던 스테파노 신부님한테."

"거길 왜 가!"

"나도 거긴 가고 싶지 않았어. 신부님이 정말 은혜를 많이 베풀어 주셨는데 많은 돈은 아니지만 우린 그분 돈을 훔쳐서 달아났잖아. 하지만 갈 곳은 거기밖에 없었어. 거기 있어야만 안전할 것 같았거든. 너무 무서워서 다른 곳은 갈 수가 없었단 말이야. 다행히 신부님은 변함없이 따스하게 맞아 주셨어. 텔레비전에서 내 모습 보고 너무 기쁘셨대."

"너한텐 그러셨겠지. 하지만 나한텐 늘 엄격하셨어. 항상 날 탐탁지 않게 여기셨다고!"

"신부님이 형도 보고 싶다고 하셨어!"

"됐어. 신부님 앞에만 가면 난 항상 죄인이 된 기분이 든다고!"

"나쁜 일을 많이 했으니까 그렇지."

태진이 성우를 노려보다가 말했다.

"그게 다 누구 때문인데? 누굴 위해서 그렇게 한 건데?"

"알아. 형을 비난하는 게 아냐. 나도 마찬가지지 뭐. 희진이 일도 그렇고."

"그만하자!"

"그래서 그런지 요즘 너무 불안하고 겁이 나. 우리가 너무 잘못된 삶을 살아온 게 아닌가 하는 생각도 들고."

굳은 표정으로 생각에 잠겨 있던 태진이 불쑥 물었다.

"누구야? 너한테 귀신 붙었다고 한 사람이?"

"나도 몰라. 여잔데 집 앞에서 날 기다리고 있었어. 처음엔 기자인 줄 알았는데 아니더라고."

"연락처나 뭐 그런 것도 몰라?"

성우가 고개를 끄덕였다.

"그럼, 넌 누군지도 모르는 여자가 한 헛소릴 가지고 지금 이 난리를 친 거야?"

"헛소리 아냐! 그 여자, 나한테 무슨 일이 일어나고 있는지 다 알고 있었어!"

태진이 자리에서 벌떡 일어나더니 화를 냈다.

"씨팔! 대체 뭐가 어떻게 돌아가는 거야!"

성우의 말만 들어서는 어디까지가 사실이고 거짓인지 판단하기가 힘들었다. 성우가 들었다는 그 이상한 소리들도, 정체를 알 수 없는 여자의 얘기도.

"그 여자 말에 의하면 이번 내 앨범에 대한 진실을 고백하지 않으면 계속 귀신이 내 주위를……."

"그만해! 넌 언제까지 어린애처럼 징징거릴래? 귀신 따위가 뭐가 무섭다고 그래? 기껏해야 속삭이는 일밖에 더하겠어? 진짜 무섭고 괴로운 건 돈 없어서 사람들한테 무시당하면서 비참하게 사는 거야. 너도 겪어 봐서 알잖아!"

성우가 훌쩍이기 시작했다. 골치가 아픈 듯 태진이 머리를 움켜쥐면서 소리쳤다.

"문제는 귀신 따위가 아냐! 지금 인터넷에 올라온 글과 동영상을 어떻게 처리하느냐가 진짜 문제라고!"

그때 태진의 휴대폰이 울렸다. 업무상 사용하는 휴대폰은 이미 전원을 꺼 놓은 상태였고 지금 번호는 사적인 관계를 가진 사람들만 아는 번호였다. 태진이 심각한 표정으로 전화를 받았다. 묵묵히 상대방의 얘기를 듣는 태진의 표정이 시시각각 변했다. 전화를 끊은 태진이 확신처럼 말했다.

"세상에 귀신 따위는 없어!"

성우가 의아한 얼굴로 고개를 들었다. 태진이 방으로 들어가더니 잠시 후 다시 거실로 나왔다. 그의 손에 사진이 한 장 들려 있었다. 태진이 성우에게 사진을 들이밀며 물었다.

"너한테 귀신 붙었다고 한 여자, 혹시 이 여자 아냐?"

사진을 확인한 성우가 소리쳤다.

"맞아, 이 여자야! 아는 여자야?"

비로소 태진의 얼굴에 쓴웃음이 번졌고 그가 확신에 찬 목소리로 말했다.

"한지영! 네 노래의 원래 주인!"

성우의 입에서 신음이 흘러나왔다.

"식물인간이라고 하지 않았어?"

"그랬지. 얼마 전까진. 근데 불행하게도 깨어났대! 우리한테도 그렇지만 지영이한테도 불행한 일이야. 깨어났으면 조용히 있을 것이지 쓸데없는 일을 벌였어! 어차피 승산도 없는 게임인데."

"아냐, 형! 내 귀에 속삭인 소리는 분명히……."

"요즘엔 워낙 기술이 발달해서 별의별 장난을 칠 수가 있어. 우리가 몰라서 그렇지 그런 일도 충분히 가능할 거야! 그러고 보니까 지난 번 기자 회견장에서 나한테 전화했던 여자도 지영이였던 것 같아! 그럼 그때 지영이가 왜 자신이 희진이라는 소리를 했을까?"

"그건 또 무슨 소리야?"

"니가 또 불안해할까 봐 얘기는 안 했지만 지난번에 나한테 전화했다는 여자가 그러더라고. 자기가 희진이라고."

성우가 놀란 표정으로 물었다.

"희진이? 양희진?"

태진이 고개를 끄덕이자 성우의 표정이 어두워졌다.

"뭘 그렇게 심각하게 생각해? 뻔한 거짓말인데."

"그래도 이상하잖아. 왜 뜬금없이 희진이가 튀어나와?"

"혹시 알아? 둘이 원래 아는 사이였는지. 둘 다 우리한테 원한이 있잖아."

"이제부터 어떡할 거야?"

"어떡하긴 뭘 어떻게? 한지영을 찾아서 언론 앞에 내세워야지."

"그 여자가 왜 그러겠어?"

"안 그러면 명예 훼손으로 엄청난 손해 배상액을 지불하게 될 테니까. 우리한텐 계약서가 있다는 거 잊었어? 만약 그게 없었다면 한지영이 고소를 하든가 협상을 하자고 바로 연락을 해 왔겠지. 다른 방법이 없으니까 장난을 치는 거라고! 이젠 한지영이 어디 있는지 찾기만 하면 돼! 그러니까 넌 귀신 타령 그만하고 정신 똑바로 차려, 알았어?"

성우가 대답을 하지 않아 뭐라고 한마디 하려던 태진이 눈을 부릅떴다. 성우가 사시나무처럼 부들부들 떨고 있었기 때문이다.

"너 왜 그래?"

성우가 벌떡 일어나며 거실 구석을 가리켰다. 성우가 가리킨 방향으로 시선을 돌린 태진이 성우와 마찬가지로 자리에서 벌떡 일어났다. 거실에 발자국이 찍히고 있었던 것이다. 물에 젖은 발자국이 천천히 그들을 향해 걸어오고 있었다. 아무것도 없고 그저 젖은 발자국만 바닥을 따라 걸어오고 있었다.

성우의 몸이 경기라도 일으킬 것처럼 뻣뻣하게 굳어 갔다. 태진이 옆에 있던 골프채를 집어 들고 악을 썼다.

"오지 마! 저리 가!"

하지만 발자국은 조금의 주저함도 없이 같은 속도로 그들을 향해 걸어왔다. 태진이 골프채를 움켜쥐고 몸을 도사리자 성우가 울먹이며 말했다.

"형, 나가자! 제발 여기서 나가자고!"

태진은 발자국과 함께 허공의 투명한 공기가 흔들리는 걸 봤다. 눈에 보이진 않지만 거기에 뭔가가 있는 것 같은 오싹한 기분이 들었다. 태진도 더 이상은 버틸 자신이 없었다. 그는 성우를 붙잡고 황급히 집을 빠져나갔다.

태진이 차를 빼서 도로로 달려 나가는 동안 성우는 그야말로 패닉 상태에 빠져 있었다. 태진은 혹시라도 그 끔찍한 발자국이 쫓아오는 건 아닌지 몇 번이나 백미러로 확인을 했다. 그의 얼굴에도 식은땀이 번들거렸다.

태진은 회사로 차를 몰면서 휴대폰을 꺼내 전화를 걸었다.

"예. 박태진입니다! 낮에는 정말 실례가 많았습니다. 말씀하신 대로 성우에게 귀신이 붙은 것 같습니다. 예. 지금 좀 회사로 와 주실 수 있으신가요? 아뇨, 지금 당장요! 예, 그럼 부탁드리겠습니다!"

성우가 고개를 숙인 채 물었다.

"누군데?"

"퇴마사!"

성우가 고개를 들었다.

"퇴마사?"

"그래. 낮에 전화가 왔었어! 너 생방송 마친 직후에. 텔레비전을 보다가 너한테 영이 달라붙은 걸 봤다면서 도와주고 싶다고! 네 전화오기 전엔 별 미친놈이 다 있다고 생각해서 별 신경 안 쓰고 끊었는데······."

"으악!"

성우가 갑자기 비명을 질렀다.

"왜 그래?"

"방금 또 소리가 들려왔어!"

"씨팔! 미치겠네!"

사색이 된 성우를 돌아보며 태진이 있는 대로 액셀을 밟았다. 다행히 늦은 밤 시간이라 도로엔 차량이 거의 보이지 않았다. 둘은 회사에 도착하자마자 사무실로 뛰어올라갔다. 하지만 영은 내내 성우의 곁에 달라붙어 쉼 없이 저주를 퍼부어 댔다. 영은 더 이상 부정할 수 없을 정도로 분명하게 자신의 존재를 드러냈다.

성우는 제정신이 아니었고 태진도 미칠 지경이었다. 사무실에서 태진이 허공에 대고 주먹을 휘두르며 악을 썼다.

"내가 성우처럼 겁먹을 줄 알아? 웃기지 마!"

순간 책상에 있던 노트가 휙 하고 날아가 태진의 얼굴을 맞혔다. 태진이 비명을 지르며 몸을 웅크렸다가 고개를 들었다. 그의 얼굴이 금방 벌겋게 달아올라 있었다. 성우는 양손으로 머리를 감싸 안고 책상 옆 구석에 웅크린 채 벌벌 떨었다. 휴대폰이 울리자 태진이 재빨리 받았다.

"어디십니까? 예, 저희는 말씀하신 대로 8층 제 사무실에 와 있습니다!"

태진이 만에 하나 있을지 모를 영의 또 다른 공격에 대비해 신경을 곤두세우고 있을 때 엘리베이터에서 그토록 기다리던 퇴마사가 나타났다. 한 사람은 비쩍 마른 체형이고 또 한 사람은 무척 덩치가 컸다.

둘은 엘리베이터에서 내리자마자 유리창을 통해 사무실 안을 관찰한 후 태진에게 조용히 하라는 손짓을 했다. 둘은 조심스럽게 사무실로 들어서자마자 출입문과 창문 등에 재빨리 부적을 갖다 붙이기 시작했다. 부적을 모두 붙인 후 마른 남자가 태진에게 다가왔다. 그가 합장을 한 후 느끼하게 속삭였다.

"퇴마사 장선일 법삽니다! 여긴 조수 오진만 군!"

뒤에 대기하고 있던 덩치 큰 남자가 인사를 했다. 태진이 불안하게 주위를 살피며 말했다.

"아무튼 잘 오셨습니다! 여기 이 얼굴 보이시죠? 방금 전에 귀신이 노트를 던져서 이렇게 된 겁니다! 어떻게 이런 일이 일어날 수 있는지!"

"영이 물리력을 행사하는 경우가 흔한 일은 아니지만 아예 없는 일도 아니지요. 실은 그만한 게 다행입니다. 지금 영에게서 느껴지는 귀기를 보면 속된 말로 장난이 아닙니다. 적어도 300년 이상 묵혀둔 귀기는 되어 보입니다만."

"300년이요?"

"아, 숫자 같은 것에 너무 신경 쓰지 마십시오. 그냥 이해하기 쉽게 설명을 드리느라 예로 든 것이니. 사실 원한이 정말 깊으면 3개월 만에도 그 정도의 귀기가 얼마든지 쌓일 수가 있지요. 무슨 일인지는 모르지만 영의 원한이 무척 깊은 듯합니다. 혹시 짚이는 일이라도?"

태진이 단호하게 말했다.

"그런 거 없습니다!"

"그렇습니까. 그나저나 동생 분은 어디로 가셨나?"

태진이 책상 구석에 웅크리고 있던 성우를 일으켜 세웠다. 선일이 성우를 보더니 혀를 차면서 말했다.

"아이고, 얼굴이 많이 상하셨군요! 대중의 스타가 몰골이 이래서야 원. 소녀 팬들의 마음이 얼마나 아프겠습니까!"

태진이 초조하게 물었다.

"그보다 법사님! 지금부터 뭘 어떻게 하는 게 좋을까요? 귀신을 쫓을 방법이라도 있나요?"

선일이 걱정 말라는 듯 태진에게 살짝 윙크를 한 후 사무실 곳곳에 붙여 놓은 부적들을 가리키며 의기양양하게 말했다.

"자, 보십시오! 이미 영이 이곳을 벗어나지 못하도록 가둬 놓은 겁니다. 곳곳에 붙여 놓은 저 부적들이 결계가 되어 영이 이곳을 빠져나가지 못하도록 막고 있는 것이죠."

태진이 감탄사를 쏟아내며 말했다.

"그게 사실입니까? 그럼 지금 귀신을 없앨 수도 있나요?"

"너무 성급하게 앞서 가시는군요. 귀기가 강한 영을 잡는 일은 우리도 목숨을 내 놓고 덤벼야 할 정도로 위험한 일이랍니다!"

"수고비는 원하는 대로 드리겠습니다!"

"우린 돈 욕심에 이런 일하는 사람들 아닙니다! 그보다도 두 분이 성심성의껏 협조를 해 주셔야 합니다."

"예. 필요하다면 얼마든지!"

"무엇보다 두 분은 이 사무실에 있어선 안 됩니다! 저희도 목숨이 위태로운 일이라 두 분이 있으면 상황이 더욱 어려워지고 방해가 되거든요! 그러니 여긴 우리 둘만 남고 두 분은 다른 공간으로 이동하는 편이 좋을 것 같습니다!"

태진이 난처한 표정을 지으며 말했다.

"그냥 저희 사무실 밖 복도에서 지켜보면 안 될까요? 어차피 부적 때문에 영이 사무실 밖으로 나가지 못 한다면서요?"

선일이 혀를 차며 말했다.

"거참, 답답하게. 생각해 보세요! 만약 두 분이 복도 밖에서 지켜보는 가운데 우리가 퇴마를 하면 그렇잖아도 두 분에게 원한을 가진 영이 얼마나 약이 오르겠습니까? 인간적으로 생각해 봐도 자존심이 상하지 않겠습니까? 영이 약 오르면 더욱 위험스럽게 날뛸 것이고 그렇게 되면 일이 몇 배는 어려워지는 것이죠!"

"사실 저희야 다른 공간에 가 있으면 더 낫긴 하겠지만 이 사무실에는 외부에 알려지면 안 되는 중요한 서류들이 많아서요. 연예 기획사라는 곳이 소속 연예인을 관리하는 일을 하다 보니 민감한 자료들을 많이 보관하고 있거든요. 물론 급해서 부탁을 드리긴 했지만 두 분에 대해서도 제가 전혀 모르기도 하고."

선일이 게슴츠레한 눈으로 태진을 쳐다보더니 진만을 돌아보고 말했다.

"이런 젠장맞을! 오군아, 안 되겠다! 오늘은 영 기분이 안 나네! 부적 다 떼라!"

진만이 부적을 떼려고 하자 태진이 얼른 그 앞을 막아서더니 다급하게 소리쳤다.

"지금 뭐하시는 겁니까? 부적을 떼면 귀신이 도망간다면서요?"

선일이 입맛을 쩝 다시며 말했다.

"전 고객의 신뢰가 없으면 일을 못하는 성밉니다! 퇴마라는 게 뭡니까? 보이지 않는 영을 상대로 싸우는 일입니다. 우리가 총칼을 들고 싸웁니까? 아니죠. 오직 정신력과 영력만으로 영과 맞서는 겁니다. 모르는 일반인이 보기에는 괜히 쇼하는 것 같지만 절대 그렇지 않다는 것이죠. 퇴마사를 의심하는 고객은 일 끝나면 꼭 뒤끝이 좋지가 않아요. 정 그렇게 못 믿겠으면 마음대로 하시죠."

"못 믿어서 그런 게 아니라. 정 그러시다면 여기 있는 서류 몇 가지만 제가 챙겨서 나가겠습니다!"

"참 말귀를 못 알아들으시네."

그때까지 잠자코 있던 성우가 다급하게 끼어들었다.

"알겠습니다! 그렇게 하겠습니다!"

성우가 태진을 돌아보고 말했다.

"형, 이분들 말대로 해! 텔레비전만 보고도 나한테 귀신이 붙었다는 걸 알아본 분들이잖아!"

태진이 여전히 머뭇거리자 선일은 어쩔 수 없이 주머니에서 청동 거울을 꺼내들었다. 선일이 태진의 곁으로 다가가서는 속삭이며 말했다.

"우릴 정 못 믿겠다면 이걸 잘 봐요. 귀신을 보게 해 주는 청동 거울입니다!"

"귀신을 보게 해 준다고요?"

선일이 청동 거울을 사무실 이곳저곳으로 비추기 시작했다. 잠시 후 거울 속에 천정에 거꾸로 매달려 있던 정옥의 모습이 들어왔다. 거울에 모습이 비치는 순간 정옥의 영이 비명을 지르며 황급히 반대편으로 움직였다. 태진이 비명처럼 말했다.

"바, 방금!"

태진이 휘둥그레진 눈으로 정옥의 영이 있던 천정 쪽을 손으로 가리켰다. 물론 육안으로는 아무것도 보이지 않았다. 태진이 허옇게 질린 얼굴로 선일을 쳐다봤다. 선일이 은근하게 물었다.

"이젠 날 믿으시겠습니까?"

태진이 고개를 끄덕였다.

"지금 사무실에 있는 물건은 볼펜 하나도 움직여서는 안 됩니다. 자칫 결계가 깨질 수도 있어요! 그러니까 두 분은 조용히 여길 빠져 나간 후 가능한 먼 곳에 가서 제 연락을 기다리면 됩니다. 아참, 박성우 씨! 잠깐 이리 와 보세요!"

성우가 다가오자 선일이 말했다.

"웃옷 좀 벗어 봐요!"

"옷은 왜요?"

"내가 팔에다가 직접 문양을 그려 넣어 줄 테니 당분간 지우지 말아요! 부적 역할을 하는 문양이니까 이게 있으면 귀신이 접근하지 못할 거요!"

성우가 셔츠를 풀고 옷을 벗자 선일이 탄성을 내질렀다.

"이야, 몸 좋네! 이게 그 말로만 듣던 초콜릿 복근인가? 이게 식스 팩이야? 에잇 팩이야?"

성우가 우람한 몸과 달리 겁먹은 얼굴로 물었다.

"문양이 정말 효과가 있을까요? 요즘은 밤에 잠도 제대로 못 자거든요."

선일이 준비해온 붓 펜으로 성우의 왼쪽 팔뚝에 금빛의 문신을 그려 넣으며 말했다.

"웬만한 사람한테는 안 해 주는 특별 서비스니까 믿어요! 그리고 물에도 잘 안 지워지니까 샤워도 안 하고 꼬질꼬질하게 지내지는 말고. 소녀 팬들 생각해서라도 그러면 안 되지!"

선일이 기이한 문양의 금빛 문신을 그려 넣은 후 태진과 성우는 엘리베이터를 타고 사라졌다.

"와…… 하여간 스승님은 정말 거짓말 하나는 진짜 잘하시네요! 어떻게 그렇게 상황에 맞춰서 거짓말을 잘하세요? 전 거짓말하면 얼굴에 금방 티가 나거든요!"

"이 자식이 말을 해도 꼭 배배 꼬아서 하네? 거짓말을 잘하다니! 임기응변에 능하다거나 연기력이 좋다고 할 것이지!"

"아무튼 대단하세요! 아까 새겨 넣은 문양이 빙의를 쉽게 하게 하는 부적의 문양 맞죠?"

"그래. 이제 계약서만 꺼내서 양희진한테 주면 우리가 할 일은 다 하는 거야! 그 다음엔 아줌마가 박성우 몸에 들어가서 알아서 하면 되니까! 참, 이 아줌마가 왜 이렇게 조용해?"

선일이 허공을 두리번거리며 물었다.

"아줌마, 어딨어? 괜찮은 거야? 아까는 왜 소리까지 지르고 그랬어? 일부러 연기한 거야? 어차피 그 사람들은 듣지도 못하는데 뭐 하러 그랬어?"

그러면서 선일이 정옥의 모습을 찾으려고 청동 거울을 이리저리 비추는데 정옥의 날카로운 목소리가 들려왔다.

그 거울 저리 치워!

서슬 퍼런 정옥의 소리에 선일이 어깨를 움츠리며 물었다.

"아줌마, 왜 그래?"

사무실 안쪽 구석을 응시하던 진만이 인상을 찡그리며 말했다.

"정옥 아줌마 상태가 안 좋으세요."

"상태가 안 좋다니? 그게 무슨 말이야?"

진만이 걱정스럽게 말했다.

"영체가 꼭 화상 입은 것처럼 벌겋게 변했는데요?"

"잉? 영체가 화상을 입어?"

선일의 반문에 힘겨운 정옥의 소리가 넘어왔다.

그 거울의 성질이 변한 것 같아.

"성질이 변하다니?"

그 거울에 내 모습이 비치는 순간 온몸이 불타는 것 같은 통증이 느껴졌단 말야!

"무슨 소리야? 이 거울은 단순히 영을 볼 수만 있는데."

"잠깐만요!"

뭔가 생각난 듯 진만이 소리쳤다.

"예전에 할아버지가 제게 거울을 주시면서 이런 얘기를 한 적이 있어요! 정확한 날짜를 알 수 없지만 1년 중 달의 기운이 가장 강해지는 날이 있는데 그날 밤 자정, 첫 달빛이 청동 거울에 닿으면 거울에 퇴마의 힘이 깃든다고!"

"그게 정말이야?"

선일이 놀란 얼굴로 청동 거울을 들여다보다가 말했다.

"달의 기운이 가장 강해지는 날이 언젠데? 우리가 이걸 달빛에 비춘 적이 있었나? 그것도 자정에?"

진만이 소리쳤다.

"그날요! 야밤에 산에서 조폭들 디카로 찍던 날!"

선일이 자신의 이마를 탁 소리가 나게 치고는 말했다.

"그래, 맞다! 그날! 그날 달빛이 거울에 비치면서 이상한 일이 일어났었지! 그래, 그 지박령! 내가 지박령을 없앴잖아. 그러면, 그때 그 지박령을 물리친 게 내 주문이 아니라 이 청동 거울의 힘이었던 거야?"

순간 선일의 얼굴이 발그레하게 상기됐다.

"그 말은 즉, 이 청동 거울을 비추기만 하면 영들을 물리칠 수 있다는 얘기잖아? 더 이상 꽹과리를 두들기지 않아도 퇴마를 할 수 있다는 거지?"

"그, 그런 것 같은데요?"

선일이 흥분을 감추지 못하고 소리쳤다.

"이런 젠장맞을! 진만아, 우리 이제 부자 됐다! 이놈아, 부자가 됐다고!"

허공에서 정옥의 목소리가 들려왔다.

흥! 자나 깨나 돈 생각밖에 없군! 매일 영을 대하면서 아직도 인생이 얼마나 짧고 허무한 꿈인지 모르는 거야? 아무리 많은 돈을 벌면 뭐해? 죽으면 아무것도 아닌 것을! 차라리 죽기 전에 좋은 일 많이 해서 공덕이라도 쌓는 편이 훨씬 낫지 않겠어?

선일이 거드름을 피우며 말했다.

"짧건 길건 기왕이면 폼 나게 살다 죽는 게 낫지. 그리고 내가 무슨 자원 봉사자야? 상관도 없는 일에 왜 이런 위험을 무릅쓰고 공덕을 쌓아야 하냐고!"

 내가 인간일 때도 천기를 누설해 급살을 맞았는데 지금은 신기가 그때보다 더하면 더했지 덜하진 않아. 근데 내가 널 볼 때 공덕 쌓지 않으면 급살을 맞고 객사할 운명이야!

 "젠장 할! 차라리 저주를 퍼붓지 그래?"

 묵묵히 듣던 진만이 말했다.

 "아줌마 말이 맞아요! 할아버지가 그 거울 주실 때 옳지 않은 일에 사용하면 오히려 안 좋은 일이 생길 거라고 하셨어요!"

 "이놈아 내가 언제 나쁜 일하자고 했냐? 저 아줌마처럼 이승을 떠돌며 사람들 괴롭히는 귀신 물리치고 돈도 좀 벌어 보자는 건데!"

 "불의를 알면서 모른 척하는 것도 죄를 짓는 거라고 할아버지가 말씀하셨어요."

 "너 언제부터 저 아줌마하고 그렇게 잘 통하게 됐냐?"

 정옥이 말했다.

 진만인 영혼이 순수한 아이야. 당신은 진만이 옆에 있어야 오래 살아! 자, 그만 투덜거리고 할 거야, 말 거야?

 진만이 재촉했다.

 "스승님!"

 오만상을 다 찡그리던 선일이 마침내 말했다.

 "알았다, 이놈아! 알았다고!"

 선일이 사무실 구석에 놓인 금고 앞으로 가서 앉더니 말했다.

 "어서 번호나 불러 보쇼!"

 정옥이 금고 비밀번호를 불렀고 선일이 다이얼을 돌려 번호를 맞쳤다. 금고문이 열리자 정옥이 말했다.

안에 빨간색 서류 봉투가 있을 거야!

선일이 금고 속을 살피며 투덜거렸다.

"앞으로는 이런 거 말고 로또 번호 같은 거나 좀 알려 주면 안 되겠어?"

금고 번호하고 서류 봉투 알아낸 게 내가 신통력이라도 부린 탓인 줄 아나 본데 내가 영이라는 걸 잊지 말라고. 그저 박태진 옆에 붙어서 가만히 지켜보다가 알아낸 거야! 동생 박성우는 금방 내 기운을 알아차리는데 형인 박태진은 그야말로 철면피 같아서 내가 아무리 오래 붙어 있어도 영적인 기운을 전혀 느끼지 못하더군.

선일이 빨간색 서류 봉투를 꺼내자 정옥이 소리쳤다.

맞아, 그거야!

선일이 봉투 안의 내용물을 확인하곤 말했다.

"노래 저작권 계약서군!"

그래, 이영수가 만든 노래를 박성우에게 넘긴다는 계약서지. 이영수가 박태진에게 속아서 서명을 한 거야! 그것 때문에 한지영과 양희진의 운명이 서로 간섭을 받아 비극이 초래된 것이고.

"그럼 이 계약서를 양희진에게 넘기기만 하면 내 일은 다 끝나는 거지?"

왜 급한 일이라도 있어? 어서 돈 벌어 또 애인이라도 만들게?

"이 아줌마가 사람을 어떻게 보고? 나 이제 다신 바람 같은 거 안 피운다니깐!"

또 바람 피우면 그게 인간이냐? 청동 거울을 생각해서라도 이왕이면 세상을 위해 좀 더 의로운 일을 찾아 봐!

"내 인생의 좌우명이 뭔지 아슈? 가늘고 길게 살자!"

그런 인간들이 꼭 단명하더라!

"이 아줌마가 보자 보자 하니까!"

됐다. 평양감사도 지 싫으면 그만이지. 그냥 가늘고 짧게 살다 가라!

"아줌마!"

"스승님, 정옥 아줌마 벌써 가고 없는데요?"

"성질머리가 그 모양이니까 급살을 맞았지! 천기누설은 얼어 죽을! 아무튼 인생 꼬이지 않으려면 어서 이거 전해 주고 그 아줌마하고 찢어지는 게 상책이다! 얼른 금고문 닫아 놓고 나가자!"

진만은 원래 있던 대로 금고문을 닫아놓고 선일을 따라 사무실을 나섰다. 엘리베이터에 올라타면서 진만이 말했다.

"그냥 아줌마 말씀대로 하세요. 돈 버는 것보다 더 멋있잖아요, 현대판 홍길동 같은 거! 게다가 스승님은 객지에서 급살 맞아 단명할 팔자라잖아요."

"이 자식이 안 그래도 열 받는데 사람 염장을 지르네? 너 인마 그 아줌마 나타난 후로 너무 까불어, 왜 나보다 그 아줌마가 더 든든해 보이냐?"

"참나, 스승님도 그게 아니라요."

"시끄러 인마! 입으로만 스승님이야. 니가 스승을 진정 생각한다면 그런 위험한 일을 하자는 게 말이 돼?"

진만이 눈치를 보며 입을 다물었고 선일은 인상을 쓰며 엘리베이터의 층수 버튼을 노려봤다. 엘리베이터가 지하 2층 주차장에 멎고

문이 열리자 선일이 고개를 내밀고 바깥을 살핀 후 말했다.
"이거 봐라, 이거! 난 그래도 혹시나 하고 기대를 했는데. 역시 귀신은 귀신이야! 책임감 같은 게 없어! 일 끝날 때까지 확실하게 망봐 주겠다고 하고선 저 혼자 가 버렸잖아!"
"그게 아니라 아줌마가 몹시 힘들어하는 것 같았거든요. 아마 그래서……."
선일이 눈을 부릅뜨고 호통을 쳤다.
"그건 자기 사정이지! 어떻게든 마지막까지 맡은 일은 했어야 할 것 아냐!"
선일이 사방을 살핀 후 낮은 포복 자세로 빠르게 차까지 걸어가며 말했다.
"너 이놈아! 만에 하나 일이 잘못돼서 우리가 저쪽에 잡힌다고 생각해 봐라! 바로 콩밥 먹어야 해! 그건 지금까지 내가 저지른 잘못하고는 차원이 다른 문제야! 더구나 너처럼 앞길이 창창한 놈한테는 그야말로 인생 쫑 나는 일이라고!"
"그땐 아줌마가 박성우한테 빙의해서 알아서 하겠죠."
"그것도 빙의를 할 수 있을지 없을지 해 봐야 아는 거지."
진만이 차문을 열고 올라타자 선일도 황급히 조수석에 올라타며 말했다.
"이제 드디어 다 끝난 모양이네! 얼른 출발하자! 어휴, 속이 다 시원하네!"
희진의 오피스텔까지 가는 동안 선일은 감회가 새로운 듯 연신 신세 한탄을 했다.

"그동안 내가 그 아줌마한테 볼모로 잡혀 온갖 몹쓸 일 당한 거 생각하면 눈물이 다 나올 지경이네. 세상에, 퇴마사인 내가 귀신한테 잡혀서 빙의를 다 당하고. 굴욕도 그런 굴욕이 없다!"

"대신 그 나쁜 조폭 놈들 전부 다 붙잡았잖아요! 스승님은 용감한 시민상도 타고."

"시민상 탄다고 무슨 연금을 주냐? 포상금을 주냐? 아무튼 우리 이제 고생 다 끝났다! 텔레비전 토크쇼에 게스트로 초대받을 날도 얼마 남지 않았다 이거야!"

선일은 휘파람을 불며 온갖 달콤한 상상에 빠져 낄낄거렸다.

선일과 진만이 계약서를 들고 오피스텔 초인종을 누르자 희진이 고개를 내밀었다.

"여기 받으쇼!"

선일이 다짜고짜 희진의 면전으로 계약서를 들이밀었다. 계약서를 받아든 희진의 표정이 환하게 밝아졌다가 이내 감격한 표정으로 변했다.

"이제야 잘못된 운명을 되돌릴 수 있을 것 같아요! 정말 뭐라고 감사의 말씀을 전해야 할지 모르겠어요!"

선일이 안을 기웃거리며 말했다.

"감사의 말씀은 무슨. 여유 되면 수고비나 따로 좀 챙겨 주면 적지 않게 도움이 될 것 같은데."

그때 정옥이 희진의 뒤에서 튀어나오며 소리쳤다.

됐네, 이 화상아!

선일이 기겁을 하며 소리쳤다.

"아이고, 깜짝이야! 이 아줌마가 여긴 언제 온 거야?"

영이 되니깐 다른 건 몰라도 가고 싶은 곳, 편하게 가는 건 좋더라!

"젠장맞을! 아주 징그럽네, 징그러워! 아무튼 아줌마하곤 이걸로 확실히 인연 끝난 거야, 알았지?"

그래, 확실히 끝났다! 나도 그쪽 면상 다시 보고 싶지 않으니 부디 가늘게 오래 살어!

"솔직히 양심적으로 이 정도 도와줬으면 아줌마도 고맙단 소리 정도는 못할망정 끝까지 그렇게 저주를 퍼부어야겠어?"

저주를 퍼붓는 게 아냐! 좋은 재주를 가지고 그걸 올바로 못 쓰니까 안타까워서 그런다!

"나는 내 방식대로 올바른 곳에 내 재주 쓸 거니까 신경 끄쇼. 가자, 진만아!"

선일이 먼저 돌아섰고 진만은 정옥을 향해 아쉬운 얼굴로 인사를 한 후 뒤를 따라나섰다. 선일이 지하 주차장 계단으로 들어서면서 두 손을 탁탁 털고 말했다.

"아이고, 십년 묵은 체증이 다 내려간 것 같구나! 이야호! 이제 해방이다!"

하지만 선일의 해방감은 오래 가지 못했다. 그가 지하 주차장으로 들어서는 순간 누군가 앞을 가로막았던 것이다. 얼굴에 칼자국이 그려진 남자가 음산하게 웃으며 말했다.

"원수는 외나무다리에서 만난다더니 옛말 틀린 거 없네. 우리가 잠깐 스쳐갈 인연은 아니었나 봐?"

쌍칼의 얼굴을 확인한 선일이 다리를 후들거리며 물었다.

"여, 여길 어떻게?"

"거봐, 죄 짓고는 못 산다니깐! 니가 우리 곱등이파를 사단내고 두 다리 뻗고 잘 살 줄 알았냐?"

"그, 그거 내가 한 거 아닌데요, 믿기 어려우시겠지만 귀신이 제 몸을 빌려가서……."

"여전히 입은 살아 있네! 오늘은 그 일로 찾아온 게 아니고 조금 전에 니가 지니 대표 이사 사무실에서 빼내 간 계약서 때문이야! 이유가 뭐든 이제부터 슬슬 스트레스 좀 풀어 볼까?"

쌍칼이 주먹을 우두둑 꺾으며 다가오자 선일이 획 돌아서며 소리쳤다.

"진만아, 튀어!"

선일이 돌아서서 달아나는 순간 쌍칼이 몸을 날렸지만 그 앞을 진만이 가로막았다. 진만이 큰 몸으로 쌍칼을 덮치며 바닥을 뒹굴었다. 선일이 돌아보곤 소리쳤다.

"야, 인마! 진만아! 조금만 버텨! 내가 얼른 경찰 불러올게! 야이, 조폭 놈아! 너 감옥에서 평생 썩지 않으려면 개 건드리지 말어!"

하지만 선일의 말도 무색하게 쌍칼은 진만의 얼굴에 주먹을 날리곤 일어섰다. 그 모습을 본 선일이 기겁을 하며 후다닥 비상계단으로 뛰어오르는데 또 다른 누군가 튀어나와 그를 걷어찼다. 선일이 비명과 함께 계단을 굴러 바닥에 처박히자 태진이 건장한 사내를 대동하고 천천히 계단을 걸어 내려왔다. 태진이 손에 들고 있던 CCTV 녹화 테이프를 흔들며 말했다.

"내가 그렇게 만만해 보였어?"

잠시 후 흠씬 두들겨 맞은 진만이 쌍칼에게 질질 끌려왔다. 태진이 다가가더니 다짜고짜 진만의 주머니를 뒤져 청동 거울을 꺼냈다. 진만이 저항하며 소리쳤다.

"그건 안 돼요!"

하지만 진만의 저항은 이내 신음으로 변했다. 뒤쪽에서 쌍칼이 옆구리를 후려 찼기 때문이다. 진만이 무릎을 꿇으며 앞으로 꼬꾸라지자 선일이 얼른 달려가 부축하며 외쳤다.

"그 청동 거울은 나쁜 일에 사용하면 오히려 저주를 받게 되는 물건이라고!"

태진이 헛웃음을 치며 말했다.

"지금 전설의 고향 찍냐? 남 걱정하지 말고 너희들 몸이나 잘 보존해!"

태진이 청동 거울을 이리저리 비춰보다가 말했다.

"이게 정말로 귀신을 물리치는 물건이란 말이지. 하긴 요즘처럼 잡귀들이 설치는 세상에서 살려면 이런 호신용 무기 하나쯤은 있어야겠더라고!"

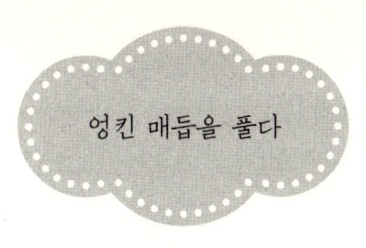

엉킨 매듭을 풀다

희진과 함께 선일이 주고 간 계약서를 들여다보던 정옥이 말했다.

드디어 계약서를 손에 넣었으니 내가 박성우 몸에 들어가서 모든 걸 폭로하는 일만 남은 셈이네! 참 세상 일이란 게 오묘하고 신비해! 운명의 간섭으로 부모를 잃은 내가 운명의 매듭을 풀어 주는 역할을 하게 되다니!

하지만 들뜬 정옥과 달리 희진의 표정은 그다지 밝지 않았다.

표정이 왜 그래? 무슨 걱정이라도 있어?

희진이 힘없이 중얼거렸다.

"잘될 수 있을까요?"

정옥이 자신 있는 소리로 대답했다.

안 될 것도 없지. 모든 게 계획대로 됐잖아. 박성우는 지금 심리적으로 몹시 불안한 상태라 빙의하기에 좋은 조건인 데다 영을 받아들이는 부적까지 몸에 그려 넣었으니 다른 문제는 없을 거야!

그래도 희진의 표정은 밝아지지 않았다. 그녀가 잠시 뜸을 들인 후 말했다.

"이영수 씨가 이런 질문을 했어요. 만약 모든 일이 잘 돼서 잘못된 운명을 처음으로 되돌리면 지영 씨도 돌아오는 거냐고."

희진의 소리에 이번엔 정옥의 표정이 변했다.

영수가 그런 소리를 했어?

"전 지금까지 그런 생각 미처 안 해 봤는데 가만 생각해 보니 그럴 수도 있겠단 생각이 들더라고요. 지영 씨는 죽은 게 아니니까 영혼이 어딘가에 존재하는 거잖아요! 그러니 운명의 간섭이 사라지면 지영 씨의 영혼이 나타나서 육신을 찾아갈 수도 있는 일 아닐까요?"

그러니까 육신을 빼앗기고 다시 영으로 돌아갈까 봐 불안하다…… 그 말이지?

"꼭 그 이유가 전부인 건 아니지만 여러 가지로 마음이 착잡해요. 사실 그런 일이 일어나지 않는다고 해도 영수 씨나 지호는 저보다 한지영 씨가 돌아오는 걸 간절히 바랄 텐데."

그것까지는 나도 생각해 보지 못했네. 하지만 결과가 어떻게 되든 그건 우리가 어떻게 할 수 있는 문제가 아니야. 우린 우리 입장에서 최선을 다할 뿐이지. 분명한 건 이번에 운명이 간섭받은 것에 대해 매듭을 풀지 못하면 다음 생에도 또 그 다음 생에도 계속 비극적인 운명이 되풀이 될 수밖에 없다는 거야.

희진이 고개를 끄덕였다.

한 가지만 물어보자. 만약 니가 한지영의 몸으로 평생 살아가게 된다면 영수와 지호는 어떻게 할 거야?

희진이 고개를 흔들며 말했다.

"아직 잘 모르겠어요. 물론 제게 육신을 내어 준 지영 씨 마음을 생각하면 영수 씨와 지호를 위해 뭔가를 하는 게 옳겠지만 제 마음이 확고하지 않은 상태에서 의무감만으로 그렇게 하는 건 영수 씨와 지호에게도 도움이 되지 않을 것 같고."

그래, 맞아. 그건 누구에게도 도움이 되지 않아. 지영이도 그걸 원치 않을 거고! 넌 그저 네 마음이 가리키는 방향으로 나아가면 되는 거야. 의무감으로 사랑을 만들어낼 수는 없는 일이니까!

그때 초인종이 울렸다.

"누구지?"

정옥이 말했다.

보나마나 장선일이겠지! 뭘 또 잊어먹었거나 내가 간 줄 알고 혹시 수고비라도 챙길 수 있을까 기웃거리려고 왔을 거야!

"설마요."

웃으면서 문을 열던 희진이 놀라서 뒷걸음질을 쳤다. 정옥도 문 앞에 서 있는 사람이 태진이란 걸 확인하고는 인상을 찡그렸다.

저 인간이 여길 어떻게 알고 찾아온 거야?

태진이 과장되게 놀란 표정을 지으며 안으로 들어섰다.

"혹시나 했는데 역시 너였어! 한지영! 이야…… 그렇게 오랫동안 식물인간으로 누워 있던 사람이 그 짧은 시간에 어떻게 이렇게 멀쩡하게 일어나서 돌아다닐 수가 있을까? 의사들도 이런 일은 기적에 가깝다고 할 것 같은데?"

희진이 잔뜩 경계심이 묻어나는 표정으로 물었다.

"여긴 어떻게 알았어요?"

태진이 들고 있던 CCTV 테이프를 보이며 말했다.

"CCTV 덕을 좀 봤지! 이왕 보내려면 좀 똑똑한 것들로 보내야지 그런 덜떨어진 애들을 보내니까 이런 일이 생기지. 두 놈이 내 사무실에서 무슨 짓을 하는지 가만히 지켜봤더니 아주 가관이더라고! 물론 아직도 이해가 가지 않는 부분은 있어. 놈들이 내 금고 번호를 어떻게 알았을까 하는 부분 말이야!"

태진이 오피스텔을 둘러보며 천천히 말을 이어나갔다.

"솔직히 정말로 놀란 사람은 바로 나야! 네가 어떻게 이렇게 대담한 계획을 세울 수가 있었을까? 적어도 내가 아는 한지영은 이런 치밀한 일을 꾸밀 수 있는 사람이 절대로 아니거든!"

태진이 앞으로 다가오자 희진이 뒷걸음을 치다가 침대에 걸려 주저앉았다. 옆에서 지켜보던 정옥이 긴장한 목소리로 말했다.

겁먹지 말고 차분하게 대해! 만약 무슨 일이 벌어질 것 같으면 내가 나설 테니까!

"금고 번호는 어떻게 알았어?"

"그건 나도 모르는 일이에요."

"뭐 대답하기 싫으면 안 해도 돼! 그 두 놈을 족치면 어차피 술술 불 테니까! 그보다 어떻게, 그리고 어째서 이런 일을 꾸미게 됐는지 좀 들어 볼까?"

희진이 잔뜩 상기된 표정으로 쳐다보자 태진이 침대 위에 있던 계약서를 집어 들고는 말했다.

"그런 표정 짓지 말라고. 왜 내가 널 어떻게 할까 싶어서? 뭔가 착각하는 모양인데 지금 범인은 너고 피해자는 바로 나야!"

"그거 이리 내요!"

희진이 손을 뻗었지만 태진은 계약서를 재빨리 위로 치켜들었다. 정옥이 말했다.

굳이 뺏으려고 하지 마. 내가 다시 빼앗을 수 있으니까!

태진이 비웃는 얼굴로 말했다.

"범인치고는 너무 당당한 거 아냐?"

"내가 범인이라고요? 웃기지도 않네요. 진짜 범인은 태진 오빠 아닌가요? 갑자기 차 앞으로 뛰어들어서 사고 나게 한 거, 그거 일부러 그런 거죠?"

태진이 씁쓸하게 웃더니 말했다.

"그 일이라면 굳이 대답하고 싶지 않은데. 하지만 지금 이렇게 되고 보니 조금 아쉽기는 해! 그때 좀 더 확실하게 끝냈으면 이런 귀찮은 일이 생기지 않았을 텐데."

희진이 무섭게 노려보자 태진이 갑자기 의미를 알 수 없는 미소를 띠었다.

"목소리를 들으니까 확실하게 알겠어. 일전에 나한테 전화한 게 바로 너였지?"

희진이 대답을 못하자 태진이 눈을 가늘게 뜨고 속삭이듯 말했다.

"그때 넌 아주 흥미로운 얘기를 했어. 네가 한지영이 아니라 양희진이라고!"

희진은 태연한 표정을 지으려 안간힘을 썼지만 마음과 달리 얼굴은 점점 딱딱하게 굳어 갔다. 태진이 먹이를 앞에 둔 야수처럼 이글거리는 눈으로 희진을 노려봤다. 그가 더욱 은근한 소리로 말을 이어갔다.

"처음엔 장난을 한다고 생각했는데 솔직히 지금은, 믿어지진 않지만 왠지 그 말이 사실일지도 모른다는 생각이 드는 이유가 뭘까?"

태진이 작은 액자에 들어 있는 희진의 사진을 들고 보며 말했다.

"여긴 양희진의 오피스텔이야. 그건 알고 있겠지? 한지영이 왜 죽은 양희진의 오피스텔에 있는 걸까?"

희진은 얼굴이 상기되는 걸 느꼈다.

"게다가 네 말투는 지영이와 전혀 닮지 않았어. 지영인 너처럼 당돌하게 말하지 않지. 차분하고 느릿한 말투를 쓰거든. 나한테 너처럼 당돌하게 말하는 계집애는 예전에도 지금도 양희진밖에 없었어! 아, 또 한 명 있다. 곧 성우와 결혼할 강소라! 그 계집애는 더 싸가지가 없지. 양희진의 업그레이드 버전이야! 양희진, 내 말에 대해 어떻게 생각해?"

희진이 입술을 깨물며 말했다.

"도무지 무슨 소리를 하는지 모르겠군요."

"시치미를 떼려고? 부인할 수 없는 확실한 증거를 대 볼까? 넌 아까 날 태진 오빠라고 불렀어. 날 태진 오빠라고 부를 만한 여자는 세상에 다섯 명도 안 돼! 그중에 양희진도 포함되지. 한지영은 단 한 번도 날 그렇게 부른 적이 없어. 지영인 언제나 날 선배라고 불렀지! 선배라고! 알아?"

태진이 갑자기 소리를 지르며 다가서더니 거칠게 희진의 멱살을 움켜쥐고 소리쳤다.

"너 누구야! 말해! 누구냐고!"

희진이 숨이 막힌 듯 표정이 일그러지는 순간 책장 쪽에서 책 한 권이 저절로 뽑혔다. 책은 허공을 가로질러 오더니 그대로 태진의 옆구리를 후려쳤다. 태진이 비명과 함께 희진의 먹살을 놓고 앞으로 고꾸라졌다. 떨어졌던 책이 다시 허공에 둥둥 떠오르는 것을 본 태진이 품에서 다급하게 청동 거울을 꺼내들었다. 청동 거울을 본 정옥이 놀라 소리쳤다.

저놈이 어떻게 청동 거울을 가지고 있지?

태진이 무기처럼 거울을 이리저리 비추며 소리쳤다.

"내가 그렇게 쉽게 당할 것 같아? 이 악귀야! 어디 한번 덤벼 보시지! 죽었으면 어서 저승길에나 오를 것이지 왜 구천을 떠돌며 인간사에 참견을 하고 난리야!"

희진아, 저 청동 거울 좀 어떻게 해 봐! 지금 저 거울에 퇴마의 기운이 서려서 난······.

바로 그 순간 정옥의 모습이 청동 거울에 잡혔다. 거울에 비친 정옥의 모습이 심상치가 않았다. 그녀의 영체가 오그라드는 것처럼 뒤틀리더니 점점 검게 변하기 시작했다.

태진이 흥분한 소리로 괴성을 질렀다.

"잡았다! 잡았어! 성우와 날 괴롭히던 악귀를 내가 잡았어!"

마침내 정옥의 입에서 고통스런 비명이 튀어나왔다. 그대로 두면 정말로 정옥의 영체가 사라지거나 잘못 될 것 같았다. 희진은 온몸을 날려 태진에게 부딪혔다.

갑자기 기습을 당한 태진이 쓰러지며 그의 손에서 청동 거울이 떨어졌다. 희진이 소리쳤다.
"이모! 도망가요, 어서요!"
바닥에 쓰러졌던 태진이 희진을 밀어젖힌 후 얼른 떨어진 청동 거울을 집어 들었지만 이미 정옥의 모습은 보이지 않았다. 태진이 희진을 노려보며 흥분해서 말했다.
"네가 양희진이든 한지영이든 상관없어! 난 이 길로 너와 그 멍청한 두 놈을 명예 훼손에 절도범으로 경찰에 신고할 거야. 그 다음엔 내 모든 인맥을 동원해서 너희들이 적어도 몇 년은 감옥에서 꼼짝없이 썩도록 만들 거야! 감옥에서 나온 후에는 엄청난 손해 배상액을 갚느라 삶이 지옥이 되게 만들어 주지. 어때? 그렇게 되길 바라나?"
희진이 무슨 소리냐는 듯 고개를 들고 태진을 바라봤다. 태진이 손에 들고 있던 계약서를 들어 보이며 말했다.
"네가 협조만 잘해 준다면 한 번 정도 기회를 줄 수도 있다는 얘기야. 솔직히 난 이 계약서조차 세상에 공개하고 싶은 마음이 없거든. 이 계약서가 세상에 공개되면 표절이나 무단 도용에 대한 의혹은 사라지겠지만 앨범에 수록된 노래들이 성우가 작곡하지 않고 이영수에게 곡을 샀다는 사실이 세상에 알려지게 되겠지! 난 그게 싫단 말이야!"
"싫어도 그게 진실이에요!"
태진이 차가운 동공을 굴리며 사무적으로 말했다.
"그런 식으로 나오면 곤란해. 타협의 기회는 없어지는 거야."
"원하는 게 뭐죠?"
"이번 일로 성우의 결혼 계획이 뒤틀려선 안 돼! 네 말처럼 지니 엔터테인먼트의 운명이 걸려 있는 중요한 결혼식이니까. 최대한 빨리 사태를 수습해야 돼! 잠시 후에 기자 회견을 열 거야! 모든 걸 네가 꾸몄다고 말해! 스토커처럼 열렬한 팬이었는데 성우가 결혼한다는 소식을 듣고 너무 화가 나서 우발적으로 그런 일을 저질렀다고 말해!"

희진이 굳은 표정으로 반문했다.

"지금 저보고 수많은 카메라와 취재기자 앞에서 거짓말을 하라는 건가요?"

태진이 단호하게 고개를 끄덕였다.

"그렇지 않으면 넌 감옥에 가야 해. 다른 선택의 여지가 없어. 그리고 뭐가 어떻게 된 건지는 모르겠지만 어차피 넌 양희진이잖아. 네가 무슨 상관이라고 이러는지 모르겠어. 성우한테 복수하려고 이러는 거야?"

희진이 피식 웃고는 말했다.

"박성우한테는 어떤 미련이나 감정도 남아 있지 않아요. 한때나마 그런 인간을 사랑한 내 자신이 원망스러울 정도니까. 난 단지 박성우의 노래들이 이영수가 만든 노래라는 걸 세상에 밝히고 이영수가 대중 앞에서 그 노래를 부르는 모습을 보고 싶은 것뿐이에요!"

"이영수가 너하고 무슨 상관인데? 설마 지영이 육신을 빌렸다고 이영수도 네 남편이라고 착각하는 건 아니겠지? 하긴 청담동 명품녀 양희진이 그런 고리타분한 스타일을 좋아할 리도 없겠지만. 게다가 애까지 딸린 너저분한 유부남을 말이야! 아무리 부인해도 일단 넌 성우나 민찬기처럼 네 허영심을 채워 줄 수 있는 남자를 좋아했잖아. 솔직히 안 그래? 괜히 이제 와서 신파극 여주인공 흉내 내지 말고 기자 회견 끝나면 적당히 네 살길이나 찾아. 다신 성우와 내 앞에 나타나지 말고."

 "영수 씨는 당신이 생각하는 것처럼 보잘 것 없는 사람이 결코 아니에요."

 "그래? 하긴 잘나가던 한지영이 그런 친구와 결혼했다는 것도 상당히 의외긴 했지. 게다가 작곡 능력이나 노래 실력이 놀라워. 그건 인정할게."

 "박성우 같은 인간하고는 어느 모로 봐도 비교가 되지 않죠."

 "그래. 네 말이 맞을 거야. 하지만 이걸 알아 둬. 요즘엔 노래만 잘한다고 되는 게 아냐. 너도 한때 가수를 꿈꿨으니까 굳이 이유를 말하지 않아도 잘 알겠지?"

 희진이 대답을 않자 태진이 말을 이었다.

 "어떡할 거야? 협조할 거야, 말 거야?"

 희진이 생각에 잠겨 있다가 기어드는 목소리로 간신히 대답했다.

 "좋아요. 대신 잡아 놓은 두 사람도 지금 즉시 풀어 줘요!"

 태진이 빤히 희진을 응시하다가 대답했다.

 "그렇잖아도 그럴 생각이었어. 일을 확실하게 하기 위해 그 두 놈도 기자 회견장에 데려가서 고해 성사를 시킬 예정이었거든."

 태진이 어딘가로 전화를 걸더니 기자 회견을 준비하도록 이런저런 지시를 내렸다. 전화를 끊은 그가 말했다.

 "자, 상황이 워낙 안 좋아서 우물쭈물할 시간이 없다고. 지금 당장 가야겠어!"

어쩔 수 없이 희진은 태진을 따라나섰다. 기자 회견장으로 향하는 태진의 차 안에서 희진은 영수에게 전화를 걸었다. 적어도 그에겐 미리 알려야 할 것 같았기 때문이다. 영수의 맑은 목소리가 들려오자 까닭 없이 눈물이 배어나왔다. 희진은 다짜고짜 미안하다는 말부터 꺼냈다.

"영수 씨, 미안해요!"

영수가 당황한 목소리로 말했다.

"왜 희진 씨가 나한테 미안해요? 혹시 무슨 일 있어요?"

"아뇨. 그런 건 아니고. 제가 얼마 후에 텔레비전에 나올지도 몰라요. 혹시 제가 텔레비전에 나와서 무슨 말을 하더라도 너무 놀라지 말고 또…… 제가 무슨 말을 하더라도 진심이 아니니까 믿지 않았으면 좋겠어요."

"무슨 일인지는 모르지만 난 희진 씨를 믿어요. 희진 씨는 나한테 절대로 남이 될 수 없는 사람이에요. 희진 씨가 무슨 말을 해도 난 괜찮아요."

"고마워요. 그리고 지호는 텔레비전 안 봤으면 좋겠어요. 지호가 실망하는 모습 보고 싶지 않아요. 그 부탁도 들어 줄 거죠?"

영수가 잠시 뜸을 들이다 대답했다.

"그럴게요. 혹시라도 도움이 필요하면 전화해요. 내가 할 수 있는 건 많지 않겠지만 어디라도 금방 달려갈게요."

"그건 내가 지영 씨 모습을 하고 있기 때문인가요?"

영수는 대답이 없었다.

"고마워요."

희진은 전화를 끊었다. 옆에서 운전하던 태진이 의외라는 듯 그녀를 힐끗거리며 쳐다봤다.

"양희진도 그런 신파 찍을 데가 다 있나? 참 별일이네."

희진은 창밖으로 고개를 돌렸다. 정옥의 말대로 이것도 운명이라면 운명으로 받아들여야 했다. 그녀가 할 수 있는 일은 없었다. 태진과 함께 그의 회사에 도착했을 때 입구엔 이미 많은 취재진들이 장사진을 치고 있었다.

태진과 희진이 내리자 취재진들이 달려들었고 태진은 강당에서 기자 회견을 가질 예정이니 그쪽에서 기다려 달라는 말을 남긴 후 희진을 데리고 엘리베이터에 올랐다. 태진은 그녀를 사무실이 있는 8층으로 데려갔다.

희진이 태진의 사무실에 들어서자 쌍칼의 감시 하에 바닥에 무릎을 꿇고 있던 선일과 진만이 고개를 들고 돌아봤다. 둘 다 얼굴이 부어 있었고 선일의 눈두덩에는 시커먼 멍 자국도 보였다. 희진이 두 사람에게 다가가려 하자 쌍칼이 제지했다.

"됐어. 그냥 놔둬!"

태진의 말에 쌍칼이 비켜섰고 희진은 선일과 진만의 손을 잡아 일으켜 세웠다. 선일이 쌍칼의 눈치를 보며 쭈뼛거리고 일어나자 희진이 잠긴 소리로 말했다.

"죄송해요. 괜히 저 때문에."

쌍칼이 눈길을 돌리자 선일이 재빨리 희진의 귀에 대고 속삭였다.

"죄송이고 뭐고 아줌마 영이 지금 벌어지는 일을 알고 있지? 아줌마가 무슨 대책을 강구하고 있는 거지?"

희진이 고개를 흔들며 울먹였다.

"청동 거울 때문에 이모가 많이 다쳤어요. 보기에도 끔찍할 정도로요."

선일의 표정이 허옇게 변했다.

"그게 무슨 소리야? 그럼 우린 어떻게 되는 건데? 절도범으로 감옥에 들어가는 거 아냐? 젠장맞을! 내가 미쳤지, 미쳤어! 처음부터 이 일은 내 좌우명에 어긋나는 일이라고 생각했는데. 진작에 그만뒀어야 해, 진작에!"

태진이 말허리를 자르고 끼어들었다.

"너무 그렇게 한탄할 건 없어. 협조만 잘하면 콩밥까지 먹이진 않을 테니까!"

선일의 표정이 금방 확 풀어졌다.

"그, 그게 정말입니까?"

"그래. 대신 지금 아래층에 기자들이 와 있어서 기자 회견을 할 텐데 우리가 하는 말에 대해 무조건 사실이라고 수긍하고 인정하기만 하면 돼!"

"알겠습니다. 걱정하지 마십시오. 하지만 그 전에 무슨 얘기를 할 건지 알아야 인정을 하든가 말든가……."

목청을 높이던 선일의 입이 금방 다물어졌다. 쌍칼이 험상궂은 얼굴로 그를 노려봤기 때문이었다.

"크게 피해가 갈 만한 얘기는 없을 거야. 사실 어떤 얘기를 해도 절도범으로 감옥 가는 것보다야 낫지 않겠어? 두 사람은 다른 말할 필요는 없고 기자들이 물어보면 그저 사실이라고 대답만 하면 된다고. 알겠어?"

선일이 꺼림칙한 표정으로 고개를 끄덕였다. 그때 성우가 사무실로 들어오다가 희진을 보곤 멈칫 섰다. 태진이 다가가선 성우에게 속삭였다.

"저 여자 맞지? 너한테 접근했던 한지영! 그런데 알고 보니 한지영이 아니야. 네가 예전부터 무척 잘 알던 사람이야!"

"내가 저 여자를 안다고? 난 며칠 전에 처음 봤는데. 형이 아는 여자라고 했잖아. 형 학교 후배라며?"

태진이 입술을 뒤틀며 웃었다.

"저 여잔 한지영이 아냐. 나보다 네가 더 잘 아는 여자라니까. 누구 같아?"

성우가 대답을 못하자 태진이 그의 귀에 대고 속삭였다.

"양희진!"

성우의 입에서 신음이 흘러나왔다.

"지금 농담하는 거야, 뭐야? 이 판국에 그런 농담이 나와?"

"그래. 믿어지지 않겠지. 하지만 양희진이 맞는 것 같아. 어떻게 된 영문인진 모르겠지만 거의 확실해. 의심나면 좀 더 확실하게 하면 되지. 너희 둘만 아는 비밀 아무거나 물어 봐. 실은 나도 아직 완전히 믿어지지가 않으니까."

성우가 희진을 뚫어지게 보다가 다가가서 조심스럽게 물었다.

"당신이 양희진이라구요?"

희진이 성우를 보더니 코웃음을 치며 시선을 돌렸다. 성우가 미심쩍은 얼굴로 물었다.

"당신이 정말 양희진이라면 내 질문에 대답해!"

"내가 왜 그런 질문에 대답을 해야 해? 그래 봐야 달라질 것도 없잖아! 어차피 넌 날 사랑하지도 않았을 테니 지금 내가 양희진이라고 한들 뭐가 달라지겠어? 지금 강소라처럼 네 형 말만 듣고 필요에 의해 만났던 거 아냐? 넌 형의 허락이 없으면 사랑도 혼자 할 줄 모르는 어린애잖아! 그걸 몰랐던 내가 안타까울 뿐이지!"

성우가 희진을 노려보며 말했다.

"멋대로 넘겨짚지 마! 물론 잘했다는 건 아니지만 사람은 어쩔 수 없이 마음과 다르게 행동해야 할 때도 있어. 세상과 환경이 그렇게 만든다고! 아무튼…… 당신은 상관없는지 모르지만 내겐 중요해! 당신이 정말 양희진인지 아닌지 내겐 중요하다고!"

"왜? 내가 행여 강소라와의 결혼에 방해라도 될까 봐? 걱정하지 마! 그럴 생각 전혀 없으니까!"

"그런 거 아니니까 묻는 말에나 대답해! 당신이 정말 희진이라면 작년 크리스마스 때 우리가 무슨 영화를 봤는지 말해 봐!"

희진이 성우를 빤히 쳐다보다가 말했다.

"정 궁금하다면 얘기해 줄게. 꽤 오래된 영화였어. 우린 「사랑과 영혼」을 봤어! 넌 패트릭 스웨이지의 열렬한 팬이었는데 얼마 전 패트릭 스웨이지가 사망했다는 신문 기사를 보고 몹시 우울해했지. 그때 네가 「사랑과 영혼」이 보고 싶다고 했고 우린 녹음실 옆 사무실에서 와인을 마시며 함께 그 영화를 봤어. 영화의 결말에서 라이처스 브라더스의 감미로운 주제곡과 함께 패트릭 스웨이지의 영혼이 우피 골드버그의 몸에 들어가 데미 무어와 춤을 추는 감동적인 장면을 보면서 네가 했던 말 기억해? 육신이 없는 사랑이 얼마나 허무하고 슬픈지, 우리가 서로의 체온을 느끼며 사랑할 수 있다는 게 얼마나 행복한 일인지 깨달았다고 했어! 기억나?"

잠시 감전된 사람처럼 미동도 하지 않던 성우가 천천히 고개를 끄덕이고는 잠긴 소리로 대답했다.

"그래, 기억나."

"난 적어도 그때까진 네가 순수했다고 믿고 싶어. 네 형의 강요에 의해서 날 만난 게 아니라고 믿고 싶고. 공교롭게도 그때 「사랑과 영혼」의 패트릭 스웨이지처럼 나도 다른 사람의 육신을 빌어서 이렇게 너와 다시 얘기를 나누고 있잖아. 어쩌면 그날 그 영화가 지금의 이 시간을 예정한 게 아니었을까. 네가 다른 사람의 노래를 부르는 바람에 내가 이렇게 된 거야. 날 위해서가 아니라 널 위해서라도 처음부터 다시 시작해! 성우야, 모든 걸 밝히고 처음부터 다시 시작해! 그게 옳은 길이야. 성우 널 위해서라도 그렇게 해야 해!"

성우가 눈물을 훔치며 말했다.

"어떻게 이런 일이 일어날 수가 있지? 네가 희진이라니! 어떻게 이런 말도 안 되는 일이 일어날 수가 있냐고!"

지켜보던 태진이 끼어들더니 성우를 밀어냈다.

"넌 어떻게 된 놈이 툭하면 눈물이냐? 그냥 희진인지 아닌지만 확인하라고 했지 누가 신파 찍으라고 했냐? 넌 회견장에 나오지 말고 여기서 기다리고 있어!"

태진이 이번엔 희진을 노려보며 말했다.

"너 내 말 잘 들어. 지금 내려가서 조금만 허튼소리해도 저 두 놈과 함께 감옥에서 썩게 될 거야!"

 태진과 그의 직원들이 사무실로 들어와 희진과 선일, 진만을 데리고 나갔다. 그들은 세 사람을 1층 기자 회견장으로 데리고 들어갔다. 태진과 함께 세 사람이 등장하자 무수한 카메라 플래시가 한꺼번에 터졌다. 태진이 선일과 진만에게 짧게 할 말을 일러 주고 연단으로 올라갔다.

 태진은 긴 책상이 마련되어 있는 연단에 희진과 선일, 진만의 순으로 자리에 앉도록 했다. 기자들의 질문공세가 이어졌고 묵묵히 질문을 듣던 태진이 조심스럽게 입을 열었다.

 "먼저 혼란스러웠을 팬들에게 좀 더 빨리 진상을 알려드리지 못한 점 죄송스럽게 생각합니다. 저희로서는 무엇보다 이런 음해 공작을 벌인 범인을 색출하는 일이 가장 급선무라고 생각했기 때문에 그동안 IP 추적 등 다양한 경로로 자체 조사를 진행해 왔습니다. 그 결과 우린 여기 있는 세 사람이 동영상과 음해의 글을 올린 당사자들이라는 사실을 확인했습니다."

 태진이 선일과 진만을 가리키며 말했다.

 "여기 끝에 있는 두 사람은 박성우 안티 클럽의 회장과 부회장입니다. 특히 좌측에 있는 안티 클럽 회장 장선일은 하는 사업마다 실패를 거듭해 사회에 욕구 불만이 팽배하던 중 우연히 대중들의 환호를 받는 박성우를 보는 순간 막무가내의 분노와 증오심을 느꼈다고 합니다!"

 고개를 숙이고 있던 선일이 황당한 표정으로 얼굴을 치켜드는 순간 무수한 카메라가 플래시를 터뜨렸다. 놀란 선일이 손으로 얼른 얼굴을 가리자 태진이 말했다.

"다행히 장선일을 비롯한 두 사람은 잘못을 뉘우치고 추후 다시는 이런 일이 없겠다는 각서를 써서 저희도 이번엔 관대하게 용서를 해 주기로 했습니다. 장선일 씨! 기자 분들에게 한 말씀 하시죠!"

다시 선일을 향해 무수한 카메라 플래시가 터졌다. 선일이 굴욕적인 표정으로 태진의 눈치를 보다가 기어들어가는 소리로 준비된 말을 했다.

"사회에 물의를 일으켜 죄송합니다! 다시는 이런 부끄러운 일이 없도록 하겠습니다!"

사방에서 기자들의 질문 공세가 이어지자 태진은 지체 없이 다음 얘기를 이어나갔다.

"다음으로 여기 제 옆에 있는 한지영은 예전부터 제 동생 박성우를 스토커처럼 따라다닌 전력이 있습니다. 심지어 1년여 전에는 저희 남양주 녹음실까지 찾아와 박성우를 만나게 해 달라고 요구하다 교통사고를 당하기도 했어요. 저희 회사와 박성우에게 앙심을 품은 한지영은 급기야 장선일과 공모하여 이번 박성우의 앨범에 수록된 곡들이 다른 사람의 곡을 무단 도용했다는 근거 없는 주장과 동영상을 온라인에 올려 박성우는 물론 저희 회사의 명예를 심각하게 훼손하였습니다! 다행히 본인이 모든 잘못을 인정해 저희도 법적인 처벌까지는 가지 않을 생각입니다!"

태진의 말이 끝나자마자 기자들의 플래시와 질문공세가 희진에게 쏟아졌다.

"지금 박태진 대표가 한 말이 모두 사실인가요? 인정하십니까?"

희진이 고개를 숙인 채 아무런 말도 하지 않자 태진이 은근하게 말했다.

"한지영 씨, 한마디 하시죠! 기자 분들과 박성우의 팬들에게 사과 한마디 정도는 하는 게 도리가 아니겠습니까?"

미동도 않던 희진이 들릴 듯 말 듯 한 소리로 말했다.

"드릴 말씀이 없습니다."

태진이 다소 겸연쩍은 표정으로 얼버무렸다.

"아마 본인도 면목이 없으니 딱히 할 말도 없는 것 같습니다. 이쯤에서 이번 사태에 대한 기자 회견을 마치고……."

그때 한 기자가 큰 소리로 질문을 했다.

"한지영 씨! 그럼 유튜브에 올라 있는 동영상도 한지영 씨가 올린 겁니까?"

당황한 표정의 태진이 얼른 대답했다.

"예. 한지영이 올린 게 맞지만 어차피 사실이 아닌 가짜 동영상이라서……."

태진의 대답을 무시하며 또 다른 기자가 질문했다.

"한지영 씨, 동영상에서 노래하는 가수는 누굽니까?"

태진이 다급하게 끼어들었다.

"자, 본 사건과 직접적으로 관련이 없는 질문에는 대답할 수가 없습니다. 그럼, 이것으로 기자 회견을……."

그때 다시 큰 소리로 질문이 들려왔다.

"한지영 씨! 한지영 씨가 올린 온라인 동영상에 등장하는 얼굴 없는 가수가 지금 폭발적인 인기를 얻고 있다는 사실을 알고 있습니까? 그 가수가 누군지 밝힐 용의는 없습니까?"

묵묵히 고개를 숙이고 있던 희진이 고개를 들었다. 희진이 무슨 말인가를 하려 하자 태진이 직원들에게 눈짓을 했다. 직원들이 희진을 비롯해 선일과 진만을 데려가기 위해 우르르 연단으로 올라왔다. 그때 회견장 뒤쪽에서 외침이 들려왔다.

"잠깐만요!"

다들 소리가 난 방향으로 고개를 돌리자 뜻밖에도 박성우가 연단을 향해 성큼성큼 걸어왔다. 성우가 연단으로 올라서자 놀란 태진이 다가와 앞을 가로막았다.

"너 지금 뭐하는 거야? 여긴 왜 나타났어?"

성우가 태진을 밀쳐 앞으로 나서더니 연단에 있는 마이크를 빼들었다. 순간 기자 회견장은 찬물이라도 끼얹은 것처럼 적막에 휩싸였다. 초췌한 모습의 성우가 기자들과 희진 일행을 둘러보더니 결연한 표정으로 입을 열었다.

"부끄러운 말이지만 저는 지금까지 제 삶을 제 의지대로 살아오지 못했습니다. 일도 그랬고 사랑도 그랬습니다. 늘 겁쟁이처럼 누군가의 뒤에 숨어서 비겁하게 행동했습니다. 부모님을 일찍 여읜 후 여기 있는 제 형, 박태진 대표와 저는 불우한 유년을 보냈습니다. 제 형은 그런 어려운 여건 속에서 제가 이렇게 성장하도록 돌봐 준 소중한 사람입니다. 제겐 부모님이나 다름없습니다. 그래서 저는 다른 사람들이 부모님에게 순종하듯 저희 형에게 순종하며 살아왔고 마땅히 그래야 한다고 생각했습니다. 하지만 지금은 그런 행동이 결코 옳지 않다는 걸 알게 됐습니다. 우린 눈에 보이는 것만 전부라고 생각하지만 진정 소중한 것들은 눈으로 볼 수 없다는 걸 깨달았습니다. 아무리 감추고 속여도 결국 진실은 사라지는 것이 아니라는 것도 깨달았습니다. 제가 이번 사태의 진실을 알려 드리겠습니다. 지금 온라인에 올라와 있는 글은 전부 사실입니다! 이번 제 컴백 앨범에 수록된 곡들은 모두 여기 있는 한지영 씨의 남편 이영수 씨가 작곡한 노래들이고 전 그분의 노래를 무단으로 도용했습니다!"

감회가 벅찬 듯 말을 끊은 채 잠시 숨을 돌리는 듯하던 성우가 잠긴 목소리로 말했다.

"죄송합니다! 정말 죄송합니다!"

성우가 용서를 구하며 고개를 숙이자마자 숨죽이고 있던 기자들 사이에서 커다란 소음과 함께 질문이 쏟아져 나왔다. 제각각 뭐라고 소리를 질러 댔지만 분명하게 알아들을 수 있는 말은 거의 없었다. 너무 놀라서 입을 반쯤 벌리고 성우를 바라보던 선일이 이내 입이 귀밑까지 길게 찢어지더니 신이 나서 말했다.

"젠장맞을! 이럴 줄 알았다니깐. 이런 반전이 기다리고 있을 줄 알았다고! 아줌마가 빙의에 성공한 거지? 그렇지?"

진만이 말했다.

"글쎄요, 좀 헷갈리긴 하네요. 금방 저 사람 얘기는 정옥 아줌마 스타일이 아닌 것 같지 않아요?"

"야, 아줌마가 빙의한 게 아니면 쟤가 왜 갑자기 스스로 지 무덤을 파겠냐? 하긴 뭐, 아무려면 어떠냐? 우리야 아무 일없이 무사히 풀려나기만 하면 되는 거지. 아무튼 십년감수했다! 이 나이에 박성우 안티 카페 회장이 뭐냐? 젠장 할!"

옆에서 숨을 죽이고 성우를 지켜보던 희진이 감동한 목소리로 소리쳤다.

"빙의가 아니에요! 지금 한 얘기들은 성우가 자기 의지로 한 거예요. 지금처럼 성우가 당당해 보인 적은 없었던 것 같아요!"

희진의 눈시울이 촉촉하게 젖어들었고 이내 혼잣말처럼 중얼거렸다.

"성우야, 고마워! 정말 고마워!"

하지만 갑작스런 상황에 누구보다 충격을 받은 사람은 태진이었다. 그는 잠시 무슨 일이 벌어졌는지 모르는 사람처럼 멍하니 성우를 바라보다가 뒤늦게 연단으로 달려 올라갔다. 그는 한꺼번에 달려드는 기자들로부터 성우를 보호하도록 직원들에게 지시를 내리고는 마이크를 낚아챘다. 그가 유권자를 상대로 유세하는 정치인처럼 기자들을 향해 목청을 높였다.

"잠깐만요! 여러분 잠깐 제 말을 들어 주십시오! 제가 모든 걸 밝혀 드리겠습니다! 성우가 아니라 제가 모든 진실을 있는 그대로 알려 드리겠습니다!"

동요하던 기자들의 소음이 다시 빠르게 잦아들었다. 태진이 손등으로 진득한 이마의 땀을 닦아낸 후 호흡을 고르더니 입을 열었다.

"예. 맞습니다. 방금 제 동생 박성우가 한 말처럼 이번 성우의 컴백 앨범에 수록된 곡들은 저기 있는 한지영 씨의 남편 이영수가 작곡한 곡들이 맞습니다. 이 부분은 제가 인정하고 피치 못할 사정상 솔직하게 말씀드리지 못한 점 죄송하게 생각합니다."

그가 다시 팔뚝으로 얼굴의 땀을 닦아낸 후 입을 열었다.

"하지만 여기서 분명하게 짚고 넘어 가야 할 부분은 온라인에 올라온 악성 루머처럼 우리가 곡들을 무단으로 도용했다는 건 말도 안 되는 소리라는 겁니다!"

그러면서 태진이 안주머니에서 계약서를 꺼내들었다.

"여기 이 계약서가 뭔지 아십니까? 바로 한지영의 남편 이영수가 이번 앨범에 수록된 곡들을 저희 회사에 넘긴다는 계약섭니다. 저는 이 자리에서 이 계약서를 여러분에게 공개하도록 하겠습니다. 비록 박성우가 작곡한 곡은 아니지만 우린 정상적인 절차에 의해 곡을 사들였고 법적으로도 아무런 문제가 없습니다! 자, 보십시오!"

태진이 한 손에 계약서를 들고 기자들을 향해 펼치는 순간 어디선가 강한 돌풍이 휘몰아쳤다. 실외도 아닌 실내에서 그런 바람이 일어났다는 게 믿기지 않았지만 그곳의 모인 모든 사람들이 눈도 뜨기 어려울 정도의 세찬 바람이 회오리처럼 기자 회견장을 휩쓸었다. 짧은 돌풍이 지나간 후 정신을 차렸을 때 태진의 손에 들려 있던 계약서가 보이지 않았다. 태진이 당황해서 어리둥절 하는 사이 기자 중 한 명이 외쳤다.

"저기! 저기 좀 봐요!"

기자의 말에 다들 고개를 돌려보니 놀랍게도 계약서가 허공을 나풀거리며 날아가고 있었다. 태진이 달려가며 비명처럼 소리쳤다.

"잡아! 계약서 잡으라고!"

하지만 태진의 손이 닿기 직전 계약서는 창문을 빠져나갔고 이내 달빛을 타고 밤하늘로 솟구쳐 올라가더니 빠르게 시야에서 사라졌다. 태진이 창문틀을 잡고는 마치 무너지는 것처럼 그 자리에 주저

앉았다. 그의 주위로 기자들이 우르르 몰려들어 카메라 셔터를 눌러 댔다.

그 모습을 지켜보던 선일이 진만에게 물었다.

"야, 아줌마가 한 거 맞지? 계약서 낚아채 간 거 말야! 이야……아줌마 놀라운데? 이런 훌륭한 반전을 준비해 놓고 있었다니! 오늘 여러 번 놀라게 하네. 게다가 그 엄청난 돌풍까지! 오…… 인정, 인정! 내가 앞으로는 그 아줌마 능력 인정해 준다!"

싱글거리는 선일을 보며 진만이 고개를 흔들었다.

"정옥 아줌마가 아닌데요!"

"뭐야? 그럼, 방금 그 바람이 자연 바람이었단 말야?"

"그게 아니라……."

진만이 희진의 눈치를 살피더니 조심스럽게 말했다.

"방금 바람을 일으키고 계약서를 가져간 사람은 한지영 씨의 영혼이었어요!"

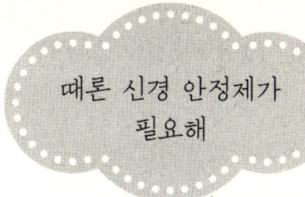

때론 신경 안정제가 필요해

 모든 걸 잊고 달려갈 수 있는 목표가 있다는 건 다른 골치 아픈 문제를 잊게 해 주는 신경 안정제와 같다. 큰 걱정거리가 작은 걱정거리를 덮어 주고 목표에만 집중하는 사이 외로움이나 불안 같은 감정의 크레바스가 일시적으로 봉인되는 것이다.
 하지만 목적지에 도달하고 나면 숨어 있던 불안 요소가 하나둘 깨어나 갈라진 논바닥처럼 의식의 지표면에 모습을 드러낸다. 희진이 겪는 혼란도 그런 종류에 속하는 것이다.
 기자 회견 이후 너무 많은 일들이 일어났다. 지니 엔터테인먼트의 강 회장은 기자 회견 바로 다음 날 성우와 강소라의 파혼을 선언했다. 태진과 성우는 측근에게 가요계를 떠나겠다는 말을 남긴 후 급하게 어딘가로 잠적했다. 성우에게 고맙다는 말을 전하고 싶었지만 그들 형제가 어디로 갔을지 희진은 짐작조차 할 수가 없었다.

기자 회견 다음 날 희진은 그녀의 부모를 만나 모든 사정을 얘기하고 자신이 희진이라는 사실을 밝혔다. 처음엔 그저 황당한 헛소리로만 여기던 그녀의 부모는 장시간 희진과 대화를 나눈 후 뜨거운 눈물을 흘리며 그녀를 끌어안았다. 죽었다고 생각한 자식이 돌아왔으니 그 감격은 이루 말할 것도 없었다.

물론 희진도 감격스러웠지만 어딘지 모르게 허전하고 외로운 기분이 그녀의 마음을 우울하게 만들었다. 왜 그런 기분에 빠져드는지 알 수가 없었다. 무엇보다 자신이 양희진으로 살아야 할지 한지영으로 살아야 할지 명확하게 결정하지 못한 채 계속해서 혼란스러운 시간을 보낼 수밖에 없다는 게 가장 힘든 일이었다.

희진은 의도적으로 이런저런 바쁜 스케줄을 만들어 불편한 기분을 잊으려 애를 썼다. 하지만 아무리 해도 그녀의 마음은 단단한 지면에 발을 딛고 있는 그런 안정감을 느낄 수가 없었다. 무엇을 하고 싶은지 무엇을 해야 할지 스스로도 알 수가 없었다. 모든 게 시큰둥했고 의욕이 생기지 않았다. 그녀의 마음엔 어떠한 욕망이나 바람도 머물 수가 없었다. 그 어떤 것에서도 열정을 찾을 수가 없었던 것이다.

미영을 비롯한 청담동 4인방을 만나 모처럼 클럽에 갔다. 하지만 현란한 음악과 근사한 남자들의 부킹도 그녀에겐 위안이 되지 못했다. 오히려 희진은 그 뜨거운 열기 속에서 더 이상 예전처럼 살아갈 수 없다는 걸 깨달아야만 했다. 죽음에 대한 경험이 그녀의 뭔가를 바꿔 놓은 모양이었다. 진심으로 그녀의 마음을 이해하고 보듬어 줄 누군가가 절실히 그리웠다.

희진이 정옥이 머물던 장례식장을 찾은 건 기자 회견이 있은 지 꼭 열흘이 지난 후였다. 정옥을 처음 만났던 장례식장 로비에 들어서자 당시 영으로 이곳을 찾았던 기억이 또렷하게 머리에 떠올랐다. 그녀의 영정 사진 앞에서 통곡하던 부모님의 애달픈 울음소리는 지금도 귓가에서 울리는 듯했다.

실제로 어디선가 예전의 그 안타까운 울음소리가 들려와 고개를 돌려보니 상복을 입은 일단의 유가족들이 막 장례식장으로 들어서고 있었다. 아마도 고인이 된 누군가의 영이 그 유가족의 주위를 서성이고 있을 것이다. 다행인지 불행인지 희진에겐 정옥을 제외한 다른 영들의 모습은 보이지 않았다.

희진은 처음 정옥을 만났던 장소로 걸음을 옮겨갔다. 당시 정옥은 화려한 화장을 하고 로비의 긴 의자에 앉아 희진의 영을 노려보고 있었다. 예전 그 의자에 정옥의 모습은 보이지 않았다. 희진이 주위를 두리번거리는데 어디선가 목소리가 들려왔다.

보아하니 날 찾아온 것 같은데. 맞나?

희진이 돌아보니 정옥은 막 그녀의 앞을 지나간 유가족을 향해 손을 흔들고 있었다. 아마도 희진에겐 보이지 않는 어느 영에게 인사하는 것이리라. 어쩌면 방금 전 하늘에서 백색의 기운이 빛처럼 쏟아져 내려와 영을 데려가는 순간을 배웅하는 것인지도 모른다.

희진이 주위를 살피며 조심스럽게 말했다.

"괜찮으세요?"

그렇잖아도 정옥의 영체가 많이 상했단 소리를 듣고 걱정을 하던 중이었다. 다행히 겉으로 봐선 이전과 별반 다르지 않은 모습이었다. 그녀는 여전히 화려한 화장을 했고 고운 한복을 입고 있었다.

내가 그깟 청동 거울 따위에 뭔 일이라도 날 줄 알았어?

"정말 다행이에요. 걱정을 많이 했거든요."

그렇게 걱정이 되면 좀 더 일찍 찾아오지 왜 인제서야 와?

"운명의 간섭이라는 저주가 풀리고 나니 갑자기 허탈하기도 하고 막막하고 그런 거 있죠. 문득문득 정신이 들 때마다 내가 누군가, 지금 여기서 뭘 하고 있나. 자꾸 그런 생각이 드는 거예요. 사실은 지난 열흘 동안 모든 걸 잊어 보려고 애를 썼어요. 내가 죽었다는 사실도 잊고, 이모님도 잊고 그리고 영수 씨와 지호도 잊고. 할 수만 있다면 새로운 내 인생을 다시 시작하고 싶었거든요."

그럼 그렇게 살지 여긴 뭣 하러 왔어?

"예전처럼 살 수 없다는 걸 깨달았으니까요."

예전처럼 살 수 없다. 왜?

"제가 변했으니까요."

하긴 자신이 변하면 세상이 변하지. 예전으로 돌아갈 수 없어서 실망하는 거야? 다시 인간이 된 걸 후회해?

희진은 고개를 저었다.

"그런 건 아니에요. 하지만 세상 모든 것들이 이전과 다르게 느껴져서 낯설고 불편해요. 예전에 좋아하던 것들이 지금은 싫고 의미를 찾을 수가 없어요. 마음을 터놓고 얘기할 수 있는 누군가가 필요한데 아무리 둘러 봐도 제 주위엔 그런 사람이 없는 거예요."

그런 이유라면 번지수를 잘못 고른 것 같은데? 난 그런 넋두리 들어 주는 데는 영 젬병이거든. 차라리 이전으로 돌아가 보는 건 어때?

"이전이라니요?"

옥탑방! 영수에게 돌아가는 거 말야!

희진이 고개를 흔들었다.

"영수 씨도 지금은 제가 한지영이 아니라는 걸 알아요."

그래서?

"내가 한지영이 아닌 양희진이란 걸 알았는데 단지 모습이 한지영이라고 해서 절 이전처럼 가족으로 대해 주겠어요? 절 볼 때마다 한지영이 아니란 사실을 깨닫고 매순간 실망하고 아쉬워하는 모습을 어떻게 견디라고요? 그리고 영수 씨나 지호도 절 대하는 게 그다지 마음이 편하진 않을 거예요."

그건 핑계에 지나지 않아. 중요한 건 니 마음이야. 어차피 세상에 한지영은 없어. 영수나 지호에게 넌 한지영이기도 하고 양희진이기도 해. 중요한 건 너희는 서로를 필요로 한다는 거야. 적어도 내가 보기엔 그래. 분명히 영수나 지호도 널 기다리고 있을 거야. 그동안 한 번도 연락해 보지 않았어?

희진이 고개를 끄덕였다.

영수가 먼저 연락해 오지도 않았고?

희진이 다시 고개를 끄덕이고는 말했다.

"혹시 신문이나 인터넷 봐요?"

정옥이 어이가 없다는 듯 피식 웃으며 말했다.

귀신이 그런 건 봐서 뭘 하게?

"요즘 신문에 영수 씨 기사가 계속 나왔거든요."

인터넷에 올린 그 동영상 때문에?

"네."

하긴 난리가 날만도 하지. 내가 들어 봐도 정말 노래 잘 부르더라.

"거기다 박성우의 노래가 실은 영수 씨가 작곡했다는 사실이 알려지면서 더 난리가 났어요. 연예 기획사부터 방송사까지 나서서 앞다퉈 접촉을 하는 모양인데 한사코 가수는 하지 않겠다고 버티나 봐요. 인터뷰 같은 것도 일절 하지 않고."

이영수답네. 그 친구 아스퍼거 증후군을 앓았다는 거 잊었어? 세상으로부터 상처도 많이 받았고 요즘 사람들처럼 약삭빠르거나 계산적이지도 못해. 기본적으로 세상 사람들에 대한 불신과 두려움이 있는 친구야. 이영수는 그저 한지영을 기쁘게 해 주기 위한 소박한 이유로 노래를 만들었어. 결코 가수를 꿈꾼 건 아니었단 말이지. 그러니 가수를 할 생각이 없는 건 당연한 거야. 괜히 사람들이 김칫국 마시는 거야.

"아무리 그래도 재능이 아깝잖아요. 그런 재능을 그냥 썩힌다는 건 낭비고 죄악이에요! 그리고 가수로 데뷔하면 분명히 돈도 많이 벌 텐데 지호를 위해서라도 지금의 옥탑방에서 벗어나는 게 좋은 일 아닌가요? 이왕이면 좋은 환경에서 자라게 할 수 있잖아요."

그건 세상 사람들의 생각이고 니 논리지. 적어도 이거 한 가지는 알 것 같아. 영수는 지호를 혼자 두기 싫어서라도 가수 같은 거 안 할 거야!

정옥의 말에 희진은 더 이상 반박할 수가 없었다. 그녀가 생각해도 영수는 충분히 그런 생각을 하고도 남을 사람이었기 때문이다.

지금도 늦지 않았어. 내가 보기에 너한테도 영수가 필요해. 네 주위에 있는 남자들처럼 근사하지도 않고 돈도 많지 않지만 빛나는 재능이 있고 진짜 소중한 게 뭔지 알고 있는 친구야. 행복하게 살고 싶으면 영수에게 돌아가! 원래 있던 자리로 돌아가는 거야! 돈과 쾌락이 행복을 가져다주는 게 아냐.

사랑을 주고받을 때 인간은 행복을 느끼는 거야. 니 주위에 변하지 않는 사랑을 주고받을 수 있는 사람이 누구일지 생각해 보라구!

뒤늦은 깨달음

 오랜만에 찾은 영수네 옥상은 이전과 달리 휑하고 을씨년스러웠다. 지호가 숙제를 하던 파라솔도 보이지 않고 가만히 앉아 별을 보고 있으면 영수가 살며시 다가와 밀어 주곤 하던 그네도 보이지 않았다. 지호의 자전거와 바람 빠진 축구공도 어딜 갔는지 없었다.
 "지호야! 영수 씨?"
 두 사람의 이름을 부르며 옥탑방으로 다가가던 희진은 방문 앞에 멈춰 섰다. 방문에 굵은 자물쇠가 채워져 있었던 것이다. 희진은 의미를 알 수 없는 수수께끼 문제를 받아든 사람처럼 자물쇠를 만지작거리다가 손을 오므리고 창문에 얼굴을 갖다 댔다. 방 안은 텅 비어 있었다. 병원 침대도 보이지 않았고 일체의 가구나 살림살이도 보이지 않았다. 옥탑방은 깨끗하게 비워져 있었다.
 난감한 심정으로 옥상을 둘러보던 희진이 영수의 휴대폰으로 전화를 걸었다. 휴대폰에서 상대방의 전원이 꺼져 있어 통화를 할 수 없다는 메시지가 흘러나왔다.

"어떻게 된 거지?"

희진이 건물주 김 씨에게 사정을 물어보기 위해 도로 계단을 내려가려는데 뜻밖에도 혜정이 올라왔다. 그녀가 희진을 보더니 반갑게 인사하며 말을 건넸다.

"혹시나 했는데 맞았네요. 건물로 들어가는 뒷모습 보고 지호 엄마가 아닌가 하고 뒤따라 올라와 본 거예요."

"네. 그동안 잘 지냈어요?"

희진도 반갑게 인사하자 혜정이 아쉬운 표정으로 말했다.

"조금만 더 일찍 오시지."

"네?"

"아저씨하고 지호 여기 없거든요."

"없다니요?"

"다른 곳으로 이사 갔어요."

"그래요? 어디로요?"

혜정이 고개를 흔들었다.

"어디로 간다는 말은 안 하고 갔어요."

"갑자기 왜 이사를 갔어요?"

혜정이 고개를 갸웃하더니 물었다.

"아무것도 모르셨어요?"

"네?"

"그날 지호 엄마가 기자 회견한 거 방송된 후에 기자들이 몰려와서 취재하느라 난리가 났었거든요."

"그건 기사를 봐서 알아요. 그런데 그게 왜요?"

"기사를 봤다구요? 기사만 봐서는 여기서 무슨 일이 있었는지 모르죠."

희진이 영문을 모르겠다는 표정으로 눈을 껌뻑거리자 혜정이 손사래를 치며 말했다.

"말도 마세요! 몇날 며칠을 기자들과 사람들이 계속 몰려와서 생활을 할 수가 없을 정도였다니깐요. 아저씨가 조용히 있고 싶다는데도 막무가내로 사진 찍고 질문하고 기사도 멋대로 쓰고. 기획사에서 왔다는 사람들은 자기들하고 계약하자고 막무가내로 매달리고. 정말 별의별 사람들이 다 찾아왔었어요. 나중엔 팬이라는 사람들까지 몰려와서 한쪽에선 이유 없이 욕을 퍼붓고 가고 다른 한쪽에선 새벽까지 사인해 달라고 아우성을 치고! 어휴…… 연예인들은 어떻게 그러고 사는지 모르겠지만."

"욕을 퍼부어요?"

"박성우 팬클럽이라는 사람들이 몰려와서 아저씨 때문에 박성우가 떠났다고 하면서 아저씨가 정말 박성우 노래를 만든 게 확실한지 증거를 보여 달라고 떼를 써서 지호가 놀라서 울기까지 했어요!"

그제야 희진은 이곳에서 벌어졌을 일들에 대한 상상을 머릿속에 떠올릴 수 있었다.

"아저씨 성격 알죠? 그렇잖아도 사람 대하는 거 힘들어하는데 그런 일이 생겼으니 어쩌겠어요? 밤엔 잠도 잘 못 자고 나중엔 지호하고 옥탑방에 들어가서 아예 안 나오더라고요. 문도 잠그고 창문엔

커튼 치고. 사람들은 빙 둘러서서 아저씨 나오길 기다리면서 수시로 문 두드리고, 무슨 감옥도 아니고. 나중엔 소문이 나서 사람들이 무슨 관광지나 되는 것처럼 너도 나도 찾아와서는 여기저기서 사진 찍은 걸 멋대로 블로그에 올리고. 아무튼 도저히 여기서 살 수 없도록 만들었다니깐요!"

얘기를 듣는 동안 희진은 자기도 모르게 가슴이 먹먹해졌다. 앞뒤 생각 없이 그녀가 벌인 일 때문에 영수와 지호가 어떤 고초를 겪었을지 얼마나 힘들어 했을지 생각하니 견딜 수가 없었던 것이다. 희진은 눈물이 새 나오려는 걸 간신히 참으며 물었다.

"어디로 갔는지 정말 알 수 있는 방법이 없을까요?"

혜정이 고개를 저었다.

"새벽에 제가 이사하는 걸 도와줬어요. 어디로 가는지 아무한테도 말하지 않고 아무도 찾을 수 없는 곳에서 지내겠다고 했어요. 솔직히 전 지호 엄마에 대한 안 좋은 감정과 오해가 많았거든요."

"그랬을 것 같아요. 괜찮으니까 하고 싶은 말이 있으면 해요."

혜정이 희진의 눈치를 살피며 조심스럽게 입을 열었다.

"저는요, 지호 엄마가 아저씨 노래에 대한 저작권을 찾은 다음에 아저씨하고 지호는 버리는 게 아닌가 하고 의심했었어요. 그 난리가 나는데도 며칠 동안 코빼기도 안 보였잖아요. 전화도 안 하고."

희진이 말없이 고개를 끄덕였다.

"아저씨도 많이 힘들어했어요. 지호 엄마 전화를 많이 기다리는 눈치였어요. 안 그랬으면 진작 이사 갔을 거예요. 그래서 제가 그랬어요. 더 이상 기다리지 말라고. 여자 마음에 한번 바람이 들어가면 한순간에 다른 사람으로 변해 버린다고. 그리고 솔직히 내가 봐도 지호 엄마 같은 사람은 이런 옥탑방에서 아저씨하고 살고 싶어 하지 않을 것 같다고."

희진이 참고 있던 눈물을 흘리자 혜정이 말했다.

"죄송해요……. 제가 했던 말이 전부 진심은 아니었어요. 그렇게 말하지 않으면 아저씨가 이사도 안 가고 계속 사람들에게 시달릴 것 같아서."

희진이 눈물을 훔치며 말했다.

"혜정 씨 말 틀린 거 없어요. 전부 내 잘못이에요. 아무튼 고마워요. 안 그랬으면 영수 씨는 바보 같이 여기서 계속 날 기다리며 사람들에게 시달렸을 거예요. 혹시 영수 씨가 여길 찾아오거나 만날 일이 있으면 제가 간절히 찾고 있다는 말을 좀 전해 주겠어요?"

혜정이 알았다고 대답하자 희진은 고맙다는 말을 남긴 후 계단으로 걸음을 옮겼다. 계단을 몇 발자국 내려갔을 때 혜정이 달려와서 물었다.

"여긴 왜 오신 거예요?"

희진이 잠깐 고민하다가 대답했다.

"가족이니까요. 가족은 함께 지내야 하잖아요."

희진의 말에 혜정이 활짝 웃더니 주먹을 불끈 쥐어 보이며 소리쳤다.

"꼭 만나세요! 꼭!"

희진의 꿈

옥탑방에 다녀온 그날 밤 희진은 이상한 꿈을 꿨다.

축제 기간인 듯 이곳저곳에서 떠들썩한 행사가 벌어지는 대학 캠퍼스다. 학생들은 삼삼오오 모여 축제를 즐긴다. 무슨 일인지는 모르지만 희진 혼자만 기분이 우울하다. 누군가 살짝 건드리기만 해도 울음이 터질 것만 같다. 다른 사람들의 흥겨운 열기가 그녀의 마음을 더욱 우울하게 짓누른다.

참다못한 희진은 흥겨운 동료들 틈을 빠져나와 학생 회관 뒤편 공터를 찾아간다. 평소 그녀가 조용히 생각할 일이 있을 때 이따금 찾곤 하던 공간이다. 그곳엔 노랗게 물든 은행나무 아래 한적한 벤치가 그녀를 기다리고 있다. 그리 멀리 떨어진 공간이 아님에도 축제의 소음이 거의 들리지 않을 정도로 소리는 빠르게 잦아든다.

희진은 벤치에 앉아 슬픔을 머금은 듯한 가을 햇살을 향해 손을 뻗어 본다. 따스한 햇살이 그녀의 손바닥 위에서 투명하게 빛을 뿌릴 때 어디선가 그 햇살만큼이나 투명한 노랫소리가 들려온다. 노랫소리는 오래전부터 그녀가 그곳에 나타나기를 기다려온 것처럼 희진의 마음을 사로잡는다.

희진은 마법에 걸린 동화 속 주인공처럼 노랫소리를 따라간다. 노래가 들려온 곳은 학생회관 1층 클래식 기타 동아리 방이다. 동아리 방의 창문은 활짝 열려 있다. 희진은 깨금발을 하고 안을 들여다본다.

그 방 안에 가을 햇살보다 혹은 그녀의 눈빛보다 더 투명해 보이는 남학생의 옆모습이 보인다. 남학생은 클래식 기타를 치면서 캔사스의 「Dust in the wind」라는 오래된 팝송을 부르고 있다. 영혼을 울리는 감미로운 목소리로.

'I close my eyes, only for a moment. And the moment's gone. All my dreams. Pass before my eyes a curiosity. Dust in the wind……'

애절한 통기타 멜로디에 실린 노래는 모든 것이 바람 속의 먼지일 뿐이라고 말한다. 집착하지 말라고 말한다. 대지와 하늘 외엔 어떤 것도 영원하지 않고 모든 건 떠나 버린다고 말한다. 그러면서 우린 모두 바람 속의 먼지일 뿐이라고 희진의 마음을 어루만진다.

희진은 노래 덕분에 자신이 왜 우울한지 깨닫는다. 얼마 전 아버지가 돌아가셨기 때문이다. 하지만 희진은 다음 순간 소스라친다.

'무슨 소리야? 아버지가 돌아가시다니? 아버진 지금도 살아 계시는데.'

그제야 희진은 깨닫는다. 지금 꾸는 이 꿈이 자신의 것이 아니라 그녀의 육신 어딘가에 존재하는 한지영의 영혼이 꾸는 꿈이라는 걸.

희진, 아니 지영은 기타를 치며 노래하는 영수를 보며 하염없이 눈물을 흘린다. 역설적이게도 눈물을 흘리면 흘릴수록 마음은 후련해지고 슬픔은 씻긴다. 영수는 지영이 지켜보고 있다는 사실도 모른 채 음유시인처럼 저만의 세계에 빠져 노래하고 있다. 지영에게 영수는 다른 세상에서 온 마법사처럼 느껴진다. 지영은 그에게 다가갈 수 있고 그의 소리를 들을 수 있는 사람은 이 세상에 오직 자신밖에 없다는 이상한 확신에 빠진다.

꿈의 색깔이 변한다. 모든 배경이 잿빛으로 변해 있다.

냉기가 몰아치는 추운 겨울날이다. 시험 때문에 밤 11시가 넘어서 도서관을 나선다. 집으로 향하던 지영은 어떤 예감에 이끌려 은행나무가 있는 벤치로 향한다. 노란 가로등이 힘겹게 빛을 발하고 있는 그 벤치에 영수가 웅크리고 앉아 있다. 놀란 지영이 다가가서 묻는다.

'너 왜 여기 이러고 있어? 나 기다린 거야?'

고개를 든 영수가 고개를 끄덕인다. 그렇잖아도 창백한 얼굴이 추위에 얼어 더 하얗게 보인다.

'언제부터? 언제부터 여기서 기다렸어?'

영수가 떨리는 목소리로 간신히 대답한다.

'4시부터. 오늘 수요일이니까 4시에 여기서 만나는 날이잖아.'

지영이 속상한 듯 차가운 영수의 얼굴을 감싸 안더니 마구 소리를 지른다.

'바보야! 왜 그렇게 사람이 융통성이 없어! 적당히 기다리다가 내가 안 오면 그냥 가든지 아니면 도서관이라도 찾아보든지 했어야지. 이 추운 날 여기서 몇 시간을 앉아 있었던 거야? 이거 봐, 얼굴이고 뭐고 전부 꽁꽁 얼었잖아!'

영수가 멋쩍게 대답했다.

'몰랐어.'

'모르다니 뭘?'

'내가 그렇게 오랫동안 앉아 있었다는 걸.'

지영은 안타까운 한숨을 내쉬며 영수의 차가운 얼굴을 품에 감싸 안는다.

'영수야, 아무래도 네가 사는 세상은 내가 사는 세상과 시간이 다르게 흘러가는 모양이야. 그렇게 많은 시간이 흘렀는데도 그걸 몰랐다니 말이야!'

다시 색이 변한다.

모포에 갓난아이가 누워서 재롱을 부리고 있다. 영수가 음악 노트에 음표를 그린 후 통기타로 노래를 한다. 노래를 듣고 난 지영이 투정처럼 말한다.

'아냐. 그 멜로디는 별로야. 우리 지호가 웃질 않잖아.'

영수가 웃으며 노트에 음표를 지우고 다시 통기타를 뚱땅거리더니 새로운 멜로디를 들려준다. 가만히 듣고 있던 지영과 갓난아이가 동시에 함박웃음을 짓는다. 지영이 엄숙한 표정으로 말한다.

'오케이…… 그게 좋겠어. 근데 있잖아. 우리끼리 듣고 말기엔 너무 아까워. 영수야, 있지. 너 가수로 데뷔해 봐. 내 생각엔 말이야. 네가 이 노래를 불러서 세상에 발표하면 사람들이 정말 좋아할 같아.

그렇게 되면 돈도 많이 벌고 난 유명 가수의 아내가 되는 거고 우리 지호는 유명 가수의 아들이 되는 거잖아. 그리고 무엇보다 네 노래는 사람들을 행복하게 만들거야.'

영수가 고개를 흔들며 말한다.

'너무 유명해지면 분명히 내가 다른 세계에서 온 마법사라는 걸 알아보는 사람이 나타날 거고 그럼 비밀이 들통 나는 거야! 비밀이 알려지면 난 목소리를 잃게 되고 더 이상 노래를 못하게 될 거야. 그게 마법사 세계의 규칙이거든.'

지영이 삐죽 혀를 내밀고 말한다.

'피이…… 그거 내가 만들어 낸 말이잖아. 그냥 솔직하게 말하시지. 사람들 앞에만 서면 부들부들 떨어서 노래를 못한다고.'

영수가 능청스럽게 말한다.

'맞아. 누군가 내가 마법사라는 걸 알아볼까 봐 무서워서 떠는 거야. 목소리를 잃어버릴 테니까!'

지영이 눈을 흘기며 으르렁거린다.

'어쭈…… 이영수 제법 말이 늘었는데! 그래도 그렇지 감히 공주를 가지고 놀아? 에잇! 이거나 받아랏!'

지영이 영수에게 베개를 던지고 둘은 방에서 뒹굴며 깔깔 웃는다.

다시 꿈의 색이 변한다.

이번에는 지영이 희진을 똑바로 쳐다보고 있다. 어찌된 영문인지 지영은 연극 속 배우처럼 희진을 보며 웃고 있다. 희진은 자기도 모르게 말을 건다.

'지영 씨?'

지영이 고개를 끄덕인다. 그녀는 입도 벌리지 않았는데 아득한 목소리가 희진의 머릿속에서 울린다.

'희진아, 잘 있어.'

지영의 모습이 서서히 흐려지며 사라진다.

'지영 씨, 돌아와요! 내가 앞으로 어떻게 해야 하는지 알려 줘요! 제발요!'

희진이 소리를 질렀지만 지영은 돌아오지 않는다. 대신 어디선가 전화벨 소리가 울린다. 전화벨 소리는 그녀를 꿈에서 현실로 데려왔다. 희진은 잠에서 깨어 전화를 받았다. 휴대폰에서 익숙한 어린아이의 목소리가 들려왔다.

"엄마?"

희진은 휴대폰을 고쳐 쥐고 소리쳤다.

"지호니?"

대답 대신 지호의 울음소리가 넘어왔다. 희진이 놀라서 물었다.

"지호야, 왜? 왜 그래?"

지호가 울먹이며 말했다.

"꿈에…… 꿈에 엄마가 나타나서 잘 있으라고 하고는 멀리 떠나갔어. 엄마, 엄마 혹시 우리만 남겨놓고 멀리 떠나가는 거 아니지? 아빠는 전화하면 안 된다고 했지만 전화는 해도 되는 거지?"

"지호야, 너 지금 어디 있니? 아빠 말 듣지 말고 엄마 말만 들어. 알았지? 지금 어디 있는지 엄마한테 알려 줘. 어서!"

전화를 끊자마자 희진은 지호가 말한 장소로 달려갔다. 그곳은 경기도의 한 요양원이었다. 병실을 찾아가자 지영의 엄마, 경옥이 침대에 누워 있고 주변에 영수와 지호가 서 있었다. 희진이 병실에 들어서자 영수가 놀란 표정으로 돌아봤다. 희진은 영수를 본체만체하고 경옥에게 다가가 그녀의 손을 꼭 잡았다. 힘겹게 숨을 몰아쉬던 경옥의 눈에서 반짝 하고 빛이 났다.

희진이 울먹이며 말했다.

"제가 너무 늦었죠? 죄송해요."

경옥의 얼굴에 희미하게 미소가 감돌았다. 마지막 순간 그녀는 이제 딸의 얼굴을 봤으니 더 이상 여한이 없다는 듯 힘겹게 이어오던 숨결을 집어 삼키며 편안한 얼굴로 눈을 감았다.

경옥의 장례를 치르고 영수와 화장터를 나서며 희진이 어색하게 물었다.

"앞으로 어떻게 할 생각이에요? 살 집은 구했어요?"

영수가 힘없이 대답했다.

"아뇨. 이제부터 구하려고요."

"지호 똑똑한 아이예요. 하지만 아무리 똑똑한 아이라도 환경이 안 좋으면 훌륭한 사람이 못 된다는 거 알죠?"

영수가 무슨 소리냐는 듯 의아한 표정을 지었다.

"영수 씨가 사는 마법의 세계에서는 아이를 어떻게 키우는지 모르겠지만 제가 사는 세상에서 아이는 아빠와 엄마의 따스한 사랑을 듬뿍 받아야만 잘 자랄 수 있어요. 설마 아이도 마법으로 키울 수 있다고 생각하는 건 아니겠죠?"

영수의 눈이 휘둥그레졌다.

"그 얘기 누구한테 들었어요?"

"무슨 얘기요? 마법사 얘기요? 후후. 그냥 내가 지어 낸 얘긴데 왜요? 뭐가 잘못 됐어요?"

놀란 영수가 대답을 못하자 희진이 다짐하듯 말했다.

"지호는 영수 씨 아들이기도 하지만 법적으로 제 아들이기도 하거든요. 그러니까 앞으로 영수 씨 마음대로 지호 데리고 갑자기 사라지는 행동은 삼가 줬으면 좋겠어요, 알았죠? 아, 그리고 한 가지 더! 이영수 씨도 법적으로 제 남편이란 사실을 잊은 건 아니겠죠? 멋대로 외박하거나 제 허락 없이 다른 여자 만나는 건 용서 못해요. 절대로! 알았어요?"

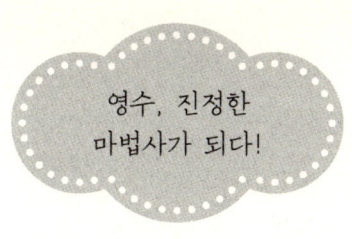

영수, 진정한
마법사가 되다!

방송국 입구에서 초조하게 발을 구르던 선일이 짜증을 냈다.
"방송 시간 다 됐는데 대체 왜 아직 안 오는 거야!"
선일이 참지 못하고 다시 전화를 걸자 옆에 있던 진만이 말렸다.
"1분 전에 전화해 놓고 또 전화하세요?"
선일이 휴대폰을 귀에 대며 눈을 흘겼다.
"니가 방송을 알아? 1분 아니라 10초 때문에 사고가 나는 게 방송이야. 이런 젠장맞을! 아마추어 데리고 일을 하려니……."
통화가 됐는지 선일이 휴대폰에 대고 소리를 질렀다.
"아직도 멀었어? 어디쯤인데? 뭐라고? 다 왔다고?"
고개를 빼고 주차장 쪽을 살피던 선일이 소리쳤다.
"아, 보인다, 보여! 빨리 뛰어와! 빨리!"
선일이 말한 것처럼 멀리 주차장에서 영수와 희진, 지호가 막 차에서 내려 달려오는 모습이 보였다. 시계를 보던 선일이 진만에게 소리쳤다.

"아무래도 안 되겠다! 진만아, 너 지금 스튜디오로 달려가서 윤 피디한테 방금 도착했으니까 조금만 더 기다려 달라고 매달려! 그리고 무조건 시간 끌고 있어! 괜히 숟서 건너뛰면 일이 커지니까! 알았어?"

진만이 울상을 지으며 말했다.

"전 못해요. 윤 피디, 그 사람 성질이 얼마나 불같은지 스승님도 아시잖아요."

"그럼 어떻게 인마! 첫 방송인데 첫방부터 펑크 내야겠냐? 안 되는 게 어딨어? 세상에 불가능이란 없다고 내가 누구이 얘기했지!"

"안 되겠다 싶으면 때로 물러설 줄도 알아야 한다면서요?"

선일이 주먹을 들고 쥐어박을 것처럼 으르렁 거렸다.

"너 계속 거기서 주둥이 나불댈래?"

"알았어요. 아무튼 최대한 늦춰는 볼게요."

진만이 스튜디오를 향해 곰처럼 성큼성큼 걸음을 옮겼다. 불안한 얼굴로 지켜보던 선일이 막 생각난 듯 진만의 등에 대고 소리쳤다.

"야, 진만아! 너 혼자서 정 안 되겠으면 아줌마한테 좀 도와 달라고 해! 알았어?"

진만이 스튜디오로 사라지자마자 영수와 희진, 지호가 부리나케 안으로 뛰어 들어왔다. 희진이 숨을 헐떡이며 소리쳤다.

"죄송해요, 차가 너무 막혀서!"

선일이 영수의 손을 잡고 달리면서 소리쳤다.

"얘기는 나중에 하고 일단 분장 먼저 하자!"

네 사람은 우르르 분장실로 달렸다. 영수가 분장을 하는 동안 선일이 이마에 땀을 닦으며 투덜거렸다.

"내가 차라리 조폭 뒷조사를 하고 말지. 가수 매니저는 진짜 못하겠다!"

희진이 분장을 하는 영수를 황홀하게 지켜보며 말했다.

"정말 꿈만 같아요! 영수 씨가 가수가 되어 무대에 선다는 게!"

"나도 꿈만 같다. 내가 가수 매니저가 될 줄 누가 알았겠냐?"

"아직은 처음이라 모든 게 어설프지만 곧 환상의 팀이 될 거예요! 참, 법사님도 토크쇼에 초대받았다면서요?"

"초대받으면 뭐해? 박성우 안티 팬클럽 회장으로 출연해 달라는 건데. 에이, 젠장 할! 우리 애숙이가 창피해서 동네에 나갈 수가 없다잖아!"

희진이 어이가 없다는 듯 물었다.

"정말 박성우 안티로 출연해 달래요?"

선일이 능글맞게 웃더니 은근하게 속삭였다.

"사실은 그 프로 담당 피디가 내가 은근히 재미있다면서 출연을 부탁하지 뭐야. 지난번에 영수 출연 문제로 그 토크쇼 피디하고 얘기를 좀 나눴는데 아무래도 그때 내 매력에 빠진 것 같더라고. 그러면서 박성우 안티 팬클럽 회장으로 사람들한테 얼굴도 꽤 알려졌으니 영수하고 같이 출연하면 재미있지 않겠냐는 거야. 솔직히 영수가 말주변이 좀 약하잖아. 그래서 나보고 좀 받쳐 달라는 거지. 그래야 프로그램이 사니까."

희진이 웃음을 참으며 말했다.

"그럼요, 법사님 은근히 재밌는 구석이 많아요. 제 생각에도 토크쇼 몇 번만 출연하면 숨겨져 있던 예능감이 마구 발산될 것 같은데요?"

"내가 생각해도 그럴 것 같긴 해. 내가 산전수전 공중전 안 겪어 본 일이 없어서 할 말이 꽤 많거든. 헤헤."

분장이 끝난 영수가 긴장한 얼굴로 말했다.

"잘할 수 있을까?"

희진이 영수의 손을 잡아서 자신의 배에 갖다 대고는 말했다.

"걱정 말아요, 우리 둘째가 열심히 응원해 줄 테니까."

영수가 환하게 웃는데 선일이 냉큼 끼어들었다.

"내가 만약 너 정도 노래 실력에 작곡 실력 있었으면 벌써 한류스타 되고도 남았을 거다! 아무 걱정 말어! 데뷔하기도 전에 팬클럽 회원만 10만 명인데 뭐가 무서워? 자, 얼른 가자고!"

지호도 영수를 향해 주먹을 불끈 쥐고 파이팅을 외쳤다. 그들은 생방송이 진행 중인 스튜디오로 들어갔다. 무대에서 대기하고 있던 진만이 달려왔다.

"야, 어떻게 됐냐? 영수 순서 넘어간 거 아니겠지? 윤 피디는? 윤 피디 어디 갔어?"

진만이 선일의 귀에 대고 속삭였다.

"병원에 실려 갔어요."

"뭐? 병원엔 왜?"

"윤 피디가 나한테 막 화를 내니까 아줌마가 장난을 좀 쳤거든요?

그랬더니 갑자기 식은땀을 흘리면서 헛소리를 하더니 울다가 자기 오늘 방송 못한다면서 드러누웠어요."

"그럼, 방송은?"

"급하게 조연출이 대신 들어갔는데 일단 뮤직 비디오 틀어놓고 정리하는 중이니까 조금 여유 있어요."

선일이 인상을 찡그리며 말했다.

"하여간 그 아줌마 과격한 건 알아 줘야 해! 보나마나 인상을 있는 대로 긁으면서 윤 피디 면상에 얼굴을 들이밀었을 거야! 어우…… 윤 피디 한동안 잠자리 뒤숭숭하겠네."

그때 스텝이 영수에게 달려와 뮤직 비디오 끝나면 바로 무대에 올라가야 하니 준비하라는 신호를 줬다. 희진이 영수를 꼭 끌어안으며 속삭였다.

"내키지 않으면 무대에 안 올라가도 돼요! 영수 씨가 원치 않으면 굳이 가수가 될 필요도 없고. 마지막 기회니까 잘 생각해요!"

"아니, 우리 노래를 사람들에게 들려 주고 싶어. 그리고 앞으로는 뭐든 피하지 않고 부딪혀서 이겨낼 거야. 당신과 지호, 우리 아기를 위해서라도 앞으론 든든한 가장이 될 거야!"

"만약 당신이 유명해져서 누군가가 다른 세상에서 온 마법사라는 걸 알아보면 어떻게 하죠? 그러다가 정말 목소리를 잃어버리면?"

영수가 희진의 얼굴을 뚫어지게 보다가 싱긋 웃으며 말했다.

"그렇게 쉽게 당하면 마법사가 아니지."

희진이 주먹을 불끈 쥐어 보이며 소리쳤다.

"화이팅!"

영수 차례가 되자 MC가 소개를 했다.

"몇 달 전 인터넷을 발칵 뒤집어 놓았던 노래가 있죠? 데뷔하기도 전에 이미 팬클럽 회원이 10만 명을 넘었다고 하는데요. 얼굴 없는 가수로 더 잘 알려진 그 주인공이 오늘 드디어 여러분 앞에 인사를 드립니다. 여러분, 이영숩니다!"

뜨거운 박수 소리와 함께 맑은 통기타의 선율이 어두운 무대 위에서 흘러나왔다. 잠시 후 서서히 무대에 조명이 밝아 왔다. 통기타를 메고 마이크 앞에 서 있는 영수가 모습을 드러내자 환호성과 함께 박수가 쏟아졌다. 객석에서 지켜보던 희진은 감동을 참지 못하고 양손으로 입을 막았다.

영수가 통기타로 전주를 치며 차분한 음성으로 말했다.

"제게 마법의 힘을 되찾아 준 사랑하는 아내 희진이에게 이 곡을 바칩니다!"

통기타 선율과 함께 영수가 맑은 목소리로 노래를 시작했다. 누구든 가만히 귀 기울여 들으면 사랑이 넘치는 마법의 세계로 금방 빠져들 것 같은 감미로운 노래였다. 어느새 객석에선 관객들이 하나둘 노래를 따라 부르기 시작했다. 오랫동안 영수가 노래 부르는 모습을 고대해 왔던 사람들은 그의 노래에 금방 빠져들었다. 오히려 영수가 너무 늦게 나타난 셈이었다. 영수는 진짜 마법사가 된 것이다.

〈끝〉

누구세요, 당신? vol. 2

1판 1쇄 찍음 2012년 2월 28일
1판 1쇄 펴냄 2012년 3월 9일

지은이 | 이종호
발행인 | 김세희
편집인 | 김준혁
책임편집 | 최고운
펴낸곳 | 황금가지

출판등록 | 2009. 10. 8 (제2009-000273호)
주소 | 135-887 서울 강남구 신사동 506 강남출판문화센터 5층
전화 | **영업부** 515-2000 **편집부** 3446-8774 **팩시밀리** 515-2007
홈페이지 | www.goldenbough.co.kr

한국어판 ⓒ ㈜민음인, 2012. Printed in Seoul, Korea

ISBN 978-89-6017-282-1 04810 (2권)
　　　978-89-6017-283-8 04810 (set)

㈜민음인은 민음사 출판 그룹의 자회사입니다.
황금가지는 ㈜민음인의 픽션 전문 출간 브랜드입니다.

블랙 로맨스 클럽을 열며

　로맨스 소설에도 흐름이 있다. 한참 인기를 지속하던 칙릿 이후 10대에서 출발해서 무서운 속도로 영역을 넓혔던 인터넷 소설 시장에 이어, 과히 광풍이라고 부를 수 있을 정도로 전 세계를 평정한 뱀파이어 소설이 최근의 주류를 이루고 있다. 하지만 한 작품이 인기를 끌고 나면 그 뒤로는 아류작이 쏟아져 나오는 시장의 특성상, 너무나 천편일률적인 작품들이 유행에 따라서 서점을 채우고 있다.

　블랙 로맨스 클럽은 바로 이 획일화 되어 있는 로맨스 소설 시장에 대한 고민에서 출발했다. 사실 로맨스 소설은 다 비슷한 게 당연한 것 아니냐고? 천만의 말씀. 그냥저냥 잘생긴 남자랑 예쁜 여자가 만나서 악역 조연들에게 시달리며 오해를 겹겹이 쌓아가다가 어느 순간 너를 너무 사랑하니까 하고는 결혼에 골인하면 되는 거 아니냐고? 부디 블랙 로맨스 클럽을 통해 그 편견을 버려 주시길 바란다.

　블랙 로맨스 클럽 편집부는 로맨스라면 흔히 떠올리는 소재나 플롯 등에서 벗어나 다양한 소재를 다룬 신선한 소설, 탄탄한 이야기 구조를 기반으로 재미와 감동을 전해 주는 소설만을 엄선하고자 한다. 시리즈의 작품들은 하나 같이 기존의 로맨스 소설의 공식을 깨는 개성 넘치는 작품들로, 시대를 초월한 재미를 추구하는 작품만을 선정했다. 추리, 호러, 스릴러, SF, 판타지, 역사, 좀비 등 소설에서 기대할 수 있는 모든 이야기에 로맨스라는 양념이 덧붙여진 종합 선물 세트와 같은 다양한 소설들로 독자들에게 색다른 재미를 드리고자 한다. 블랙 로맨스 클럽의 '블랙'은 하얀색, 분홍색, 빨강색 등의 색조로 흔히 표현되는 로맨스 소설을 뒤집어 개성 넘치는 로맨스 소설을 담고자 하는 출판사의 마음을 담고 있다.